SERIE LA HERMANDAD DE LAS FEAS: LIBRO 1

UNA
Fea
ENCANTADORA

EVA BENAVIDEZ

Ediciones Coral Romántica

©2018 Eva Benavidez
©2018 de la presente edición en castellano para todo el mundo:
Ediciones Coral Romántica(Group Edition World)
Dirección: www.groupeditionworld.com

Primera Edición. Septiembre de 2018
Diseño portada: Ediciones K
Maquetación: EDICIONES CORAL

Reservados todos los derechos. El contenido de esta obra está protegido por la ley. Queda rigurosamente prohibida la reproducción total o parcial de esta obra por cualquier medio o procedimiento mecánico, electrónico, actual o futuro-incluyendo las fotocopias o difusión a través de internet- y la distribución de ejemplares de esta edición mediante alquiler o préstamo público sin la autorización por escrito de los titulares del copyright, bajo las sanciones establecidas por las leyes

GROUP EDITION WORLD

Dedicado a los tres hombres de mi vida.
Emmanuel, Theo, y Milo.
Son el sol más brillante, en mis días nublados

UNA FEA ENCANTADORA

Lady Clara Thompson está en su última temporada social y es considerada una fea en toda regla. Resignada a ser un florero en cada velada y a punto de convertirse en una solterona, solo desea cumplir el sueño que acaricia desde niña: Ser escritora.

Cuando en un baile conoce a un apuesto caballero, Clara queda obnubilada por él; aunque pronto su arrogante personalidad la desencanta. Pero al descubrir su intención de comprometerla en matrimonio, luchará por conservar su libertad.

Marcus Bennet, a sus treinta años y como segundo hijo del Marqués de Somert, está acostumbrado a vivir una existencia libre y sin presiones. Su único propósito es el disfrute de los placeres carnales y los beneficios que le da llevar una vida desenfrenada. Lo que le ha valido ganarse el apodo «Caballero Negro».

Cuando Marcus se convierte, inesperadamente, en el Conde de Lancaster, debe enfrentarse a un importante obstáculo: perder su reciente posición y riqueza, o aceptar casarse con una mujer a la que no desea. Sin embargo, no siempre se pueden manejar las riendas del destino y, cuando menos lo esperas, este puede deshacer hasta el plan más elaborado.

Juntos se sumergirán en una guerra de voluntades, en la que intentarán salvar su soltería.

Sin percatarse, perderán la batalla del amor y el botín será sus corazones.

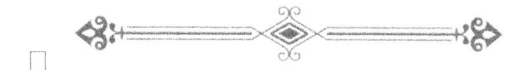

PRÓLOGO

Prefacio del libro: «Manual de La Hermandad de las feas.»

Cuando se nace en el seno de una familia aristocrática o adinerada, y se tiene como característica ser del género femenino, entonces tu destino queda indefectiblemente sellado. Dejas de ser un ser humano único y valioso, para convertirte en un objeto usado como moneda de cambio y futuro adorno del hogar de algún Lord.

Tu vida se transforma en un descomunal conjunto de reglas y restricciones impuestas. Cada gesto, movimiento, elección y pensamiento son controlados.

Pierdes el poder de escoger; se te dice cómo hablar y qué decir, lo que deberás vestir y en qué ocasión, la manera de alimentarte y la cantidad permitida. También se te impone un instrumento con el que deberás demostrar tu talento musical y, por supuesto, qué libros leerás y cuánto disfrutarás tejiendo y remendando.

Al margen de todo esto, y llegando al quid de la cuestión, desde niña se te deja claro que tu destino será ser una buena y obediente esposa, además de una abnegada madre; sin olvidar que tu deber es dar a luz, por lo menos, a un varón.

Pero, por supuesto, con quién te casarás, cuándo y por qué, no son preguntas a las que tengas derecho a intentar responder.

Tal vez, después de leer todo esto, creas que nada puede parecer o ser peor. Y yo también desearía que así fuese. Lamentablemente, no es el caso. Pues lo verdaderamente malo, llega el día en el que una damita debe enfrentar su temida presentación en sociedad.

Allí hallará la barbarie en su máxima esplendor: La nobleza. La cual es una selva y sus integrantes los salvajes animales. Cada uno, perteneciente a su especie, tienen una regla tácita en común: que estas no pueden mezclarse y jamás deberás osar trasgredir esta norma.

Así que, si estás leyendo estas líneas y eres una futura debutante, te suplico leas la siguiente lista con cuidado. Y recomiendo identificarte de inmediato en una manada, puesto que una presa solitaria, pronto será una presa cazada y, desde luego, devorada.

En una típica temporada social, existen muchas y diversas clases de damas solteras. Todas y cada una de ellas pululan por las estrafalarias veladas londinenses, exhibiéndose como mercancía en el mercado matrimonial:

Las beldades: Mujeres de belleza incomparable. Proclamadas por la élite como un éxito social absoluto y asediadas por ansiosos caballeros.

Las adecuadas: Damas con diferentes niveles de belleza, pero con un factor en común: excelente estatus, intachable pedigrí y fortunas aceptables.

Las herederas: Mujeres que no destacan en hermosura, o de aspecto tolerable. Pero con un factor considerable a su favor, una increíble dote. Lo suficientemente abultada como para compensar cualquier falta.

Las desafortunadas: Mujeres de apariencia hermosa, sin embargo, rechazadas por variadas razones. Por carencia de dote, no portar apellido ni conexiones importantes, o estar marcadas por un escándalo propio o indirecto.

Las excluidas: Damas de aspecto físico corriente y correcto. No obstante, son excluidas por ostentar alguna característica no aceptada por la exclusiva sociedad. Ya sean estas edad elevada, personalidad o procedencia.

Por último y después de todas ellas, llegamos al verdadero grupo de damas rechazadas y apartadas por la aristocracia:

Las simplemente demasiado feas: Damas consideradas tan feas que, ningún apellido o promesa de fortuna, alcanza para animar al más desesperado de los caballeros a siquiera dirigirle la palabra.

A este triste y difícil grupo pertenece quien escribe. Y este manual, te enseñará cómo ser fea y sobrevivir a una temporada social.

UNA FEA ENCANTADORA

CAPÍTULO UNO

«No es posible determinar qué puede considerarse feo y qué lindo, pues una opinión siempre está teñida de subjetividad y prejuicios. Al final, la opinión de la mayoría terminará por convencer hasta al corazón más noble y generoso.»
Texto extraído del libro: «Manual, La Hermandad de las feas.»

Londres, octubre 1815.

El carruaje del marqués de Garden se detuvo con una sacudida frente a la majestuosa mansión de los duques de Malloren.

Mientras sus ocupantes aguardaban su turno para descender, el padre de familia analizó con mirada crítica a sus dos hijas.

Casi podía oír el revoltijo de pensamientos que cruzaba por sus mentes y se reflejaban en sus pequeños rostros. Pensamientos que eran tan distintos y opuestos, como lo eran su aspecto y personalidad.

Suspirando resignado, acomodó los gemelos de su chaqueta y observó a la mayor de sus hijas. Ella tenía la vista fija en sus blancas manos, a las que aún no había cubierto con sus guantes. Con incredulidad, pensó que no entendía cómo ningún caballero podía apreciar todas las virtudes que su dulce hija tenía. Y que, al margen de que él las viese con los ojos de un padre abnegado y cariñoso, estas no dejaban de ser evidentes.

Para el marqués, su linda Clara era un ser maravilloso y virtuoso. Era afectuosa, noble y generosa. Era una dama perfecta.

Le molestaba que ni uno de los zopencos que conformaban su sociedad fuese capaz de ver más allá de su aspecto, tal vez, imperfecto.

Por otro lado, su hija menor, Abigail, quien en ese momento movía su pierna con impaciencia, le preocupaba en sobremanera. La joven presentaba un aspecto nada favorecedor, como de costumbre. Una imagen que ella insistía en proyectar, a sabiendas de que no era la verdadera. Aunque él había decidido enfrentar un problema a la vez, o terminaría por desfallecer. Primero se ocuparía de Clara y después vería qué hacer con la menor.

A pesar de que su joven esposa, con la que había contraído matrimonio ocho años atrás, debería estar haciéndose cargo de todo lo referente a la inclusión social de sus hijas, esto no era así, puesto que Melissa había claudicado pronto, alegando que sus hijas eran imposibles y un fracaso sin remedio.

Por lo tanto, allí estaba él, recorriendo los salones londinenses y arrastrando a sus reacias hijas en cada evento social. Sabía que podía limitarse a escoger un caballero de su agrado y concertar una unión arreglada. No obstante, no debía hacerlo, pues había prometido a su primera esposa en su lecho de muerte, que velaría por la felicidad de sus hijas. Y le juró a su amada Susan que se aseguraría de que las niñas se casaran por voluntad propia.

Pesaroso, negó con la cabeza, preguntando al cielo por qué le había tocado esa suerte. Amaba a sus pequeñas, pero, a veces, la situación amenazaba con desquiciarle. Ya estaba mayor para estos trotes; a veces, tan solo quería quedarse en casa, disfrutar de su brandy y leer un buen libro.

Cuando ingresaron al salón de baile de los Malloren, detuvo un segundo a sus hijas que ya comenzaban a alejarse, para seguir la rutina de cada velada.

|—Hijas, esperen un momento —dijo Edward con su habitual tono sosegado y amable—. Necesito decirles algo importante —siguió, frenando su retirada acostumbrada hacia algún rincón. Ellas se detuvieron y volvieron a mirarle con caras sorprendidas y curiosas.

—Clara, esta noche quiero que conozcas a un caballero. En seguida te lo presentaré —anunció, centrando su atención en la mayor, quien se tensó de inmediato al oír sus palabras.

—¿Es necesario, padre? No creo que eso lleve a ningún lado. Sabe que ni bien me vea, se apresurará a buscar alguna absurda excusa y huirá. Eso en el mejor de los casos —respondió Clara con su dulce voz, encogiendo uno de sus hombros despreocupadamente.

—No digas eso, hija. El caballero en cuestión es hijo de un muy estimado amigo. Solo será un momento, no pasará nada malo, ya lo verás —le alentó, con un ademán tranquilizante.

—No te preocupes, lo despacharemos rápidamente y luego buscaremos a Brianna —intervino Abby al ver el gesto contrariado de su hermana mayor.

—Bien, padre. Como desee —aceptó finalmente, siguiendo al marqués, que había iniciado la marcha en busca del misterioso hombre.

Sabía que era una total pérdida de tiempo, ya había pasado por aquello en incalculables oportunidades. Siempre que se veía obligada a interactuar con algún caballero, el resultado ineludiblemente era el mismo: Terminaba viendo la espalda de este alejándose a toda marcha en cuanto él hallaba la primera oportunidad.

Sin embargo, su padre no parecía resignarse al hecho. Ni siquiera el estar empezando su quinta y última temporada. Ya que, según las reglas sociales no escritas, se consideraba aceptable que una dama soltera atravesara un máximo de cinco temporadas sociales. Después, dicha dama quedaba relegada al puesto de solterona oficial.

El Marqués las guio hasta la mesa de refrigerios y le entregó una copa a cada hija. Clara miró a su alrededor y confirmó, una vez más, cuánto deseaba que el final de la temporada llegara, cuando por fin podría ser libre. Las invitaciones poco a poco cesarían y solo debería asistir a los acontecimientos celebrados por parientes o allegados de la familia.

Las parejas giraban en la pista, y la joven observaba la multitud de rostros. Algunos radiantes, otros hastiados. Pero todos llevaban su máscara bien colocada, esa que les obligaba a demostrar lo que no eran, que les forzaba a fingir ser superiores y perfectos. Estaba cansada de todo aquello, y agradecida de que el día donde dejaría de sufrir en estas horribles veladas estuviese cerca.

Casi podía palpar su ansiada libertad y la concreción de su verdadera pasión: la escritura. Ser una solterona le ofrecería la posibilidad de perseguir su sueño; el convertirse en escritora. Era su más íntimo deseo desde que tenía memoria. Y estaba a punto de lograrlo, pues una importante gaceta se había interesado en uno de sus escritos. Por ese motivo, era trascendental que su condición no cambiara. Ningún noble que conociera aceptaría bajo ningún punto de vista que su esposa tuviese semejante idea. Si se casaba, debería renunciar a su sueño, y eso no lo haría jamás.

—Solo debes resistir seis meses, Clara. Cuando la primavera llegue a su fin, serás libre— Pensó, dándose animo.

Tomando de su copa, miró con añoranza a las parejas danzando. La música le encantaba y bailar se le daba bien, pero solo lo había hecho dos veces. En su primera temporada, con el hijo mayor de un amigo de su padre, el cual fue obligado a ser su acompañante en una cuadrilla, y la última vez en la temporada pasada, con el hombre que pensó que la pediría en matrimonio. Lo cual no sucedió, pues él terminó encontrando una dama más agradable que ella, le había dicho, pero sabía la intención que habían tenido sus palabras: que halló una menos fea.

El resto de las temporadas las había pasado sentada en su puesto de florero, viendo a las damas llenar sus carnés de baile. En el fondo le dolía el hecho de no haber podido bailar nunca el vals. Y ya no lo haría, a las solteronas no se les permitía bailar. Pasaría a compartir el sitio de las chaperonas, damas de compañía y ancianas.

Su padre carraspeó a su lado, llamando su atención.

—Allí vienen las personas de las que te hablé —dijo, señalando a su derecha. Clara siguió la dirección de su mano y vio al conde de Vander, acercándose junto a su padre, el marqués de Somert. A su lado, Abby bufó molesta, lo que le hizo sonreír divertida. Sabía que su hermana no soportaba al conde y heredero. Aunque a ella no le caía mal, le parecía simpático. Por el contrario, según palabras de su hermana, Colin Bennet era egocéntrico, superficial y vanidoso.

—Padre, ya conozco a Lord Vander. Él bailó conmigo en mi primera temporada. —Le recordó, extrañada.

—Lo sé, hija. No es a él a quien quiero que saludes, sino a su hijo menor —respondió en un murmullo sin mirarle.

Clara arqueó las cejas, desconcertada. Algo raro estaba aconteciendo allí ¿Su padre quería que saludara e intercambiara palabras con un hombre de esa calaña? ¡No podía creerlo! Ahora sí que no comprendía nada en absoluto, siempre le había insistido y recalcado que se alejase de caballeros como el hijo menor del Marqués de Somert.

Claro, no le conocía en persona, pues él no era alguien a quien invitaran a eventos decentes. Pero su reputación le precedía, su fama adornaba cada rincón de la imaginaria estructura de la centenaria aristocracia. Ese hombre y sus escándalos vivían en boca de, prácticamente, todos los habitantes de Londres le llamaban «El Caballero Negro», y su historial social así era, negro.

Todo esto cruzaba por su mente en el instante en el que el grupo del marqués llegó a su altura. Su padre saludó a su amigo y este hizo lo mismo con ellas dos. Luego, el conde de Vander besó sus manos y elevó una ceja cuando Abby arrancó su mano de un tirón antes de que él las llegase a rozar con los labios. En su rostro no se advirtió lo que pensaba del acto de su hermana menor, pues el alto hombre se limitó esbozar una semi sonrisa.

A continuación, ambos nobles se apartaron, y un tercer caballero se adelantó.

—Y este, hijas, es Marcus Bennet. El reciente Conde de Lancaster —dijo su padre, presentándole y él saludó a Abby con elegancia.

Por su parte, Clara oyó la voz de su progenitor muy lejos. Todos sus sentidos quedaron totalmente subyugados por la imponente presencia del caballero que ahora tomaba la mano que ella había extendido sin percatarse. Los latidos de su corazón se aceleraron enloquecidamente cuando él besó su mano, sin despegar un segundo los ojos de los suyos. Eran asombrosamente negros y grandes, con una multitud de pestañas enmarcando su penetrante mirada. El cabello color ébano, algo rizado en las puntas, estaba más largo de lo corriente y rozaba su nuca.

—Lord Lancaster, le presento a mi hija mayor, Lady Clara Thompson. —Siguió la voz de su padre, invadiendo el inusitado momento que ella estaba viviendo.

¿Qué rayos estaba pasando con ella? ¿Por qué se sentía temblorosa y acalorada? ¿Y qué era esa extraña fuerza que le impedía apartar la vista de esos bellos ojos color noche?

—Es un placer, milady —dijo, con una voz profunda y ronca el Caballero Negro. El sonido de su voz vibró por todo su cuerpo, haciéndole estremecer interiormente. Y de inmediato, Clara sintió que toda ella caía en un excitante y misterioso abismo de placer.

CAPÍTULO DOS

«Tal como la deteriorada cubierta de un viejo libro, que al abrirlo cobra vida y valor. O como la piel de una fea oruga se transforma en una hermosa mariposa, la verdadera belleza se oculta a los ojos de los simples, a la espera de la mirada de los valientes.»
Texto extraído del libro: «Manual, La hermandad de las feas.»

Marcus depositó un beso en la mano enguantada de Lady Thompson y no pudo evitar quedarse mirándole fijamente.

—¡Por caridad, la muchacha era más fea de lo que imaginaba! —Ella parecía estar paralizada y le miraba con la cabeza algo inclinada, tímidamente. No contestó a su comentario, ni manifestó reacción alguna.

Con mucho esfuerzo, logró contener su impaciencia y mal humor. Sin dejar de sonreír, saludó a la otra hermana que, por supuesto, era un total esperpento

—¡Por los clavos de Cristo! Esto no puede estarme sucediendo. —Pensaba contrariado el conde.

Mientras a su alrededor se iniciaba una conversación entre los hombres mayores. Marcus continuaba observando a la mujer con la que pretendían obligarle a casarse. La dama había agachado la cabeza, rehuyendo a su mirada y sus mejillas estaban furiosamente coloradas.

Con ojo crítico, examinó su apariencia, sin hallar nada que salvase su feo aspecto; era de estatura promedio, demasiado enjuta y delgada, el vestido, sencillo y poco elegante, le daba un aspecto aniñado, desprovisto de curvas y de atractivo. Y su rostro, solo lo había visto una fracción de segundos, pero le bastó. Tenía una nariz larga y cejas demasiado gruesas.

UNA FEA ENCANTADORA

Por otra parte, su cabello le hacía honor al apodo con el que, según su hermano, le llamaban: Lady Ratón. Pues era de un castaño oscuro, muy lacio y opaco, aunque el peinado que llevaba no ayudaba, estando sujeto en un moño tirante y apretado en la nuca.

—Oh, diablos... no voy a poder hacerlo. —Se lamentó acongojado, lanzando una mirada asesina a su hermano, quien mantenía el rostro impasible, pero para él era evidente que disfrutaba de su situación.

Volvió su vista a la joven y se dio cuenta de que, para adornar el pastel, ella era en exceso tímida y retraída. Se limitaba a quedarse parada allí, mirando sus delgadas manos y bebiendo de su copa. No así su hermana menor, que permanecía erguida y los fulminaba con la mirada, tras sus enormes gafas. Esta tenía unos lindos ojos azules. No obstante, su expresión desdeñosa arruinaba el efecto.

Marcus observó que su padre seguía la charla con el marqués y padre de las damas y reprimió sus ansias de interrumpirles. Regresó la vista a la joven, y constató que seguía en la misma postura. El silencio entre los dos era ensordecedor y muy incómodo.

Su actitud comenzaba a irritarle, ella le ignoraba deliberadamente y eso, por alguna extraña razón, le molestaba; no estaba habituado a que las féminas pasaran de él. Siempre que entraba a uno de aquellos eventos, la mayoría de las damas decentes y solteras se apresuraban a huir en dirección contraria, muchas siendo arrastradas por sus madres, o carabinas, debido a su infame reputación de calavera. Lo que no impedía tener sus ojos siguiéndole por el salón, mirándole embobadas, enviándole sonrisas coquetas y suspiros soñadores. No obstante, Lady Thompson no se dignaba a reparar en él ni por un momento.

—Esto es el colmo, es inaudito —se dijo molesto.

— Entonces... milady ¿Es la velada de su agrado? —soltó de pronto, y al instante quiso patearse por lanzar aquel estúpido comentario.

La respuesta no llegó. Luego de unos segundos, la menor habló.

—¿A quién dirige usted la pregunta, milord?—dijo cortante Lady Abigail.

—Claro, qué torpe soy —se disculpó Marcus, sintiéndose por vez primera como un idiota inexperto

¿Qué demonios le sucedía?

Nadie discutió su último comentario o le excusó, solo se oyó la risa estrangulada de Colin. Así que, con los dientes apretados, continuó:

—Me dirigía a Lady Clara.

La nombrada reaccionó como si le estuviesen acusando de algún delito. Se tensó visiblemente y su cara se puso aún más roja.

—Umm... yo... Sí, milord —arguyó finalmente, tartamudeando y sin levantar su cabeza. Había hablado demasiado bajo, pero pudo escuchar una voz suave y melodiosa que le agradó.

—¿Me permitiría acompañarle hasta las terrazas? Parece usted algo sofocada —pidió sin pensar, y confirmó que estaba enloqueciendo.

Lady Clara se puso inquieta ante su petición y comenzó a negar con la cabeza.

—No, milord, no sé...

—Por supuesto que puede acompañar a mi hija, Lord Lancaster, adelante —interrumpió el padre, ocasionando que ella se sobresaltara.

Con la autorización del marqués, estiró el brazo con elegancia hacia la muchacha, que parecía una estatua. Su padre percibió su parálisis y le dio un suave empujón hacia él.

Con evidente reticencia, la joven posó la mano sobre su brazo, apenas rozándole, tal y como dictaba el protocolo social. Y se alejaron del grupo, sorteando a las personas, con rumbo a las puertas que daban a la parte trasera de la casa.

La dama mantenía una postura tan tensa, que Marcus temía que su brazo, que era tan flaco como un palillo, se quebrara si lo tocaba.

En un incómodo silencio, cruzaron el salón. Él la miraba de reojo, ella mantenía la barbilla pegada al pecho. Lo que no le sorprendía, pues su recorrido estaba llamando la atención de muchos, que les lanzaban miradas curiosas y extrañadas, pues no componían una pareja precisamente esperada, siendo ella una relegada florero y él un afamado libertino. No faltaron las burlas tras los abanicos y los comentarios despectivos, algo que avergonzaba al conde.

Aquello era una calamidad. El destino no podía ser tan cruel y condenarle a cargar con una mujer como esa. Fea, insulsa y corriente. Tenía que hallar una alternativa. Definitivamente, hablaría con su padre. No resistiría un minuto casado con esa mujer.

UNA FEA ENCANTADORA

Al llegar al exterior, ella soltó su brazo como si le repeliera el contacto, lo que le cayó como una patada en el estómago.

—¿Además de todo, debía soportar el rechazo de este feo ratón? —Se enfureció Marcus.

La dama caminó por la amplia terraza y se asomó por la gran balaustrada de piedra. Él se detuvo a su lado, percibiendo que ella se había relajado considerablemente.

—¿Puedo hacerle una pregunta, milady? —rompió el silencio. Ella no contestó, solo se limitó a asentir afirmativamente—. ¿Es usted tímida en exceso o es que no tolera mi presencia? —interrogó, bajando la voz y sin desear examinar lo que originó su curiosidad.

La joven soltó un suspiro y se giró hacia él, pero sin mirarle directamente.

—No, milord. Es solo que no estoy acostumbrada a que un caballero, o un hombre, para el caso, solicite mi compañía —respondió, y algo en su tono le hizo sentir una repentina empatía hacia ella.

—¿A qué se debe eso, milady? —inquirió, y vio aparecer el asomo de una sonrisa en su rostro.

—¿No le parece obvio el motivo, milord? Ningún hombre en sus cabales elegiría mi compañía teniendo a su disposición a cualquier dama que no sea como yo —explicó con tono ecuánime. En su voz no había rencor o enfado.

—¿Que no sea como usted? —interrogó, algo confuso. Puede que no fuese una belleza, pero ahora que había logrado sonsacarle una palabra, le parecía una dama agradable.

—A no ser, que estuviese ocultando algún escándalo o mala reputación— Reflexionó, alarmado.

—Fea, milord —le aclaró tajante Lady Clara. Él se quedó desconcertado ante su franqueza. Y aunque lo dijo con tono resignado, para Marcus resultó obvio que su voz escondía una profunda tristeza.

A continuación, perdió por completo el control sobre sus palabras y acciones, y se dejó llevar por un inaudito impulso de consolar y proteger a la joven.

—Lady Clara —dijo, dando un paso hacia ella y posando con delicadeza un dedo en su barbilla.

Ella se dejó hacer y levantó su cara hacia él. Por un momento, Marcus miró en aquel pequeño y ovalado rostro aquello que todos veían: su frente demasiado amplia, su nariz prominente y sus labios muy gruesos, que le parecieron su rasgo más favorecedor, pues esa boca carnosa resultaba muy apetecible.

—Milady, míreme, por favor —le pidió, sintiendo la inexplicable urgencia de ver sus ojos.

La joven se ruborizó aún más, y sus pestañas aletearon sobre sus delgadas mejillas con nerviosismo. Entonces, levantó la mirada y Marcus se sintió cautivado por la profundidad de esos ojos grises, que brillaban como plata líquida, puros, luminosos, sin una pizca oscura que arruinase la perfección de su mirada. Casi podía sentir que se perdería en ellos, en su nobleza, bondad, inocencia y vulnerabilidad. Mirando esos estanques grises, no logró entender cómo alguien podía prestarle atención a otra cosa, teniendo esos ojos frente a sí.

Ella no apartaba su vista, parecía tan hipnotizada como él, que estaba desconcertado e incapaz de mover un músculo. Sus ojos eran muy bellos, y tal vez el apodo que le había impuesto la sociedad no estaba tan errado. Por lo menos, en su color se asemejaban a ese animalito, aunque de manera más encantadora y dulce, claramente.

—¿Milord? —musito la joven con gesto interrogante, y él se percató de que ese pensamiento le había hecho sonreír.

—Lady Ratón. —espetó inconscientemente Marcus. Y vio sus ojos abrirse atónitos y al segundo siguiente, su mano impactó con gélida fuerza en su mejilla, logrando que su cabeza volteara hacia un costado.

Aturdido, se llevó los dedos a la mejilla que le ardía. Volteó para ver cómo la joven le lanzaba una mirada fulminante y murmurando un «¡Canalla!», le daba la espalda para volver al salón, a paso airado.

CAPÍTULO TRES

❖────◆────❖

«Solo la genuina belleza logra superar la efímera primera impresión y dejar una marca en el recuerdo del corazón más esquivo.»
Texto extraído del libro: «Manual, La hermandad de las feas.»

... Mi corazón está emocionado.
Mi cuerpo, enardecido.
Mi pensamiento esclavizado,
por tus ojos, bella dama, son tus ojos...

Marcus abrió un ojo y encontró a su mellizo despatarrado a la orilla de su cama, entonando esa dulce y odiosa balada. Colin tenía los ojos cerrados y una mano en el corazón, mientras aullaba a todo pulmón. Ofuscado, le lanzó una almohada, que le impactó de lleno en el rostro, cortando la estrofa que ya iniciaba.

—¡Oh, despertaste, hermano! ¿Desde cuándo madrugas? —preguntó con fingida curiosidad, devolviéndole la almohada con fuerza.

—Me despertó el aullido de un perro moribundo, lárgate de mi cuarto, Colin —gruñó él, atrapando el proyectil de plumas y tapándose la cabeza con él. Su hermano había corrido las cortinas y el sol de media mañana entraba a raudales en la habitación.

—Padre solicita tu presencia. El abogado no tardará en presentarse —informó Colin con tono cantarín.

—¡Maldición! —soltó Marcus contrariado, sentándose en la cama—. Estás disfrutando de esto, ¿verdad? —inquirió molesto, entrecerrando sus ojos al ver la sonrisa del otro.

—No negaré que me divierte ver al eterno libertino a punto de ser amarrado por las cadenas del matrimonio —contestó Colin, esquivando el puño que le lanzó mientras reía a su costa.

—A ti lo que te alegra es que mi apurada situación te deja libre por un tiempo para seguir disfrutando de tu soltería —gruñó Marcus, poniéndose de pie para dirigirse al biombo, empotrado en un rincón.

—Eso también... ¡Por fin se ha hecho justicia! Toda mi vida viviendo bajo una estricta educación y continua presión, volviéndome loco para que elija una esposa, mientras tú solo te ocupabas en tu vida de placeres. Ahora las tornas se han vuelto, querido hermano, y es a ti a quien van a incordiar hasta lograr su objetivo —confesó con gesto teatral y tono dramático.

—¡Ya cállate! No cantes victoria tan rápido, todavía falta saber qué ha averiguado nuestro abogado. Tengo mis esperanzas puestas en él —le cortó malhumorado, comenzando a vestirse bajo la mirada de su hermano.

—Como dijo el gran sabio: «La esperanza es la perdición de los inocentes.» —anunció Colin, con voz solemne, como si estuviese recitando la sagrada escritura.

—Jamás he oído eso ¡Te lo has inventado! —le acusó frunciendo el ceño.

—¡Claro que no! En verdad, si no fuese porque me consta que estuviste sentado a mi lado en cada lección, diría que no tuviste educación alguna —respondió ofendido, negando con su cabeza.

—¿Acaso eres mi nuevo ayudante de cámara? Porque si lo eres, puedes considerarte despedido, eres un inepto. En serio, puedes largarte, Colin —dijo, irritado por las pullas de su mellizo. Sabía a lo que había ido y no estaba de humor.

—Cualquiera diría que tú eres el hermano mayor y no al revés —bromeó Colin, balanceando sus pies, sentado en la cama.

—Porque lo soy, estoy convencido. No entiendo por qué saliste tú primero, algún día se confirmará que mi teoría es cierta. Pero es solo mirarte y saber quién es mayor. Soy más inteligente, rápido y apuesto que tú —le contestó, contento de poder molestar con algo a su hermano.

—Otra vez con esa estúpida teoría. Acéptalo, hermano, eres el menor. Nunca se comprobará semejante necedad. El bebé que sale primero es el mayor, y no hay nada que puedas hacer al respecto. Y déjame decirte que te sobreestimas, en lo único que me superas es en estructura, porque pareces un matón, mientras que yo soy el Romeo descrito por Shakespeare —rebatió irritado Colin, quien contaba con un aspecto romántico: ojos celestes, cabello rubio, cuerpo esbelto y bien formado, era el vivo retrato de su madre, Annel. Por el contrario, Marcus había heredado la anatomía fornida, los ojos y cabello negro de su padre.

—La historia me dará la razón —sentenció Marcus, ignorando su réplica.

—¿No piensas contarme cómo te fue con la hija del marqués anoche? —le interrogó el rubio, cambiando bruscamente de tema.

—No —respondió con sequedad Marcus, terminando de anudar su pañuelo y dirigiéndose a la puerta.

—Sé que algo sucedió. Tú no volviste al salón y ella apareció muy ofuscada y alegando un dolor de cabeza pidió a su padre volver a casa ¿Qué pasó en ese jardín? ¿Lograste que ella se prendara de ti? —inquirió, incansable Colin, caminando detrás de él.

—No quiero hablar de esa mujer. Ella... ella... ¡Ella me odia! —gritaba Marcus minutos después, sentado frente a su padre.

—Pues tendrás que solucionarlo, y rápido —contestó, tajantemente Arthur.

—No es solo eso, no quiero casarme con Lady Clara. Tiene que haber otra manera —expresó desesperado, fijando la vista en el flaco y ahora ruborizado hombre sentado a su lado.

—Lo siento, milord. He estudiado en detalle el documento y no hay lugar a confusiones. El antiguo conde especificó su última voluntad con total claridad. Su sucesor y candidato al título debe estar casado al momento de cumplir los treinta años —explicó con seriedad el abogado, extendiéndole el testamento de su tío lejano, ahora muerto.

La herencia le había caído de imprevisto, ya que el heredero del Conde de Lancaster había fallecido en un accidente de caza, a la joven edad de veinte años. Los abogados de su tío habían rastreado el árbol genealógico hasta dar con su padre, quien era sobrino nieto del conde y que siendo marqués le dejaba a él, su hijo menor sin título, como el nuevo conde de Lancaster. Para cualquiera, esto significaría un motivo de festejo, pues ya no tendría que depender de la generosidad de su padre y en el futuro de su hermano mayor. Dispondría de su propia fortuna y su propia mansión. Y en un primer momento, así fue para Marcus, que ya imaginaba cómo gastaría la inmensa fortuna de su tío y cómo se divertiría con su recién adquirido estatus. Hasta que se presentó su abogado y le mostró el testamento que habían dejado los letrados del conde fallecido.

—Entonces, ¿no hay alternativa? —preguntó una vez más Marcus, mirando cabizbajo los papeles que sostenía, consciente de cuál sería la respuesta.

—Ninguna, milord. Si no cumple los requisitos, perderá el título. Se intentará encontrar a otro candidato y en caso de no hallarlo, las propiedades, el título, el dinero, todo, volverá a la corona. —explicó el abogado, acomodando sus gafas sobre su larga nariz.

—Lo que nos lleva al primer tema, hijo. Faltan dos meses para tu trigésimo aniversario. Al margen de que no serás aceptado por, prácticamente, ninguna familia, debido a tu nefasta reputación, y que no dispones de un tiempo decente para escoger una dama e iniciar un cortejo, debes sumar que debes casarte y tener un hijo en camino en el periodo de dos meses. Olvídate del feo aspecto de la joven, ella es una buena muchacha, será una esposa adecuada para ti. Es dócil y tímida, seguro se sentirá halagada por tu interés y, además, es tu única opción —dijo el marqués, lacónicamente.

—Pero no me aceptará, la joven me detesta —respondió frustrado, y casi se atragantó al oír esa descripción, para nada acertada.

Lady Clara no le había parecido dócil, ni mucho menos obediente, más bien todo lo contrario, y su mejilla podía aseverarlo. Algo le decía que esa joven no tenía como virtud principal ser complaciente; y que lo que menos deseaba era una propuesta matrimonial. Marcus evadió responder sobre el aspecto físico de la dama, porque a su mente solo venían imágenes de sus ojos grises brillantes, ojos que no había dejado de rememorar. Imágenes que había reprimido incesantemente, fracasando miserablemente, pues no dejaba de pensar en ese encuentro, en esos labios carnosos y esa mirada gris.

—Entonces, llegó la hora de demostrar años de proclamar tu supuesta superioridad, hermano. Tienes un mes para revertir esa idea y conquistar a la reacia damisela. Serás el astuto gato que conquistó al tímido ratón —intervino sagaz Colin, y sus palabras sumieron la habitación en un silencio funesto.

CAPÍTULO CUATRO

«... Ser una florero es más complicado que solo ver pasar a las parejas danzantes desde un rincón. Este grupo se divide en tres partes: Las desafortunadas, las excluidas y, por último, las D.F; demasiado feas. Si perteneces a este último, necesitarás unirte a nosotras, ninguna mano sobra a la hora de necesitar ayuda, ni un hombro sobre el que llorar...»
Fragmento extraído del libro: «Manual, La hermandad de las Feas.»

El sol estaba en su esplendor cuando Clara y su hermana ingresaron a la mansión de Lord Luxe. La casa estaba ubicada a las afueras de la ciudad y era ideal para disfrutar de un tentempié al aire libre.

Una vez hubieron saludado a la anfitriona, la condesa viuda, se dirigieron al exterior, donde varias docenas de personas se repartían en grupos pequeños, algunos sentados cerca de las mesas, caminando por la gran extensión verde, junto a los árboles o a la orilla del lago.

—¡Oh, mi Dios! Esto será más tedioso de lo que imaginé —se quejó Abby en voz baja.

—Pues tratemos de pasarlo lo mejor posible. Al menos hace un bonito día y podremos disfrutar del aire libre —trató de animarle Clara.

Lo cierto era que ambas estaban hastiadas y aburridas de los divertimentos de su clase. Y no era para menos, siendo esta la quinta y tercera temporada que transitaban, respectivamente.

—Mira, Ara... ¡Allí están las muchachas! —exclamó su hermana, usando el apodo por el que siempre les llamaba, señalando con disimulo a sus amigas.

Estas se encontraban sentadas bajo un gran roble y, como de costumbre, nadie las incluía en los demás grupos. No importaba dónde o a qué hora fuese el evento, cada cual se mantenía en su círculo, y el de ellas, era el de las D.F (Demasiado Feas).

Sus amigas sonrieron al verlas acercándose y les saludaron levantando sus manos. Brianna era una joven extremadamente tímida y nerviosa, transitaba su tercera temporada, al igual que Abby, se habían hecho amigas al ser presentada en sociedad junto a su hermana. Su padre era un barón inglés y su madre, irlandesa. Hija menor y la única mujer de cuatro hermanos, su carácter era dulce y afable, y hacía gala de un gran sentido del humor cuando entraba en confianza.

Desgraciadamente, su aspecto físico era todo lo opuesto a lo que se consideraba bello o aceptable en el canon de belleza aristocrático; demasiado alta, rebasaba por mucho a la mayoría de los caballeros, de cadera y hombros anchos, sus ojos eran verdes y bonitos, pero pasaban desapercibidos tras su escandaloso y rizado cabello color cobrizo intenso y su rostro cubierto de pecas.

Por otro lado, Lady Mary Anne ostentaba una pequeña estatura y contextura voluminosa, ojos café y bucles de color oscuro. Su rasgo menos favorecedor era su busto, demasiado amplio y abundante para su tamaño, algo que le afectaba a la hora de intentar ajustarse a la moda en boga. Hija única de un poderoso duque, había crecido siendo mimada por su padre y su personalidad era en exceso extrovertida y despreocupada. Era incapaz de estar callada y su sinceridad era considerada estrafalaria. A ella le habían conocido hace dos años.

Por esas razones, ambas habían sido relegadas al puesto de florero, y pasaron a conformar el grupo D.F, junto a las hermanas Thompson.

Por supuesto, este desgraciado grupo estaba compuesto por decenas de damas que, como ellas, habían sido catalogadas como demasiado feas, pero solo entre ellas cuatro había nacido una gran amistad, y de esta, su poderosa Hermandad de las feas. Se apoyaban, animaban, consolaban y protegían incondicionalmente.

Como siempre que estaban juntas, las risas no tardaron en llegar, y las confidencias no se hicieron esperar.

—¿Cómo les fue anoche en el baile de los duques de Malloren? —preguntó Mary Anne, curiosa.

—Fatal, padre nos obligó a saludar al hijo del marqués de Somert —respondió bufando Abby.

—¿A Lord Vander? Pero si ya lo conocen —intervino con su voz suave Brianna.

—Sí, a ese zopenco le conocemos. Pero no me refería a él, sino a su hijo menor —contestó, con un ademán despectivo la hermana menor.

—¿Conocieron al Caballero Negro? ¡Oh, Santo cielo, qué emoción! —exclamó extasiada Mary.

—Pero... ¿Cómo es que su padre...? Es decir, teniendo en cuenta su... —tartamudeó sorprendida Brianna.

—Sí, teniendo en cuenta su negra reputación. Pues parece que eso quedó en el olvido, porque nuestro padre nos lo presentó como el nuevo conde de Lancaster —les informó Clara, frunciendo involuntariamente el ceño, con solo recordar su conversación con ese hombre.

—¡Oh, no estaba al tanto de eso! ¿Y cómo es el Caballero Negro? ¡Vamos, cuéntenme! ¿Es parecido a su hermano mayor? Porque el conde de Vander es muy apuesto —chilló emocionada Mary Anne, quien era una cotilla de primera y eterna enamorada de todos los caballeros solteros y bien parecidos.

—No son para nada similares, más bien son completamente diferentes —contestó ella, sonriendo al oír el bufido que soltó Abby ante el comentario de su amiga sobre Lord Vander.

—Pues eso es extraño, tenía entendido que son mellizos, y siendo hombres, creí que serían dos gotitas de agua. ¿Pero cuál es...? —comentó Mary Anne.

—¿Qué les parece si damos un paseo en bote? —le cortó Clara, antes de que su amiga siguiese su interrogatorio.

No quería hablar de ese hombre, ni recordar la humillación que experimentó en ese baile. Hacía mucho tiempo que no pasaba alguna de esas situaciones, pues los días en que aguardaba esperanzada bailar o charlar con algún caballero en esas veladas, habían quedado atrás. Habiéndose resignado a su futuro como solterona, ya no estaba expuesta a la decepción o al sufrimiento de ser rechazada.

Ya no le dolían los desplantes que pudiese recibir, porque sus prioridades habían cambiado. Ahora solo le importaba su sueño de convertirse en escritora. En eso tendría que enfocarse, y no en el sabor amargo que le había dejado ese encuentro en el balcón, ni tampoco en el recuerdo de su cruel burla, y menos en las sensaciones que esos ojos negros y rasgos masculinos le habían producido

—Olvídate de ese cretino, Clara.

Los bonitos botes estaban amarrados a la orilla y disponibles para los invitados que quisiesen dar una vuelta por el lago que rodeaba la propiedad. Después de afanarse con los remos, las cuatro detuvieron el bote tras un conjunto de maleza, que les permitía algo de privacidad, a la vez que les proporcionaba sombra.

—Entonces, Lord Lancaster se suma a la lista de candidatos disponibles —dijo Mary Anne, alzando sus cejas con complicidad.

—Eso parece, aunque le costará hallar alguna dama dispuesta a pasar por alto su pésima reputación —respondió lacónicamente Abby.

—No lo creo, si es la mitad de apuesto que su hermano. No es que abunden los hombres jóvenes, de buena posición, con título y con aspecto de Adonis y, para rematar, solteros. Todos han sido cazados, ¡Qué calamidad! —aseguró Mary.

—Ruego que tengas razón, amiga, porque mi padre no ha cesado de hablarme del conde, y tengo el terrible presentimiento de que quiere emparejarme con él —respondió, compungida ella.

—¡Ay, Dios! Pero... ¿No te agrada ni un poquito la idea? —preguntó Brianna.

—¡No! Ya saben que no quiero casarme —adujo Clara.

—Pues nosotras sí queremos y debemos, aunque a este paso nos quedaremos para vestir santos —se quejó contrariada Mary.

—No creo que tu padre acepte al conde como posible candidato, Mary. Es rico, pero no tiene una fortuna inmensa, y tampoco me parece que sea para Brianna, pues no está en apuros económicos —aclaró Abby, ocasionando un suspiro de decepción en las nombradas.

El padre de Mary Anne estaba obsesionado con la riqueza y el linaje, y no aceptaría a ningún hombre que no contase con esas cualidades. Por su parte, la familia de Brianna contaba con mucho dinero, pero pertenecían al escalón social más bajo y querían subir de nivel arreglando un matrimonio con un título mayor. El problema era que caballeros así, podían elegir a la dama que quisieran, y por supuesto eligieran a alguna del grupo B.B, Bella Beldades o en su defecto de A.C, Adecuadas y Correctas.

—Entonces, ya lo podemos descartar, no está a nuestro alcance. La temporada pasada se realizaron veintitrés enlaces y nosotras seguimos aquí. Todavía lloro al recordar que el encantador conde de Baltimore se casó con la hermana menor de su mejor amigo, y era la primera temporada de Lady Clarissa Bladeston, ¡Qué afortunada! —dijo pesarosa Mary Anne.

—Pero Lady Clarissa era de las B.B, ¿Qué esperabas? Al igual que su cuñada, que se casó con su hermano el apuesto duque de Stanton, y ambas fueron uniones por amor. Eso solo les sucede a las damas bonitas —intervino Brianna, sonriendo con tristeza.

—Creí que llorabas por Lord Luxe, Mary —se mofó Abby.

—¡Y lo hago! Cómo no hacerlo, si es tan bello. Pero no me mira, ni siquiera sabe que existo. —suspiró abatida Mary, mientras Abby rezongaba—. Más que bello, es un bellaco antipático.

—Bueno, amigas, pero no pierdan la esperanza. Miren a Lady Emily Asher, logró cazar al hermoso y libertino conde de Gauss, y eso que ella era una florero como nosotras. —Intentó animarlas Clara.

—Florero sí, mas D.F no. Emily Asher era D.B, Desafortunadas y Bonitas, no sé si la vieron, es una mujer hermosa —comentó con acritud Abby.

—Así que, la lista de solteros y apuestos sigue igual, tenemos a Lord Vander, Lord Luxe, y Lord Bradford, ¡Ah, y el Duque de Riverdan! —enumeró Mary, entusiasmada.

—A los dos últimos no los recuerdo —contestó desorientada Brianna.

—Lord Bradford, Andrew Bladeston, es hermano del duque de Stanton. El Duque de Riverdan, Ethan Withe, el mejor amigo del Conde de Gauss —explicó rodando los ojos Mary Anne.

—Todos imposibles y muy lejos de nuestro alcance. El conde de Vander y Lord Riverdan son unos libertinos —dijo Brianna.

—Se han olvidado de alguien, Lord Fisherton —recordó Clara, con expresión pícara.

—¡Ese salvaje! Él no entra en nuestra lista, por muy duque que sea —negó con expresión horrorizada Mary Anne.

—A mí no me parece un salvaje, solo es diferente a nosotros, recuerda que es escocés ¿No lo encuentran atractivo? —preguntó con hilaridad Clara.

—¡Para nada! Y es un salvaje que se presentó prácticamente desnudo en su primera aparición como duque —objetó Mary escandalizada y Abby movió la cabeza, apoyando su postura.

—No estaba desnudo, llevaba su atuendo de gala escocés —defendió Brianna con voz enérgica y seis pares de ojos se clavaron en ella con incredulidad.

—¡No me digas que te atrae ese salvaje! —dijo atónita Abby a una muy ruborizada Brianna.

Sin embargo, antes de que la aludida pudiese contestar, le interrumpieron unas carcajadas masculinas, seguidas de unos agudos chillidos femeninos. Desconcertadas, las cuatro se asomaron por encima de los arbustos, y lo que vieron les dejó atónitas.

Sentados en la orilla muy cerca de ellas, había cuatro parejas. Los caballeros y las damas, divididos de dos en dos, estaban flirteando y coqueteando descaradamente, ellas se abanicaban y sonreían batiendo sus pestañas, sentadas prácticamente encima de ellos, que les susurraban al oído con íntimas miradas. De seguro se creían solos, pues estaban en una parte alejada de la mansión, separada de ojos curiosos por un pequeño bosque.

Un segundo vistazo les sirvió para confirmar la identidad de los caballeros, ya que las mujeres no llevaban sombrilla que obstaculizaran su inspección. Eran el anfitrión, Lord Luxe, el salvaje Lord Fisherton, el engreído Lord Vander y el canalla y hermano menor Lord Lancaster.

—Oh, Dios —gimió angustiada Clara. No quería verlo, ni cruzarse con Marcus Bennet.

—Oh, por Cristo... —soltó angustiada Mary Anne.

—¡Rayos! —le siguió ofuscada Abby, mientras ella y Brianna se miraban nerviosas.

Estaban en una encrucijada. Si se quedaban, corrían riesgo de ser descubiertas y parecer unas entrometidas chismosas, y si intentaban volver con el resto de los invitados, serían igualmente vistas y la humillación sería la misma.

Agazapadas en su escondite, se miraron espantadas.

—¿Qué haremos? —preguntó con precipitación Mary.

—Moriré si nos ven —adujo Brianna.

—¡Y miren quiénes son! —exclamó Clara.

UNA FEA ENCANTADORA

—Digo que esperemos a que esos mujeriegos se vayan, y volvemos —propuso Abby, encogiendo un hombro.

—Esa es la única opción que... ¡Ahhhh! —se interrumpió Mary Anne, gritando aterrorizada.

—¿¡Qué...!? ¿¡Qué pasa!? —exclamó a su vez Clara, asustada.

—¡No te muevas, Clara, detrás de ti hay una serpiente! —chilló con horror Abby

—¿¡Qué!? —gritó, llena de miedo, parándose con frenesí.

El movimiento brusco provocó que el bote se sacudiese con violencia y, soltando unos desgarradores aullidos, las cuatro volaron por el aire y aterrizaron con fuerza en las turbias y frías aguas del lago.

CAPÍTULO CINCO

«... He descubierto que una mirada sincera o una sonrisa genuina, pueden lograr que la persona más corriente, de pronto, se convierta en el ser más fascinante...»
Fragmento extraído del libro: «Manual, La hermandad de las feas».

Marcus se encontraba disfrutando de la hermosa vista que componía el generoso escote de Lady Bloomberg. La joven beldad estaba inclinada sobre él y se mostraba interesada en la conversación que compartían. El día que, pensó, pasaría como una lenta tortura, se estaba convirtiendo en una placentera velada.

Las risas de las acompañantes de sus amigos llegaron hasta él y, por el rabillo del ojo, comprobó que sus colegas también la estaban pasando en grande.

Su hermano besaba con galantería la mano de una joven rubia de ojos azules y, su querido amigo escocés, Alexander, decía algo en la oreja a una exultante dama morena. Por último, Maxwell, su camarada y anfitrión de este fantástico tentempié, acariciaba con descaro a la mujer sentada prácticamente en su regazo.

De más estaba decir que cada una de esas féminas eran viudas o casadas porque, de no ser el caso, podrían terminar cazados sin remedio. Con solo pensarlo, venía a su mente el recuerdo de cierta joven castaña de ojos grises y con ella, el ultimátum que pendía sobre su cabeza, y del que debería estar ocupándose en vez de estar disfrutando de aquella belleza.

De repente, su ánimo decayó y se enderezó, dispuesto a proponer a los demás regresar con el resto de los invitados, cuando un conjunto de chillidos y atronadores gritos femeninos le frenó.

—¿Qué diantres pasa? —exclamó Maxwell, quitando a la mujer y poniéndose de pie con precipitación.

Con igual alarma, él se levantó y miró hacia donde provenía el barullo y lo que vio, por poco hizo saltar las órbitas de sus ojos.

Una profusión de extremidades vestidas de diferentes colores pasteles saltaron por el aire y luego se perdieron de vista tras el conjunto de malezas que bordeaban la orilla del lago un poco más adelante de su posición junto a los árboles del bosque.

—¿Qué fue eso? —alcanzó a preguntar Colin con su mirada celeste perpleja. Pero al instante, los gritos regresaron y esta vez eran claramente llamados de auxilio.

Sin percatarse, los cuatro comenzaron a correr hacia el origen del desastre, sin prestar atención a los comentarios quejumbrosos de sus acompañantes.

Marcus fue el primero en arribar al lugar y sumergirse en las aguas fangosas hasta las rodillas. Un pequeño bote dado vuelta se hallaba flotando, y a este se aferraban dos jóvenes que nunca había visto, ellas dejaron de pedir ayuda en cuanto le vieron.

Él no se demoró, nadó hasta ellas y tomó a la pelirroja que temblaba y, sin voltear, se la pasó a uno de sus amigos que resultó ser el escocés. A continuación, intentó alcanzar a la otra joven, pero ella se resistió.

—¡Milord, por favor! Nuestra amiga no sabe nadar, y su hermana se sumergió para buscarle. —le dijo la morena con desesperación.

—Tranquila, las sacaremos —aseguró él y esta, totalmente pálida y empapada, aceptó su mano. Marcus tiró de ella hasta depositarla en los brazos de Maxwell, que la recibió con expresión severa y gesto enfadado.

Cuando se giró, vio aparecer una cabeza rubia detrás del bote, seguida del rostro de una joven que, a primera vista no reconoció, y luego identificó como Lady Abigail Thompson.

Su estómago se contrajo de miedo al caer en cuenta de quién sería la joven extraviada.

—Milady, ¿dónde está su hermana? —exclamó precipitadamente Marcus, nadando hacia ella y aferrándola por los hombros.

—Milord, ¡no la pude sacar! ¡Su vestido está atascado en una piedra justo allí y por más que tiré no la pude liberar! —gritó la joven, señalando un punto no muy lejano, llorando y fuera de sí, revolviéndose cuando su hermano intentó sacarla del agua y gritando improperios al ser superada en fuerza por Colin y arrastrada fuera del agua.

Tremendamente aterrorizado, Marcus se hundió y comenzó a nadar con frenesí. A pocos metros del lugar señalado, avistó el cabello castaño de Lady Clara y su rostro, cada vez que la joven cabeceaba en busca de oxígeno, pero se hundía rápidamente de nuevo. En pocos segundos, estuvo junto a ella y, con el cuerpo por entero dentro del agua, comprobó lo que la hermana le había dicho.

Con agilidad, detuvo las manos de la joven, que tiraban sin cesar de la falda de su pesado vestido apresado y debajo del agua sus ojos se encontraron. Los de ella estaban abiertos de terror, y los suyos, le transmitieron la mayor calma posible. Al instante, ella paralizó sus movimientos y Marcus tomó control de la situación.

Sin preámbulos, rodeó nadando a la joven, y ubicándose en su espalda, localizó los lazos de su vestido y los desató, quitándole la prenda y dejándole en ropa interior. Una vez libre de la prisión que era la pesada tela y motivo de su aprisionamiento, tomó a la dama por debajo de las axilas y la elevó fuera del agua, donde ambos tomaron aire, boqueando con desesperación.

—¿Está bien, milady? —interrogó Marcus, pegándola a él, para evitar que se hundiese.

—No... No me... suelte. —le rogó ella entrecortadamente, debido a la violenta tos, aferrándose a él con miedo.

Estando tan cerca, el conde pudo sentir el latir desbocado de sus corazones y el roce de sus pechos, respirando con agitación. El cabello castaño oscuro de la joven se había soltado y flotaba a su alrededor, aunque tenía múltiples mechones pegados a su frente y cara.

Y a pesar de estar en una situación incómoda y peligrosa, no pudo evitar quedarse prendado de la imagen que la dama presentaba. Las pálidas mejillas de Lady Thompson se tiñeron de un delatador rubor y lo miró tan fijamente como él lo estaba haciendo, con sus pestañas empapadas aleteando sobre los ojos grises abiertos de par en par, delatando la sinceridad de sus emociones. Sus carnosos labios esbozaron una genuina sonrisa de gratitud, ocasionando que su vista se desviara hacia esa boca, que le llamaba como la tierra más árida a la lluvia fresca.

UNA FEA ENCANTADORA

Entonces, en aquel inusitado momento, Lady Clara se le antojó la visión más fascinante que había visto, y sintió que su interior se sumergía en un mar de sensaciones y, al igual que sus cuerpos, ambos flotaban en un limbo de necesidad y calor.

Todo a su alrededor desapareció como la bruma cuando la luz del sol aparece, y en su mente solo quedó espacio para un único pensamiento...

Su boca descendió con voraz ímpetu, y sin contención, tomó los labios entreabiertos de la mujer a la que jamás imaginó desear.

Mas lo hacía, la deseaba, y el placer que golpeó su anatomía con solo el roce de esa boca no era otra cosa que la implacable muestra de la necesidad que esa joven había despertado en él.

Su boca presionó con pasión y determinación la de la muchacha y, tras unos delirantes segundos, ella claudicó, dejando que su lengua pudiese profundizar en su cavidad. Su sabor le enloqueció y su suavidad trastocó cada uno de sus sentidos, la apasionada respuesta de ella había subyugado su ser por completo.

Tan inmerso se hallaba en su mutua entrega y desbordantes caricias, que no se percató de que habían flotado hasta acercarse a la orilla y sus pies rozaban el fondo del lago. Hasta que, abruptamente, la joven arrancó su boca de la suya y, abriendo los ojos, vio su rostro convertido en una máscara de furia. Antes de verlo venir, ella quitó las manos que rodeaban su cuello, y con inusual fuerza, hundió su cabeza en el agua, provocando que él, desprevenido, absorbiera agua de golpe. Estupefacto, Marcus pataleó y emergió del agua tosiendo y escupiendo líquido a raudales. Molesto, se giró y alcanzó a ver el delgado y asombrosamente femenino cuerpo de Lady Clara saliendo del agua.

—¡Canalla! —vociferó ella, fulminándole con la mirada desde la orilla y, presenciando su inexistente reacción, abandonó furibundamente el lugar.

Por su parte, solo atinó a cerrar la boca, que se le había abierto al ver esa silueta femenina embutida en unos candorosos calzones de algodón y encaje rosados y un excitante corsé apretado del mismo color. Y, acalorado hasta la médula, volvió a hundirse en el frío lago, a ver si así sofocaba el intenso ardor que le estaba quemando. Apenas daba crédito a lo que estaba pasando, Lady Ratón no dejaba de sorprenderle y aquello le gustaba... Le gustaba demasiado.

CAPÍTULO SEIS

«... A veces, una cubierta hermosa puede esconder una horrible cara oculta; y la fealdad manifiesta, puede resguardar la más pura belleza...»
Fragmento extraído del libro: «Manual. La hermandad de las feas.»

Como pudo, Clara salió del lago, chorreando agua a raudales y despotricando contra el canalla que la seguía. Y pensar que al verlo dentro del agua, con la mirada preocupada por ella, le había parecido el más caballeroso de los hombres, ¡su héroe salvador! Pero solo eran patrañas, el muy puerco no había tardado en mostrar su verdadera naturaleza.

—¡Lady Clara, aguarde! —le pidió el cerdo, que la había seguido y ahora se dirigía hacia donde ella se había detenido, para intentar estrujar su ropa empapada, y en lo que estaba fracasando.

—¿Qué quiere, granuja? —le espetó airadamente ella, cuando el conde se detuvo a su lado.

—¿Por qué me trata así, milady? —preguntó él, con fingida expresión doliente.

—¿Y encima lo pregunta? ¡Oh, su descaro no tiene parangón! —siseó con ira.

—¿Tanto le molestó que la besara? Pues déjeme decirle que a mí no me pareció muy reticente hace unos minutos, más bien todo lo contrario —rebatió con una sonrisa, repasando su cuerpo de arriba a abajo, con ojos lascivos.

—¡Oh, es un bellaco!, ¡bestia!, ¡sapo maloliente... —exclamó, mientras se tapaba con las manos, con las mejillas ardiendo de ira y bochorno.

—Qué decepción, milady. Y yo que creí que se lanzaría a mis brazos, llorando de gratitud —le cortó, con un falso tono de pesar.

—¿Qué quiere que le agradezca, pervertido? ¡¿El apretón que le dio a mi trasero!? ¡Aprovechado! —reprochó rabiosa, y al verle lanzar una carcajada, se envaró todavía más y se giró para marcharse.

—¡Espere! —le escuchó decir a su espalda, se había puesto de nuevo serio e iba tras ella, nervioso—. Está bien, le pido disculpas de corazón. Pero usted, a cambio, deberá pagar su deuda. —siguió Lancaster, sus palabras le hicieron detenerse en seco.

—¿Pagar mi deuda? ¿De qué habla? —le interrogó ella, encarándolo molesta.

—Hablo de que salve su vida, y ahora está usted en deuda conmigo —aclaró con petulancia.

—¡No puede estar hablando en serio! —soltó con incredulidad Clara.

—Pues sí, lo hago. Y ya sabe que es una cuestión de honor el pagar las deudas —afirmó con cinismo el Caballero Negro.

—Y me lo dice el hombre con la reputación más negra de Londres. ¿Qué sabrá usted de honor? —le provocó, incapaz de refrenarse.

—Mucho más de lo que imagina usted, se sorprendería de cuánto. ¿Puede usted decir lo mismo, milady? —le contestó él con tono grave, achicando la mirada.

—¡Claro que sí! ¿Cómo se atreve a dudar de mi honor? —dijo ofendida, precipitadamente, y al instante se percató de su error.

—Perfecto. Para empezar, déjeme ofrecerle mi abrigo. —Se apresuró a decir, con mirada triunfal y divertida, procediendo a quitarse el abrigo y dejando a la vista un musculoso pecho, cubierto por una pegada y húmeda camisa blanca.

—¡No, gracias, no quiero nada de usted! —se negó tercamente Clara, reprendiéndose por haber caído en el tonto juego de palabras y por la reacción impúdica que la visión del conde despertaba en ella.

Un grito desesperado se escuchó, y cuando se giraron, vieron la figura de su hermana corriendo hacia ellos.

—Por favor, Lady Clara, déjeme cubrirla —le susurró al oído él y Clara se paralizó. No solo por su repentina cercanía y cálido aliento, sino porque sus ojos, sus hipnóticos ojos negros, estaban fijos en los suyos y la traspasaban con ardor. Su mirada parecía suplicarle, aunque el resto de sus rasgos permanecían impasibles.

Y a pesar de que el solo pensamiento era una locura, a ella le pareció que su intención era que nadie la viese en su apretado y mojado conjunto interior. Y a sabiendas de que era una tonta, no pudo reprimir el calor que se extendió por su pecho y se rindió, aceptando su petición con un asentimiento.

Lord Lancaster suspiró, y rápidamente le colocó su enorme abrigo sobre los hombros, al tiempo que se apartaba el cabello ébano de la frente y le sonreía satisfecho.

—¡Ara! —gritó Abby, apareciendo y lanzándose a abrazarle con fuerza.

Clara le devolvió el abrazo, intentado tranquilizarle y repitiendo que estaba bien. Su hermana estaba tan alterada que no parecía consciente de que había perdido la cofia negra y sus gafas . Lo que dejaba su pequeño rostro y grandes ojos azules a la vista de todos, y su cabello mojado, que ya no conservaba el polvo opaco que le colocaba, comenzaba a brillar como el oro, suelto y ondulante hasta sus caderas.

El que sí parecía haberlo notado era Lord Vander, que venía detrás y que no despegaba la vista de la rubia, a quien se le había adherido la tela marrón del vestido a cada curva del cuerpo.

—Hermana, quería ir por ti, pero este bruto no me lo permitía —dijo con un ademán airado Abby, señalando a Lord Vander.

El aludido apretó la mandíbula y sus ojos azul zafiro brillaron más todavía. Sin embargo, unos estridentes chillidos no le permitieron refutar a su hermana.

—¡Amiga! —chilló fuera de sí Mary Anne, llegando como un tropel.

—¿¡Clara, cómo te sientes!? —dijo Brianna apretando sus manos.

Clara les repitió que todo estaba bien y que solo se había llevado un susto. Sus amigas comentaron el terror que experimentaron al no verla emerger y, además de sus expresiones angustiadas, pudo ver que las dos presentaban un aspecto deplorable.

Mary Anne tenía el vestido color rosa pastel tan pegado y arrugado, sobre todo en su abundante escote, que ahora se traslucía por completo y su peinado estaba desecho, con sus bucles ébano tapando su cara. Por su parte, Brianna llevaba el vestido verde agua tan justo que transparentaba sus voluptuosas caderas y su rebelde e indómito cabello colorado caía libre por su espalda.

—Vaya..., aquí la vista no es tan agradable —dijo de pronto una voz, interrumpiendo su conversación.

A unos pasos, con sus sombrillas abiertas y expresiones desdeñosas, estaban cuatro damas con rasgos hermosos y presencia impoluta. La morena que había lanzado el sarcástico comentario miró a sus compañeras, que estaban paradas junto a Lord Fisherton y Lord Luxe, quienes a su vez no dejaban de desviar los ojos hacia sus empapadas amigas. El gigantesco y rubio escocés esbozando una mueca hilarante y el castaño anfitrión con los labios fruncidos con reprobación.

—No sabía que podía uno correr el riesgo de toparse con alimañas.—siguió con absoluta malicia la dama, clavando la vista en Clara, y las demás rieron con estridente crueldad, festejando lo dicho por la beldad de pelo oscuro.

Clara se sintió humillada ante la obvia referencia que la mujer había hecho al apodo con el que le había bautizado la sociedad. Y apretó sus manos, bajando la vista hacia ellas con vergüenza.

—Pues yo que ustedes me apartaba rápido, o la serpiente que está allí puede morderles con su veneno —les espetó Abby conteniendo la ira y rodeando los hombros de su hermana, a la vez que señalaba los pies de la morena engreída.

El cuarteto de damas hermosas empalideció al oírle y saltaron sin sentido, levantando la orilla de sus vestidos en busca del reptil, chillando horrorizadas y chocando una con otras torpemente.

Con sonrisas divertidas, las D.F enlazaron los brazos, y unidas emprendieron el regreso a la casa. Al pasar junto al histérico grupo, una de las damas las miró acusadoramente.

—¡Mentirosa, no hay ninguna serpiente! —graznó la rubia de ojos claros.

—¿No? Pero si yo también la vi allí —Exclamó con preocupación fingida Brianna, apuntando muy cerca de la morena.

—¿¡Dónde!? —gritó desencajada otra castaña de ojos celestes, con una mueca nada favorecedora, mientras se miraban confundidas y consternadas entre ellas.

—Justo a tu lado, y esa piel verde no le combina bien con tanto polvo de arroz en el rostro —le aclaró Mary Anne, con tono confidente.

Y con la cabeza erguida y porte de princesas, abandonaron el lugar, dejando atrás el jadeo ofendido que soltó la morena vestida de verde musgo. Y cuatro hombres patidifusos, siguiéndoles con penetrantes miradas admiradoras.

UNA FEA ENCANTADORA

CAPÍTULO SIETE

«...La verdadera belleza es capaz de transformar lo insulso en maravilloso, lo improbable en necesario y lo efímero en eterno...»
Fragmento extraído del libro: «Manual, La hermandad de las feas.»

Al día siguiente, Clara despertó de un humor extraño. Desganada, se dejó vestir por su doncella, Elspeth, quien todavía seguía conmocionada por el estado en el que su hermana y ella habían aparecido la tarde anterior.

Cuando llegó al comedor, comprobó aliviada que estaba vacío a excepción, claro, del alto lacayo que tras hacerle una reverencia le sirvió el desayuno.

Su hermana odiaba levantarse temprano, y su madrastra rara vez aparecía antes del mediodía. Por el contrario, su padre se levantaba con las primeras luces del alba y se dedicaba a sus asuntos del Marquesado. Algo que le agradaba, ya que uno de sus momentos predilectos del día, era este. Le gustaba hacer la primera comida de la jornada en silencio y soledad, oyendo el alegre trinar de los pájaros y observando, a través de los ventanales que rodeaban el comedor matinal, el sol despuntar sobre el cielo azul.

Esa mañana, en particular, le parecía especialmente hermosa, y el color del firmamento le recordaba a la fresca agua del lago. Lo que le llevaba a pensar, inevitablemente, en unos ojos oscuros y penetrantes, una sonrisa ladeada y tentadora, una boca atractiva y un beso subyugador y... ¡Detente! Se reprendió a sí misma, bebiendo de su taza como si estuviese deshidratada, y así se sentía, estaba bastante acalorada.

No lo podía creer... Ella no era romántica, para nada. No creía en las cursilerías del amor a primera vista. Eso no existía en la vida real, o no en la vida de una joven con su físico. Ella no era Lady Elizabeth Albright, ningún Duque caería rendido ante su extremada belleza. No, eso era del todo improbable, ella era la fea Clara Thompson. Era la insulsa Lady Ratón, y mejor que no lo olvidase, o sufriría mucho.

Entonces, ¿por qué su corazón latía de manera acelerada? Con solo pensar en ese... En ese libertino, descarado. No debía exagerar, ella no era como las tontas damitas de su entorno, que tenían la cabeza llena de pájaros. Clara Thompson era distinta, una mujer decidida a cumplir su único sueño, ser escritora, y ahora que estaba a muy poco de cumplirlo, no se dejaría distraer por estúpidos juegos de coqueteo banal.

Era obvio que su tranquilidad se había alterado por el descaro y el atrevimiento de ese granuja. El conde de Lancaster le había dado su primer, y seguramente único, beso. Y había sido todo lo que jamás se atrevió a soñar. El beso que habían compartido había sido sobrecogedor, impactante, apasionado, idílico, maravilloso y encantadoramente mágico.

Hasta que él lo tuvo que arruinar, sobrepasando los límites y volviendo a burlarse de ella. ¿Qué más se podía esperar de un canalla como lo era El Caballero Negro? Nada.

Definitivamente no quería volver a ver a ese hombre, pero, lamentablemente, a pesar de que anhelaba negarlo, tenía la absoluta certeza de que Marcus Bennet volvería a cruzarse en su camino y ella... ella no podría hacer nada para evitarlo. Solo resistir sus ataques de experta seducción, y si lo lograba, en unos pocos meses sería libre y tendría todo lo que deseaba.

Eso sí, el bonito recuerdo de ese beso, nadie se lo quitaría.

***

—¡No estarás hablando en serio! —se quejó contrariado Marcus.

—Pues sí, me lo aseguró mi ayuda de cámara, que es digamos amigo íntimo de la doncella de tu enamorada —contestó con una mirada burlona Colin, que se rió más al ver el gesto amenazante que esbozaba su mellizo al oír cómo llamaba a la joven.

—No entiendo cuál es el problema, hijo. Asistir a esa velada es tan buena oportunidad como cualquier otra para lograr tu objetivo. Te recuerdo que tienes, ahora, menos de un mes para convencer a

Lady Thompson de casarse contigo —intervino Lord Somert, bajando el periódico que leía y clavando sus ojos negros en su hijo menor.

—No me lo recuerde, padre. Lo tengo muy presente. Pero no sabe lo que implica tener que asistir a la velada musical de las hermanas Rolay. Siempre me he resistido a poner un pie en una de ellas, ¡mis oídos sangrarán! —contestó malhumorado.

Colin lanzó una carcajada

—Realmente te compadezco. Pero míralo desde otra perspectiva, hermano, en esas veladas las jóvenes no están bajo estricta vigilancia, como sucede en los bailes, y eso te abre un abanico de posibilidades —argumentó riendo el rubio, elevando sus cejas de manera pícara.

El Conde prefirió tragarse junto con el té lo que pensaba de ese comentario. Estaba prácticamente seguro de que la señorita Thompson no quería verlo ni en pintura. No después de lo sucedido en el tentempié de Lord Luxe.

Había pasado la noche casi en vela, pensando en ese beso. Maldiciéndose por haber enloquecido y haber cometido aquel acto que, hasta hace solo unos días, le habría parecido algo imposible. Caer bajo el hechizo de la joven a la que llamaban Lady Ratón. Pero lo había hecho, y no solo eso, lo había deseado y disfrutado como nunca.

Jamás en su vida había experimentado tal tumulto de sensaciones con solo un inocente beso. Un beso que nada tenía que ver con los intensos encuentros carnales a los que estaba acostumbrado, y hasta cierto punto hastiado, pero que, sin embargo, le había cautivado por completo.

El roce de esa boca contra la suya había bastado para enloquecerle de necesidad, y su cándida manera de responder, con esa innata mezcla de timidez y curiosidad que evidenciaban que él era quien estaba poseyendo esa tierra por primera vez, ocasionaban que su lujuria y pasión subiesen hasta límites incontrolables.

Una vez más, como en cada oportunidad que la imagen de esos ojos color plata, inocentes y dilatados por la pasión, y esos labios carnosos, mojados y pecaminosos aparecían en su mente, su cuerpo reaccionaba emocionándose más de la cuenta, dejándole en una incómoda situación; mejor se retiraba a la intimidad de su alcoba antes de que su hermano se percatara de su estado y comenzara a molestarlo sin piedad.

¡Maldición! Aquello ya rozaba lo ridículo. Esa muchacha podría ser fea para muchos, y puede que él hubiese coincidido con la mayoría en un principio, pero ya no. ¡Oh, claro que no! Tanto para su despierto amiguito, como para él, Lady Clara Thompson era todo lo contrario a eso, era deseable, subyugadora y encantadora.

Mientras huía a sus aposentos, con la gacetilla ocultando la evidencia de sus pensamientos, Marcus pensó que después de todo, no iba a ser tan terrible aquel asunto del matrimonio. Y de mejor humor, comenzó a planear su próxima estrategia a seguir esa noche en la velada musical.

Estaba decidido. Conquistaría a Lady Ratón, se casaría con la joven, y cuando fuera suya, saciaría ese delirante deseo que ella le provocaba hasta lograr extinguirlo.

Se encargaría de sofocar esa desbordante necesidad que sentía por Lady Clara, y cuando su anhelo fuera solo un efímero recuerdo, él sería libre para ocuparse de su eterno propósito. Con la condición del testamento cumplida, y siendo un hombre rico, podría seguir con su satisfactoria vida. La del Caballero Negro.

CAPÍTULO OCHO

«... Aunque a una florero rara vez le suceden cosas inesperadas, nunca está de más estar preparada para la excepción que puede poner en riesgo hasta la barrera más férrea...»
Fragmento extraído del libro: «Manual, La hermandad de las feas.»

La velada de los marqueses de Rolay estaba a rebosar de personas cuando Clara y Abby llegaron. Su padre no las acompañaba esa noche, pues tenía un compromiso inamovible, según él, lo que significaba que ni loco se expondría voluntariamente a pasar dos horas oyendo el repertorio musical de las hermanas Rolay, por lo que asistían a la fiesta con su madrastra.

Melissa era una dama de treinta y cinco años, quince menos que su padre, de contextura regordeta y pequeña, tirabuzones rubios y bonitos ojos miel. Tenía una apariencia dulce, pero su carácter era todo menos afable, por el contrario, hacía gala de un temperamento quisquilloso, histérico y exagerado. Aun así, no era mala con ellas y no las molestaba para nada; tampoco intentaba inmiscuirse en sus vidas ni entrometerse o imponer sus deseos u opiniones. Además, la mujer cumplía dos requisitos indispensables; primero, el marqués se veía bastante feliz a su lado, y segundo; nunca trató de ocupar el lugar de su madre y respetaba su recuerdo y las ocasiones en que los tres lo rememoraban.

Por otro lado, Melissa tenía una virtud, siempre sonreía o tenía algo que comentar, y desde su llegada, habían vuelto las conversaciones animadas y algo de alegría a su hogar. Por todo esto, su hermana y ella le habían aceptado y firmado la paz con su madrastra, a pesar de la diferencia de edad y de la repentina llegada a sus vidas.

—Oh, queridas, miren eso. —Les señaló ella, haciendo un disimulado ademán.

Ellas siguieron la dirección de su mirada, y al ver lo que Melissa les indicaba, Abby soltó una maldición en voz baja y ella reprimió la que iba a salir de su boca. En una esquina, se había colocado una pequeña tarima y en ese momento un hombre estaba tocando el piano, pero el motivo de sus reacciones no era aquello, sino que, por la cantidad de instrumentos predispuestos, todas las hermanas Rolay interpretarían, por lo menos, una pieza. Lo que significaba una larga y prolongada tortura.

—Hermana, recuérdame cuál es la razón por la que asistimos cada temporada a esta velada —dijo entre dientes Abby, aceptando la copa que un lacayo les ofrecía.

—Pues no lo sé, ¿tradición? ¿Una especie de autoflagelación social? —respondió divertida Clara, riendo cuando Abby hizo un gesto similar al que se hace al chupar un agrio limón.

Lo cierto era que, a pesar de parecer una locura, ellas y gran parte de la nobleza se encontraban, como cada año, allí. Nada les obligaba, pero asistir a la velada musical de las Rolay era ya una tradición. Y por más que se quejaran, nadie se decidía a hacerle el feo a las encantadoras, aunque sordas, damitas Rolay.

El mayordomo les invitó a pasar al salón donde se llevaría a cabo la función, y la asistencia comenzó a tomar sus lugares. Los asientos no tenían nombre, pero cada uno sabía de forma implícita dónde ubicarse. Los asientos estaban divididos en tres hileras de seis filas, cada fila estaba conformada por cuatro sillas.

La primera fila le correspondía a los Duques presentes, luego venían los marqueses, condes, vizcondes y barones.

A continuación, los hijos o familiares de estos se ubicaban siguiendo el mismo orden y luego seguían los pocos caballeros o damas sin título pero adinerados y los sin apellido ni influencias quedaban detrás. Y por último, las damas de compañía.

A ellas les tocó la segunda fila del costado izquierdo, su madrastra tomó el asiento colindante con las demás hileras y de inmediato inicio una conversación con una dama mayor, ataviada con un espantoso sombrero púrpura. Abby se sentó a su lado y Clara en el penúltimo asiento del lado de la pared.

Por lo menos estaba junto a los grandes ventanales y podría apreciar el bonito jardín de Lady Rolay. La silla a su lado todavía no había sido ocupada y eso le alivió, no deseaba soportar una conversación forzada.

Las hermanas Rolay subieron al escenario una tras otra. En total eran siete, y aunque no eran hermosas, sino más bien del grupo de las adecuadas, todas permanecían solteras debido, seguramente, a su comportamiento excéntrico. Todas tenían en común el cabello color miel, aunque sus peinados eran diversos y rasgos óseos muy parecidos, nariz pequeña y rostros en forma de corazón. Pero ahí se terminaban las similitudes, pues sus anatomías eran diferentes, algunas muy delgadas, otras con pronunciadas curvas y una de ellas bastante rolliza.

Esta era la mayor, quien ya había iniciado una horrible melodía de Mozart en su piano, y por su expresión seria, no parecía estar muy contenta de interpretar su pieza musical. Realmente la compadecía, se la veía incómoda. Sobre todo cuando sus hermanas se unieron con sus instrumentos a la canción, convirtiendo la sinfonía en una atroz descoordinación de sonidos.

—Tal y como imaginaba, tan sordas como sus predecesoras sanguíneas. Generación tras generación, la ausencia de talento musical no abandona a las jóvenes Rolay —susurró una voz ronca y gruesa en su oído.

Clara se sobresaltó, y con el corazón latiendo enloquecido en su pecho, volteó a confirmar la identidad del hombre que se hallaba sentado en la acolchada silla.

—Buenas noches, Lady Clara —siguió el conde, sonriéndole.

Su cara estaba alumbrada por las pocas velas que habían dejado encendidas en esa parte de la estancia y su sonrisa ladeada le provocó un salto en el estómago.

—Buenas noches, Lord Lancaster —le correspondió Clara, saliendo del estupor que le había provocado verle. Esa noche vestía un traje negro, un chaleco verde con relieves dorados y pañuelo a juego. Su cabello negro estaba peinado hacia atrás y conservaba una leve sombra de vello en la barbilla.

—¡Vaya! Volvemos a los formalismos, creí que ya te sentías más cómoda conmigo, milady —comentó él, fingiendo pesar.

—Pues no, es usted un desconocido para mí, y no le he dado autorización para tutearme, milord —contestó de manera seca ella, volviendo su mirada hacia el espantoso número musical. Quería fingir indiferencia, pero le era muy difícil no reparar en el atractivo de su inesperada compañía.

—¿Ah, sí? ¿Entonces cómo le llama a lo que me permitió hacerle en el lago? Si mal no recuerdo, mi lengua la tuteó, y mucho —murmuró con sorna en su oreja.

—¡Cómo se atreve! —exclamó escandalizada, y a pesar de la fuerte música, su hermana y Melissa oyeron su furiosa protesta y se giraron hacia ellos.

Abby miró al conde con fastidio, y su madrastra con un gesto curioso. Clara se apresuró a sonreírles tranquilizadoramente y se concentró en el escenario.

—¡Es usted un descarado! —siseó ella, ni bien se liberó del escrutinio de su familia.

—No lo negaré —asintió, encogiendo un hombro, despreocupado.

—¿Qué es lo que busca, Lord Bennet? —le interrogó con tono de sospecha, achicando los ojos. Él la ponía nerviosa, no estaba acostumbrada a recibir tanta atención de parte de un hombre y menos de uno tan apuesto como aquel. Ni siquiera entendía qué hacía el conde de Lancaster allí, ya que podría asegurar que nunca le había visto en una velada de aquellas.

—Algo más atrevido de lo que imagina —contestó con gesto pícaro Bennet, más al ver que se voltearía otra vez, se apresuró a decir—: Está bien, necesito hablar a solas con usted, ahora.

—¿¡Qué!? ¿¡Es que ha perdido la cordura!? —soltó con incredulidad, volviendo a sonrojarse al leer en su intensa y penetrante mirada oscura que hablaba en serio.

—No, y le advierto que estoy decidido a hacerlo. Así que usted dirá cómo lo haremos ¿A su manera o a la mía? —Le presionó él, arqueando una de sus morenas cejas en un claro gesto de desafío.

Clara se desesperó, no lograba adivinar qué podría querer hablar con ella un hombre como el conde. Su mente le gritaba que, tal vez, él buscara repetir lo sucedido ayer en el tentempié, pero su yo razonable insistía en que eso era imposible, los caballeros como Marcus Bennet no asediaban a damas como ella.

—Está bien, en cinco minutos en el invernadero. —Se rindió, diciéndose que lo mejor sería averiguar cuanto antes qué deseaba, y luego podría librarse de la repentina irrupción de ese hombre.

UNA FEA ENCANTADORA

El asintió con una mueca complacida, y mientras los invitados aplaudían el desafinado final de la pieza, él se levantó y desapareció con disimulo. Clara se enderezó en su lugar, y sintiendo una revolución en su estómago, respiró profundo y soltó el aire despacio, en un pobre intento de relajación. En minutos estaría en íntima cercanía con un caballero al que prácticamente no conocía, pero que sin embargo en las pocas veces que habían coincidido, parecía haber visto en su interior y traspasar las férreas barreras que había erigido alrededor de sus sentimientos y de su corazón, para protegerse. Y, definitivamente, no estaba preparada para eso.

CAPÍTULO NUEVE

«... Solo la real belleza es capaz de silenciar a la razón y avivar la llama de la pasión...»
Fragmento extraído del libro: «Manual, La hermandad de las feas.»

El invernadero de Lady Rolay era realmente grande, la multitud de plantas y aromas que inundaban sus sentidos cubrían cada rincón, dándole al amplio espacio un efecto íntimo y calmo. En el fondo del lugar, había una pequeña fuente rodeada por tres bancas de piedra y cojines sobre estas.

Durante la noche, la estancia permanecía prácticamente a oscuras, debido a las plantas que necesitaban luz nocturna; y durante el día, las paredes de vidrio que se extendían por los laterales dejaban entrar la luz del sol a raudales.

Solo unos minutos después de que Marcus se internara en el interior, oyó unos pasos y una voz rompiendo el silencio.

—¿Milord? —dijo con vacilación la dulce voz que esperaba.

Ella no se había arriesgado a decir su nombre, por si había allí otra persona. Esa observación le hizo sonreír, «Muchacha inteligente...»

—Aquí, siga el camino —le indicó Marcus.

Unos segundos después, vio aparecer a Lady Clara. Ahora que podía verle de frente y en pie, se fijó que llevaba un vestido rosa liso y amplio, el cuello alto y redondo, las mangas abullonadas en los hombros cubría sus delgados brazos hasta las muñecas.

Sabía que estaban en otoño, pero ¡maldición, ese trapo no dejaba ni un centímetro de piel a la vista! Además de que tenía su oscuro cabello peinado hacia atrás y eso, acompañado de su atuendo, le daba un aspecto frío e inaccesible, poco atractivo.

—Entonces... ¿por qué la estás desnudando con la vista y tu corazón se ha acelerado con solo verle? —Se entrometió su conciencia.

—Bien, milord, aquí me tiene. Será mejor que se apresure a decirme aquello tan importante, porque estoy arriesgando mi reputación —le apremió ella nerviosa, mirando para todos lados, menos hacia donde él se encontraba.

—Por favor, tome asiento —le pidió, señalando la banca del centro. La joven dudó un instante y luego soltó el aire despacio, cubrió la distancia que restaba hasta sentarse donde le señaló.

—Iré directo al grano, milady —siguió Marcus, tomando asiento a un cuerpo de diferencia de ella. No quería incomodarle y que saliera huyendo antes de que le dijera lo que tenía pensado. La dama, que estaba visiblemente tensa y alerta por lo que podía vislumbrar con la ayuda de los pocos faroles que mantenían sus velas encendidas, solo se limitó a asentir en respuesta—. Quiero cortejarla —soltó de sopetón y tuvo que inclinarse hacia delante para impedir que la joven cayese del banco, tomándola del brazo.

—¿Qué... ha dicho? —balbuceó impactada, recuperando el equilibrio que había perdido por el sobresalto que le había causado su afirmación.

—Que deseo ser su pretendiente y voy a hacer mañana mismo un pedido formal a su padre —especificó el conde y vio, desconcertado, cómo el rostro de ella perdía todo el color.

—¿Acaso está usted bromeando? ¡Porque no es gracioso, milord! Y mejor regreso al salón, no... —empezó a decir con voz temblorosa por el enfado, moviéndose para ponerse en pie.

—No. Nunca tomaría con frivolidad un tema tan serio. Estoy diciendo la verdad, milady, quiero cortejarla formalmente —repitió Marcus, interrumpiendo su reproche y deteniendo su huida, tomando su mano enguantada.

—Pero... pero... no puede ser cierto. ¿Por qué... por qué yo? —inquirió incrédula ella, con el semblante pálido.

—¿Por qué? Pues porque... —inició, pero una carcajada femenina cortó su respuesta.

Lady Clara le miró horrorizada, con los ojos abiertos de par en par, desesperada, cuando se oyó una voz masculina y los pasos de lo que parecía una pareja acercándose hacia ellos. Marcus apretó su

51

agarre, transmitiéndole calma y se puso un dedo sobre los labios, para que guardase silencio.

Las voces se oían cada vez más cerca, y si los descubrían allí, se produciría un escándalo que a sazón de la reacción anterior de la muchacha, podría perjudicar su plan. Era obvio que la joven no quería casarse, por lo menos no con él, y no quería arriesgarse a que ella huyese para evitar un casamiento obligado.

Rápidamente, barajó sus opciones y se puso en acción. Tirando de la mano de la joven, se levantó y apartó una enorme planta colgante que estaba ubicada a la izquierda de la fuente y metió a Lady Clara en el pequeño recoveco que se formaba entre la planta y la pared. Luego, le siguió y soltó el follaje para que volviese a su lugar original y ellos quedaran ocultos a la vista tras la planta.

En ese momento, los intrusos llegaron hasta la fuente y ellos escucharon su íntima conversación. Marcus reconoció la voz de la mujer, era Lady Velmont, una lasciva dama que solía cambiar de amante con más regularidad de lo que veía a su anciano y achacoso marido.

La pareja no tardó en iniciar un lujurioso encuentro sexual, y los gemidos exagerados de la mujer, seguidos de los jadeos roncos del caballero, resonaron en el invernadero.

Divertido, Marcus se giró a mirar a su acompañante. La joven estaba completamente ruborizada, su mirada era de total bochorno y estupefacción.

El espacio que tenían era mínimo, por lo que sus cuerpos estaban prácticamente pegados, mucho más que en un vals. Lady Clara respiraba con dificultad y sus ojos le rehuían. No sabía si se debía a las circunstancias o a lo que la cercanía de la joven le provocaba, pero Marcus se sentía arder por dentro y no podía reprimir por más tiempo sus ansias de tocarle.

La dama pareció adivinar sus intenciones, porque se pegó más a la pared y se envaró, negando con la cabeza. El conde se cernió sobre ella y tomó su cara entre sus manos, para obligarle a mirarlo. Ella clavó sus pupilas grises en las suyas y él percibió el temblor que recorría su cuerpo.

Con el sonido de los amantes y la lejana y desafinada melodía que interpretaban las hermanas Rolay, Marcus se sumergió en esas profundidades plateadas, sintiendo el deseo correr desbocado por sus venas.

Lentamente quitó una mano del rostro de ella y la llevó hacia la nuca, donde un rodete mantenía preso su cabello. Con el aliento entrecortado y el corazón saltando en su pecho, tiró del nudo y un manto castaño oscuro se derramó por sus hombros y su mano, dejándole sin aliento.

La joven se mordió el labio inferior nerviosa, y eso fue lo que terminó de vencer la poca contención de Marcus que, silenciando su razón, soltó un jadeo bajo, la atrajo por la nuca y tomó su boca con urgencia y necesidad.

La exclamación que salió de los labios de ella fue sofocada por su beso apasionado y febril. Marcus acarició sus labios con los suyos una y otra vez, asombrándose de la necesidad insaciable que sentía y enloqueciendo cuando la joven gimió con suavidad y respondió rodeándole el cuello con los brazos y apretándose contra él. No podía detenerse ni saciarse, aunque lo intentaba con voraz ímpetu, sus manos volaban por la silueta de la joven.

Unas fuertes risas se colaron en su burbuja de deseo, logrando que frenara lo suficiente para permitirles tomar aire con agitación.

Los amantes abandonaban el lugar y ya no se oía la música desde el salón, lo que denotaba que el concierto había finalizado y se estaría por servir la cena. Debían regresar o los invitados se percatarían de su ausencia.

En silencio, se observaron fijamente y después de un momento, la joven quitó sus brazos de su espalda y él hizo lo propio, dando un paso atrás.

Después de asomarse y comprobar que realmente estaban solos, Marcus salió de su escondite y ella le siguió.

Una vez estuvieron en la puerta del invernadero, la muchacha se adelantó con prisas.

—Lady Clara. —Le frenó, sin tocarla, pero no fue necesario porque ella se detuvo y giró la cabeza hacia atrás, su cara todavía estaba sonrojada.

—Espero que lo que sucedió hace unos momentos haya respondido a su pregunta —dijo con una penetrante mirada.

—No... yo... —barbotó con aprensión ella.

—Tú me gustas —le interrumpió Marcus con determinación, y vio sus ojos abrirse conmocionados, tanto como él, se sorprendió al oír su propia confesión.

—Milord... no creo que, ¡Oh, Abby! —Se interrumpió, al oír la voz de una mujer llamándole con disimulo.

—Mañana la veré en su casa. No lo intente, no podrá librarse de mí, milady —le susurró roncamente al oído, notando cómo ella se estremecía. Sonriendo, besó el punto sensible bajo su oreja y salió del lugar.

CAPÍTULO DIEZ

«... Siempre he creído que sin importar nuestro aspecto, estatus o posición, todos merecemos el regalo de amar y ser amados de verdad...»
Fragmento del libro: «Manual, La hermandad de las feas.»

—Pero…pero ¡Clara! —balbuceó incrédula Abby, alternando su mirada atónita entre el conde, que pasaba por su lado, que le guiñó un ojo con picardía perdiéndose por el pasillo luego, y ella, que se había quedado estática junto a la puerta del invernadero.

—Yo... yo... ¡No pasó nada! —se defendió, nerviosa.

—¿¡Nada!? ¿¡Es que has perdido la cordura!? ¿Te has visto en un espejo? Tienes el peinado deshecho y el cabello repleto de hojas, el vestido arrugado y la boca roja e irritada —espetó airada su hermana, acercándose, pero bajando la voz al decir lo último.

—¡Oh, Dios! —exclamó avergonzada, llevándose las manos a la cabeza, en un intento frenético de recomponer su aspecto.

—Lo estás empeorando. Ven, te ayudaré a peinarte. No puedes volver al salón hecha un desastre o todos sabrán que estuviste en una cita clandestina. —Bufó Abby, tomando su mano y arrastrándola en dirección contraria.

Cuando llegaron a otro pasillo, su hermana comenzó a abrir puertas al azar hasta que, asomando la cabeza en una para comprobar que estuviese vacía, ella la instó a ingresar a lo que parecía la alcoba de una de las hermanas Rolay.

Una vez estuvo sentada en un bonito tocador, Abby tomó un cepillo de cerdas y comenzó a peinar su cabello castaño. Clara observó la imagen que su reflejo le devolvía, y casi no reconoció a la mujer del espejo. Sus mejillas estaban furiosamente ruborizadas, sus labios estaban hinchados y sus ojos brillaban con intensidad.

Por un momento se vio bonita y eso le hizo experimentar un aleteo en el estómago.

—Clara... ¿Me dirás lo que está pasando? —preguntó con suavidad Abby, quitando las pocas horquillas que conservaba y comenzando a peinarle.

Ella desvió la vista y la clavó en sus manos enguantadas, sin saber qué responder. A decir verdad, no sabía lo que estaba sucediendo entre el conde y ella.

—Hermana, ¿desde cuándo arriesgas tu reputación para encontrarte a solas con un caballero? —cuestionó Abby, colocando nuevamente las horquillas para mantener sujeto el moño en su nuca—. Escucha, Clara, sea lo que sea, no arriesgues tu sueño por un hombre que no merece la pena. El conde de Lancaster es la representación de todo lo que siempre detestamos; es superficial, egocéntrico y un mujeriego. Y si no tienes cuidado, te hará sufrir —le aconsejó, inclinándose sobre su hombro y mirándola con calidez y cariño en sus ojos azules, a través de sus grandes gafas— Listo, no está tan bien como cuando lo hace tu doncella, pero, por lo menos, se sostendrá lo que dure la cena —terminó su hermana.

Clara tragó saliva y la siguió en silencio hacia el comedor. Las piernas le temblaban y sentía el pulso acelerado. Todo aquel asunto con el conde se le estaba yendo de las manos, y a juzgar por el nudo que sintió en el pecho al oír la advertencia de su hermana, Abby estaba en lo cierto. No podía dejar que el coqueteo con Lord Bennet la distrajese de lograr su propósito. Y menos sin saber qué quería de ella.

«Tú me gustas...»

Esas palabras se repitieron en su mente como un eco, haciéndole estremecer nuevamente.

—¡No! No dejes que un par de palabras bonitas te nublen la razón— se dijo mentalmente.

Ahora más que nunca debía aferrarse a las duras enseñanzas que la vida le había dado. El conde de Lancaster era un hombre apuesto y pretendido que podía elegir a la mujer que deseara y no escogería a una dama como ella. Mejor lo olvidaba, o terminaría con el corazón irremediablemente roto.

***

—¿Y bien, cómo fue tu asunto? —interrogó una voz, en medio de la oscuridad de su alcoba, provocando que Marcus se sobresaltara y soltara un pequeño jadeo asustado.

—¡Maldición! ¡Por poco me haces escupir el corazón por la garganta! —reprochó exaltado, girando para ver la silueta de su hermano, iluminada por la luz crepuscular, sentado en el asiento bajo la ventana.

—Pues has perdido facultades, querido hermano. Decidí esperarte para enterarme de tus avances con tu encantador ratoncillo —se burló Colin, poniéndose de pie y caminando hacia él con un vaso de whisky y un puro entre sus dedos.

—Eres un entrometido ¿No tienes nada útil que hacer? ¿Por qué no te vas a disfrutar de tu soltería? —Bufó molesto, quitándose su chaqueta y soltándola sobre una silla.

—Ya habrá tiempo para eso, por ahora me entretienen más tus desventuras e infortunios. —Le provocó el rubio, apoyándose en una de las columnas de su cama.

—Adelante, continúa divirtiéndote a mi costa. Ya veremos quién ríe al final —rebatió mosqueado, sacándose el pañuelo y comenzando a desprender los puños de su camisa.

—Seguramente seré yo. Pero déjame decirte, que deberías abandonar tu burda costumbre de prescindir de tu ayuda de cámara, ahora eres un conde —comentó con hilaridad su hermano.

—Yo no soy tan inútil como tú, puedo asearme sin tener a alguien mirando mi trasero desnudo. Lo que me recuerda algo... ¡Lárgate! —espetó furibundo, terminando de desvestirse y lanzándose sobre el colchón. Estaba exhausto, pero tenía el presentimiento de que le costaría conciliar el sueño, su cerebro estaba colapsado de imágenes y fragmentos de lo sucedido hace unas horas.

—Vaya, pero qué humor de perros traes. No parece que estuvieses a las puertas de disfrutar de las mieles del matrimonio —contestó con sarcasmo y una sonrisa sardónica Colin.

—Ríete todo lo que quieras. Tal vez tengas razón y yo me case obligado, pero tú, querido hermano, tú te casarás enamorado y eso, es mucho peor —vaticinó Marcus y fue su turno de reír, ante la expresión de horror que esbozó su hermano.

Más tarde, se hallaba, tal como predijo; desvelado contemplando el dosel de su cama. No podía dejar de darle vueltas a su situación con determinada dama. Marcus podía tener muchos defectos, pero el autoengaño nunca había sido uno de ellos. No tenía por costumbre mentirse a sí mismo y no empezaría a esta altura de su vida. Menos estando allí, en la penumbra de su soledad. Lady Clara Thompson le gustaba, y mucho. No sabía cómo, pero esa era la verdad.

Nunca se había sentido de aquella manera, en sus veintinueve años de vida jamás había perdido el control de sus emociones y acciones como lo había hecho con esa joven.

¿Para qué negarlo? Solo la había visto en tres oportunidades, la primera vez se había sentido intrigado, en su segundo encuentro se había despertado la atracción por ella, y la última vez el deseo por ella le había dominado por completo.

Le gustaba todo de la joven. Su simpleza y humildad, las múltiples maneras en las que se sonrojaba, ya sea con timidez, con enojo cuando sacaba a relucir su temperamento o con alborozo, cuando se dejaba llevar por la pasión. Le encantaba su ingenuidad y candidez, la forma en la que relucía entre sus brazos y cómo respondía a sus caricias, con entrega y sinceridad, sin reservas ni artilugios. Ella era distinta, diferente y especial. Para el resto de sus pares, podría ser insulsa, poco atractiva y corriente, mas para él, era maravillosa, encantadora y única.

Sí, Lady Ratón le tenía bailando al son de su dedo.

Mientras más lo pensaba, más se convencía de que la idea de un enlace entre ellos, propuesta por sus respectivos progenitores, no sería una tortura como había creído en un principio, todo lo contrario. Y aunque era obvio que la dama estaba decidida a no casarse, eso no le disuadiría. No pararía hasta lograr su objetivo.

Las cartas habían sido echadas y las apuestas ya estaban sobre la mesa. Y Marcus Bennet no era la clase de hombre que renunciaba o retrocedía ante un desafío —Oh, no, claro que no—

Más tranquilo, se removió en la cama y cruzó sus brazos bajo la cabeza y las piernas por los tobillos.

Estaba decidido, iría tras Clara Thompson. Sería el astuto gato que cazó al esquivo ratón.

Y con esa firme idea y una gran sonrisa pintada en el rostro, finalmente, se durmió.

UNA FEA ENCANTADORA

CAPÍTULO ONCE

«... He aprendido, no sin esfuerzo, que juzgar y apreciar algo solo por lo que nuestros ojos nos muestran, casi siempre, es una característica innata en cada ser humano...»
Fragmento extraído del libro: «Manual, La hermandad de las feas.»

—Milady, Lord Garden solicita su presencia en su estudio —anunció la flemática voz de su mayordomo, tras traspasar el salón, donde Clara solía pasar las mañanas escribiendo.

—¿Le dijo para qué, Stiller? —interrogó ella, depositando la pluma sobre su escritorio.

—No, milady, pero tiene una visita —contestó el hombre y, a pesar de que la mueca en su cara habitual de póquer fue mínima, fue obvio que el sirviente estaba sorprendido por dicha persona.

De inmediato, el corazón de Clara inició una loca carrera —Que no sea quien pienso, por favor, que no sea él— rogaba sin cesar ella, mientras seguía a su mayordomo por el vestíbulo.

Una vez estuvo parada frente a la puerta del despacho del marqués, se detuvo unos segundos para intentar calmar su pulso acelerado. Soltando el aire despacio, comprobó su aspecto en el gran espejo ubicado junto a la puerta de roble oscuro. Tenía el cabello en un medio recogido, y llevaba un vestido de día color amarillo. Sus mejillas ya estaban furiosamente sonrojadas.

No lucía nada elegante ni sofisticada, más bien se veía simple y aniñada con el pelo libre y flotando a su alrededor. Haciendo una mueca, se acomodó el vestido y esparció su flequillo en su frente.

—¿Pero, qué estás haciendo?, ¿desde cuándo pierdes el tiempo frente a un espejo y prestas atenciones a tu apariencia? —Le reprendió su conciencia.

Era cierto. No sabía qué le sucedía, para nada le importaba cómo se veía.

—¡Por favor, qué ridiculez! Solo me siento inquieta por el imprevisto.

Realmente no creía que él cumpliese su palabra y apareciese en su casa, —solo era eso— se dijo a sí misma, con la mayor firmeza que sus rodillas temblorosas le permitieron mientras golpeaba con los nudillos la puerta.

—Adelante —escuchó decir a su padre y abrió, cruzando el dintel.

Edward la miraba con su afable sonrisa, se había puesto de pie tras su escritorio, al igual que el hombre que giró y clavó su oscura mirada en ella, quien a pesar de haberse preparado para aquello, no pudo reprimir el vuelco que sintió en su estómago, con solo posar sus ojos sobre ese hombre.

—Acércate, hija. Por favor, toma asiento. —Le indicó su padre con un ademán, sentándose nuevamente.

Clara regresó la vista al conde y tragó saliva nerviosamente.

Lord Bennet, vestía un abrigo color piel, camisa blanca y unas ajustadas calzas negras, acompañadas de altas botas de caña negra. Él esbozó una semisonrisa y ella maldijo en su interior, parecía la estatua de una fuente, parada allí, con la baba cayendo a su alrededor.

Cuando llegó a su lado, el caballero le saludó con su ronca voz y ella, hecha un flan tembloroso, apoyó su mano desnuda en la suya, sintiendo un escalofrío cuando sus delgados labios besaron sus nudillos.

A continuación, los dos tomaron asiento y miraron al marqués.

—Bien, Clara. Te estarás preguntando qué estás haciendo aquí y a qué ha venido Lord Lancaster... —inició su padre, después de carraspear algo inquieto. Incapaz de decir nada, ella solo asintió—. Bueno, creo que lo mejor será ir directo al grano. Lord Lancaster ha solicitado tu mano en matrimonio, y se la he concedido—declaró Edward atropelladamente.

Silencio fue lo único que se oyó, después del impactante anunció de su padre.

—¿Clara?... —inquirió el marqués, desconcertado ante su nula reacción.

Ella estaba paralizada, inmóvil, sin poder siquiera respirar.

—¿Qué... qué... ha dicho pa... padre? —balbuceó, pálida.

—¿Qué te sucede, niña? Dije que... —prosiguió su progenitor, pero Lord Bennet le interrumpió.

—Que quiero casarme con usted, milady —afirmó, moviéndose en su asiento hasta quedar de cara a ella.

—¿¡Qué!?... ¡No! ... Usted... yo... no... ¡Ay, Dios! —soltó anonadada Clara, saltando en su lugar al oír su voz resuelta, desviando su mirada desencajada hacia el conde. El aire se le cortó y todo a su alrededor comenzó a girar, hasta que la vista se le nubló y, curiosamente, le pareció que la alfombra del piso se acercaba a su rostro.

—Creo que está despertando —dijo la voz de su hermana muy cerca de ella, haciéndole regresar de su mundo oscuro.

No abrió los ojos de inmediato, pero sí arrugó la nariz ante el fuerte aroma de las sales. Estaba tumbada sobre un mueble mullido y la cabeza le dolía.

—Clara, ¿estás despierta? —le habló con tono preocupado Abby.

Ella levantó los párpados y se encontró con la cara pequeña de su hermana menor, inclinada sobre ella. Esta sonrió aliviada y se enderezó con un frasco entre sus manos.

—¿Qué me sucedió? —le preguntó con la voz algo agrietada, notando que seguía en el estudio de su padre y se hallaba acostada sobre un diván.

—Te desvaneciste. Padre te citó aquí, pero no sé el motivo. Aunque claro que puedo suponerlo. —susurró con sequedad la rubia.

—¿Por qué susurras? ¡Ay, Abby, no sabes lo que soñé! No sé por qué me desmayé, eso nunca me había sucedido. Pero estando en ese estado, soñé que el mujeriego de Lord Lancaster... —empezó a relatar Clara, y frunció el ceño al ver que su hermana hacía extrañas muecas—. ¿Qué haces? Bueno, te decía que ese canalla venía y se atrevía a pedir mi mano. Y no solo eso, ¡padre se la concedía! Fue horrible, una pesadilla, lo peor que me ha pasado —Siguió, elevando los brazos hacia el techo, al tiempo que su hermana negaba frenéticamente con la cabeza y trataba de decir algo, pero ella siguió su relato—. Por suerte, fue solo un mal sueño. ¡Imagínate que ese libertino me pretendiese! Además de inverosímil, improbable e imposible, sería un infortunio total. ¿Qué podría hacer un afamado calavera, por no decir endemoniadamente apuesto, junto a una fea florero como yo? Sin olvidar, que jamás podría atraerme alguien tan superficial, cínico e inmoral como Lord Bennet.

—Qué lástima, milady. Porque su sueño se ha hecho realidad. Y este mujeriego, canalla, calavera, superficial, cínico e inmoral hombre, está más decidido que nunca a casarse con la fea, descarada y deslenguada florero —intervino una voz grave, desde un punto ubicado detrás de su cabeza. Clara se interrumpió con un grito de espanto, y todavía acostada, vio aparecer frente a sus desorbitados ojos el rostro serio de Lord Landcaster.

—Umm... yo iré... a traerte un té, hermana —dijo Abby, cortando el tenso silencio que había seguido a su desdeñable discurso, y salió apresuradamente, no sin recordar dejar la puerta abierta, para conservar la respetabilidad en esa nada convencional situación.

Deseando que la tierra la tragase, Clara se incorporó hasta quedar sentada y Lord Marcus se enderezó, sin apartar ni un segundo su mirada fulminante de ella.

—Yo... lo siento, milord —dijo incomoda, desviando la vista a sus dedos manchados de tinta.

—Disculpas aceptadas —contestó con tono alegre el, y ella alzó los ojos, asombrada de verle sonriendo.

—No mentiré diciendo que no me ha mosqueado enterarme de la pésima opinión que tiene de mí —continuó con tono pesaroso él, haciéndole bajar nuevamente la vista, avergonzada—. Pero no hay mal que por bien no venga, y esto solo acrecienta mi determinación de hacerle cambiar de opinión, milady —anunció con tono seductor, provocando que sus mejillas se ruborizasen.

—¿De qué habla, milord? —interrogó desorientada ella.

—Pues de que su elocuente parlamento me ha llevado a considerar algo que nunca había tenido en cuenta —le respondió Bennet, apoyándose en el escritorio en una masculina pose.

—No entiendo, milord —negó más confusa a cada segundo, intentando pasar por alto el aura devastadoramente seductora que despedía, y la intensa manera en que sus ojos negros la miraban, haciéndole sentir cosquillas en el estómago y un extraño calor en su interior.

—He descubierto que, para ser una mujer, como usted se describe, una fea florero, sus pensamientos y lógica no difieren de los de la banal y superficial aristocracia de la que usted tanto se queja—explicó el conde, dejando vagar la vista por su anatomía y deteniéndose en su desacomodado escote más de la cuenta, provocándole un sofoco.

—¿A qué se refiere? —inquirió, sin comprender nada.

Él se incorporó, se acercó, y la desconcertó más todavía, al apoyar una mano a cada lado de su cadera, cerniéndose sobre ella con su poderosa estructura y pegando la cara a la suya, dejando una casi inexistente distancia entre ellos.

—Me refiero, a que es usted igual de prejuiciosa que esa sociedad que la ha rechazado siempre. Apenas me conoce y ya me ha juzgado y sentenciado, solo por mi endemoniada apostura. Pero no me ha dado la oportunidad de demostrarle quién soy, lo que pienso, cuáles son mis ideales o mis motivaciones. Nada sabe sobre mis experiencias, mis circunstancias. Sin embargo, se ha atrevido a hacer un juicio de valor sobre mi carácter y personalidad. Usted ha hecho lo mismo que nuestros vanidosos pares han hecho con usted, juzgarme por mi exterior. Y a decir verdad, eso me decepciona bastante —sentenció él, dejándola alucinada e impactada.

—¿Y acaso usted no? ¿O debo recordarle cómo me insultó en nuestro primer encuentro? —espetó con acritud Clara, arqueando una ceja desafiante, cuando logró sobreponerse.

—No —rebatió lacónico el conde.

—¿No? ¡Por favor! ¡Me trató como todas las personas que he conocido en mi vida! ¡Me llamó Lady Ratón, es evidente que pensó lo mismo que todos de mí! —reprochó con un bufido de desprecio ella.

—Otra vez se equivoca. Se guía por el concepto que se ha formado de mí, pero no tiene una mínima idea de lo que cruzaba por mi mente en esa terraza —afirmó con tono íntimo y perezoso Lord Landcaster.

—¿Ah, sí? Pues ilumíneme, milord —le desafió Clara, con gesto altivo.

—Pensaba... que su boca era apetecible, tentadora y pecaminosa —contraatacó el con un gruñido ronco, bajando los ojos a sus labios, dejándole muda y haciendo que el vello se le erizase—. Descubría que sus ojos eran dos pozos de plata líquida, atrayentes, hermosos y encandilantes. Y pensaba que podría perderme para siempre en ellos, que nunca me cansaría de mirarlos, porque tenía ante mí, a una dama encantadora —terminó él, subiendo su ardiente mirada hasta posarla en sus ojos.

—¿Y tú, Lady Clara? ¿Te atreves a sincerarte contigo misma y confesar lo que tu mente se niega a admitir? —inquirió, con sus ojos negros refulgentes.

CAPÍTULO DOCE

«... Tengo la certeza de que no existe algo más bello que la libertad que proporciona atrevernos a dejar volar nuestros más íntimos anhelos...»
Fragmento extraído del libro: «La Hermandad de las feas».

—Yo... yo... —balbuceó, con el aire estrangulado en la garganta y sus pulsaciones alteradas.

—¿Usted..., qué, milady? —inquirió él, con su rostro cerca, esbozando una sonrisa pretenciosa y arrogante.

—Yo... No me quiero casar con usted. Muchas gracias, pero no acepto su petición de matrimonio —declaró Clara, enderezando sus hombros y mirándole con resolución.

—¿¡Qué!? —graznó Lord Bennet con voz aguda y una expresión de incredulidad.

Por un momento, Clara sintió el impulso de reír como desquiciada, pero se contuvo, no creía que él se lo tomase bien. Pero antes de poder responder su pregunta, fueron interrumpidos.

—Gracias a Dios...

—¡Hija, despertaste! Me asusté tanto que fui a por un médico —le comentó el marqués yendo hacia ella, que seguía en la misma postura, pero ya no tenía el cuerpo del conde pegado, pues Lord Marcus se había apartado de un salto cuando oyeron los pasos de su padre y el médico acercándose.

—Vamos, hija. El doctor te revisará en tu alcoba. Deberá disculparnos, milord, conversaré con Clara sobre su petición y le haré llegar su respuesta —siguió su padre, ayudándole a ponerse de pie y deteniéndose frente al otro.

Clara no se atrevió a levantar la vista, no quería encontrarse con su mirada de reproche. Así que se concentró en la alfombra y, haciendo una inclinación de despedida cuando él la saludó, abandonó el estudio guiada por el marqués.

***

Enajenado, colérico, furioso, ofuscado, rabioso, airado, era como se sentía Marcus en ese momento. Dos días habían pasado desde su fallida petición de mano en la mansión de Lord Garden y todavía no había recibido una respuesta del marqués. Aunque no la necesitaba, ya que el hombre mayor le había advertido desde el primer minuto que él estaba dispuesto a conceder la mano de su hija, pero la decisión final la tomaría la joven. En otras palabras, si Lady Clara no lo aceptaba, Lord Thompson no la obligaría.

—¡Por favor! —exclamó frustrado Marcus, levantado la botella de brandy para volver a beber de ella.

¿Qué clase de padre era ese? ¿Desde cuándo las jovencitas sabían lo que era bueno para ellas? ¡Por Dios santo! ¿Qué rayos significaba aquello de que ella debía decidir? ¿Para qué estaban entonces los padres y tutores? ¿Es que ese viejo no recordaba que los hombres eran seres superiores, que eran los amos del mundo? ¡Hacía siglos que las féminas eran obligadas a casarse, los matrimonios eran un intercambio comercial y se concertaban enlaces forzados a diario! ¡Justo a él tenía que tocarle la mala suerte de toparse con un padre pusilánime y una hija con complejo de mando!

Molesto, tragó el líquido transparente y mandó a callar la voz que le decía que él mismo era uno de los precursores de abolir esa bárbara costumbre.

Despatarrado en el sillón de su alcoba, Marcus depositó la botella vacía en la mesita a su lado. El tiempo se agotaba, le restaban tres semanas para encontrar una dama y casarse con ella o lo perdería todo. Se sentía decepcionado y dolido por el rechazo de esa mujer, porque además de no contar con el tiempo de buscar otra mujer, él no quería cualquiera. No, él deseaba a Lady Clara y no se conformaría con otra. Lady Ratón se había convertido en un reto personal, era un desafío, una obsesión para Marcus.

¿Quién lo hubiese dicho? ¿La florero consumada rechazando al libertino afamado? Menos mal que a él eso no le afectaba para nada, el problema era que le estaban presionando y le tocaba el orgullo su negativa.

—¡Ah, no! A Marcus Bennet nadie lo rechaza, ¡nadie! —proclamó, con las manos alzadas.

***

Clara se encontraba recostada en su cama, sin poder conciliar el sueño.

No dejaba de repetirse en su cabeza la confesión que el Conde le había hecho en el estudio de su padre.

Amparada por un estado de salud algo débil, Clara se había atrincherado en su cuarto desde ese día. Sabía que solo estaba empeorando la situación y que era en vano evitar a su padre, quien, sabía, le insistiría con el tema del compromiso con el Conde.

Sabía que para cualquiera de las personas de su círculo, rechazar esa propuesta era una insensatez. O más que eso, ¡era una locura! ¿Desde cuándo alguien como ella, una fea en toda regla, un florero, una solterona, rechazaba a un hombre apuesto, codiciado, con título y fortuna? Desde nunca, claro.

El problema era que ella no podía casarse, no sin renunciar al sueño de toda su vida. Pues siendo alguien de su posición social, y sobre todo siendo una mujer, no le estaba permitido ser escritora. O mejor dicho, algunas damas escribían como un pasatiempo, algo que se consideraba inofensivo y casi agradable, pero pretender dar a conocer sus escritos, y más en una gaceta, era inaudito, insólito, insultante, imposible y absolutamente escandaloso.

Por eso, era prioridad mantener su identidad oculta, y gracias a Dios, el dueño del periódico consideraba tan bueno su trabajo, que estaba dispuesto a pasar por alto su género y había accedido a mantener su anonimato. Todo era perfecto, y en esa ecuación no entraba un marido. Ningún hombre aceptaría algo como aquello, ninguno toleraría que su esposa rompiese las reglas tan estrafalariamente.

Por todo esto, lo mejor era que se olvidara de Marcus Bennet; que desterrase de su mente sus palabras, sus caricias, sus besos. No creía poder erradicar lo que ese hombre le había hecho sentir, era algo tan hermoso que un calor maravilloso inundaba su pecho con solo pensarle. El Conde quedaría grabado en ella para siempre, como el más dulce y encantador de sus recuerdos.

Con esos pensamientos, logró quedarse dormida, hasta que un sonido fuerte la arrancó de su sueño. Sobresaltada, se sentó en la cama de golpe y agudizó el oído. El golpe seco se repitió, y Clara localizó su procedencia, era en la ventana. Con el corazón acelerado, se levantó y caminó con cautela hacia allí.

Las ventanas permanecían cerradas pues estando en otoño, por las noches corría una brisa bastante fría. Cuando llegó hasta estas, advirtió que lo que le había despertado era el ruido que producían piedrecitas golpeando el cristal de su ventana.

Con los ojos abiertos como platos, Clara se colocó su bata gris sobre el camisón y abrió una ventana. Pero antes de poder asomarse, un objeto golpeó con violencia su frente, lanzándola al suelo de su cuarto con una exclamación de susto.

Atontada, mareada y dolorida, se incorporó sobre un codo y se llevó la mano a la frente, que le ardía. Su mirada desorbitada se clavó en el objeto que la había golpeado.

—¿Qué? ¿¡Es un zapato!? —soltó confundida y estupefacta la joven. Y acto seguido, un grito de espanto salió de su boca, cuando una figura fornida apareció en la ventana—. ¿Usted?... ¿qué hace aquí? —siseó agitada Clara, con la mano en su garganta y expresión desencajada.

—No... te... asustes, soy yo, Romeo —le informó con voz pastosa el individuo, inclinándose sobre el alfeizar.

—¿Qué hace aquí, Lord Lancaster? —repitió más tranquila, al comprobar que no se trataba de un malhechor.

El Conde no pareció escucharle, solo le sonreía y balanceaba el cuerpo, intentando deslizarse hacia dentro.

—¡Lord Landcaster!, ¿¡pero qué hace!? —chilló en un susurro escandalizado, al ver lo que pretendía hacer, levantándose y observándole con los brazos cruzados.

—¡Ay! —exclamó el Conde, cuando su gran anatomía logró colarse finalmente por el hueco de su ventana, y aterrizó con la cara en el piso.

—¡Está usted borracho! —le reprochó indignada y preocupada a la vez.

—Noooo, solo estoy alegre. Eres una pésima Julieta —contestó Lord Marcus, poniéndose de pie con dificultad, para volver a caer sobre su trasero torpemente.

—Sí, claro. Porque usted es el Romeo descrito por Shakespeare —reclamó con sarcasmo la joven, mientras él reía como un lunático—. Debe irse, está usted loco —le ordenó Clara, y giró para abandonar la habitación.

—No tan rápido, Julieta —le advirtió el Conde, alcanzándole con asombrosa agilidad, justo cuando trataba de abrir la puerta—. ¿A dónde crees que vas, encanto? —le interrogó, con voz rasposa y seductora, su aliento acariciando la piel de su nuca, su cuerpo presionando el suyo contra la madera.

—Lord Lancaster, lo pueden encontrar aquí, ¡marchase! —le suplicó, con la respiración tan agitada como la de él.

—No. No pienso irme sin oír lo que deseo, sin que confieses que sientes lo mismo que yo —negó con firmeza, haciéndole jadear sofocada cuando rodeó su cintura con uno de sus brazos.

—Milord… por favor… esto es una locura —susurró con nerviosismo y el pulso acelerado.

—¿Una locura? Sí, estoy de acuerdo. Porque estoy loco, loco por ti, Lady Ratón —le dijo en un murmullo bajo, instándole a darse la vuelta.

—No sabe lo que dice, está… Está bebido… por… por favor. No me llame así, milord —le rogó Clara, sintiendo el latir de su corazón tan agitado como el suyo, sobre sus pechos pegados.

—¿Por qué no? Eso eres para mí, Clara —Rebatió el Conde, tomándola por la barbilla y tirando para que sus miradas se encontrasen; sus ojos negros no estaban apagados ni enturbiados por el alcohol, sino que brillaban como una noche estrellada—. Eres mi ratón mentiroso, mi ratón cobarde, mi ratoncito encantador —siguió Marcus con voz ronca, bajando la vista a su boca, su aliento con un deje de olor a brandy, quemándole, provocando que sus entrañas se estrujasen y su respiración se desbocara.

Clara lo miró de hito en hito, conmocionada, atónita, lívida. Marcus subió la mirada a sus ojos y ambos se perdieron en la mirada del otro.

Reconociendo lo que su mente se negaba a aceptar, a asimilar, a arriesgar, a dejar volar.La misma necesidad, igual deseo e idéntico anhelo.

—¿Qué? Eso no es... —intentó defenderse, indignada. Pero sus labios apresando los suyos con fulminante intensidad hicieron callar su protesta.

UNA FEA ENCANTADORA

CAPÍTULO TRECE

«... El amor muchas veces es como un milagro, algo bello, inesperado y salvador. Todos merecemos recibir un milagro, hasta la más fea de las floreros...»
Fragmento extraído del libro: «Manual, La hermandad de las feas.»

Si alguien le hubiese dicho que comenzaría su última temporada siendo la misma de la primera: una dama corriente, insulsa y fea, alguien que veía a las demás coquetear y bailar desde su rincón de florero. Pero que de pronto una noche, inesperadamente, conocería a un caballero atractivo, seductor, provocativo y famoso calavera, y que este hombre, solo un día después, la besaría en medio de un lago, la volvería a besar en un invernadero, y antes de cumplirse una semana, este granuja, que era el sueño de cualquier mujer, pediría su mano, y para más, se colaría en su habitación para besarla hasta casi hacerle perder el conocimiento, bueno, no sabía qué haría, pero no lo creería ni en un millón de años.

La mente de Clara no alcanzaba a asimilar los acontecimientos que sucedían últimamente en su vida, pero su cuerpo... Ese se acostumbraba rápido a la novedad. Porque cada miembro, cada parte y cada partícula de su ser, estaba disfrutando de ese momento. Sus brazos rodeaban el cuello del Conde, y las manos del hombre, hacía rato se habían tomado licencia sobre su cuerpo, y ahora la estaba tomando por el trasero, apretándola contra su poderosa anatomía. Sus labios se acariciaban con ansia y desesperación, y sus alientos se mezclaban tanto, que Clara sentía que en cada roce, él absorbía parte de su esencia y ella robaba todo de él.

Tan sumergida en aquel oasis de placer se hallaba, que casi cae de bruces al suelo cuando el Conde separó sus bocas abruptamente.

—Creo que tocaron la puerta —dijo el, viendo su gesto confundido, con sus ojos oscurecidos y dilatados, su voz estaba muy ronca y las palabras salieron con mucha dificultad de su boca.

—¡Ara, abre! —Se escuchó diciendo con urgencia a su hermana menor.

—¡Oh, no!, ¡es Abby! —exclamó nerviosa Clara, llevándose ambas manos a la boca, mientras la puerta, que estaba siendo aporreada por su hermana, vibraba a su espalda—. ¡No, no, no!, ¿qué haremos? ¡No te puede ver aquí! —siguió, desesperada. Tan histérica, que no notó que estaba tuteando al hombre.

—¿Por qué? De todas formas, nos vamos a casar. Esto solo acelerará las cosas —anunció con tono relajado y voz cantarina el Conde, afianzando el agarre sobre ella.

—¡Clara, déjame entrar! Padre y los lacayos están revisando los alrededores —gritó Abby del otro lado.

—¿¡Estás demente!? ¡No he accedido a casarme contigo! ¡Y suéltame, aprovechado borracho! —le acusó exaltada, apartando de un manotazo las manos del hombre que, ahora que la nube de deseo se había esfumado, notaba apretando su trasero.

—Ya no finjas, encanto. Es obvio que amas que me aproveche de ti —se burló el Conde, riendo a mandíbula batiente.

—¡Basta, milord! Debemos pensar un plan. ¡Oh, Cristo, debe esconderse! —le reprendió Clara fuera de sí por los gritos de Abby y el ruido de los hombres revisando la casa.

—¿¡Qué?! No pienso hacerlo. Es más, esperaré a tu padre aquí. Por alguna extraña razón el suelo está temblando —respondió con tono hilarante Lord Bennet, alejándose de ella y dirigiéndose a tumbos hacia la cama.

—¡Eso es porque está como una cuba! Tiene que esconderse —reprochó Clara con incredulidad, al verle acostarse sin recato en su colchón, cruzar los brazos bajo su cabeza y los tobillos, cerrar los ojos y soltar un ronquido.

Clara le miró con la boca abierta y los ojos fuera de las órbitas ¿¡Él se había acostado a dormir la borrachera!?

El sonido de una llave siendo colocada en la cerradura de su puerta, resonó en la estancia. Clara se llevó las manos a la cabeza horrorizada y cruzó la habitación en una exhalación. Con precipitación, se colocó frente al borracho durmiente y se desesperó al no poder amortiguar sus fuertes ronquidos.

UNA FEA ENCANTADORA

Oyó la voz de su padre, ordenando que probasen otra llave, al parecer habían insertado una incorrecta. Su mirada desencajada recorrió el lugar, hasta que dio con la jarra de lata que usaba para asearse, la tomó y regresó la vista al Conde.

—Lo siento, no tengo otra opción —se disculpó con voz culpable, levantó la jarra y cerrando los ojos, la bajó con fuerza y la estrelló contra la cabeza del conde. El ruido seco que se produjo fue horrible y tras este, Lord Marcus lanzó un quejido y sus ronquidos cesaron.

Una llave comenzó a girar en la cerradura de su puerta, haciendo abrir asustada los ojos a Clara, que depositó el objeto sobre una mesita y corrió las cortinas de su cama como una posesa, sopló las dos velas que estaban todavía encendidas, luego se quitó la bata y se acostó en la cama tapando con la sábana blanca al Conde y a ella hasta la cabeza, cubriendo con todas sus almohadas al hombre, hasta que él pareció un gran bulto blanco.

En ese momento, la puerta se abrió y oyó a su padre hablarle desde la entrada.

—Clara, hija... Ve a fijarte, Abby —ordenó la voz del Marqués.

Clara cerró sus párpados con fuerza y rogó a Dios que su hermana no corriera del todo las cortinas, o que descubriera al hombre que yacía a su lado.

Sintió la cortina abrirse por el lado donde ella estaba y aguantó la respiración.

—Está profundamente dormida, padre —anunció, tras unos segundos eternos Abby, al tiempo que cerraba la tela nuevamente.

Clara continuó inmóvil y solo se atrevió a volver a respirar cuando escuchó la puerta cerrarse.

Aliviada, se sentó y poniéndose en pie, se dirigió a la entrada para volver a cerrar con llave, pero antes de llegar, la puerta se volvió a abrir y apareció su hermana. Clara la miró sobresaltada, pero se tranquilizó al ver que venía sola.

—¿Me dirás qué está pasando? —le exigió con sospecha su hermana, cerrando tras de sí y cruzando los brazos sobre su pecho.

—Nada, me han despertado al salir —negó nerviosamente. No sabía cómo reaccionaría Abby al hallar a "Romeo" allí.

—Vamos, Ara, te conozco. Estás nerviosa y muy extraña. No puede ser casualidad que uno de los vigilantes haya visto a alguien

73

merodeando y luego, al hacer la ronda, encontrara un zapato de hombre bajo tu ventana —aseguró, con una ceja arqueada.

—Ya te lo dije, estaba durmiendo, no he visto a nadie— repitió, negando frenéticamente con la cabeza.

—¿Ah, no? —le interrogó, con tono de fingida calma, levantó el farol que traía, alumbrándola con él.

—No, ya ves. No hay nadie aquí —negó de nuevo la mayor, tratando de no desviar la vista de los ojos fulminantes de Abby, que la examinaban con fijeza.

—Pareces el Apóstol que negó a Cristo tres veces seguidas, solo falta que el gallo cante— le dijo con ironía su inoportuna conciencia.

—Pues qué raro. Porque, además de tu pelo hecho un revoltijo, tus labios hinchados y tu camisón corrido, me parece... ¡Estar viendo la suela de un zapato marcada en tu frente! —le reprochó furibunda la rubia.

—¡Oh, rayos! —se quejó Clara, tocando su frente en el lugar donde todavía le ardía.

—¡Te has vuelto loca, Clara Thompson! No te reconozco —le acusó con decepción su hermana.

—No es lo que crees, Abby. Solo... No sucedió nada más que un beso y no es su culpa, él está bebido y... ¡Espera! ¿Qué haces? —soltó Clara, al verle dirigirse hacia su cama.

—¿Qué crees? Decirle unas cuantas cosas a ese cobarde —dijo con sequedad, corriendo la cortina y quitando la montaña de almohadas—. ¿¡Pero qué le pasó!? —inquirió con impresión al ver la figura desvanecida del hombre.

—Te dije que está borracho, pero no dejaba de roncar, así que tuve que golpearlo —contestó derrotada Clara, yendo hacia ellos.

—¿Está muerto? Porque no se mueve —dijo con tono asustado su hermana.

—¿¡Qué!? No, solo está desmayado, tonta —rebatió Clara, tras asegurarse de que el inmóvil hombre continuaba respirando.

—Vaya, sí que le diste fuerte. Mañana tendrá más que un dolor de cabeza —se burló la otra, señalando el gran chichón que el Conde tenía en el medio de su frente.

—Basta, Abby. No pueden descubrirlo aquí, padre querrá casarnos de inmediato —protestó con pesar y preocupación.

—No te preocupes, no todo está perdido, solo déjame pensar —le animó, tocándose la orilla de la boca con un dedo.

—No hay muchas opciones, solo puede salir por donde entró, pero en esta condición no podrá —se lamentó Clara.

—¡Ya sé! Iré a por su cochero, lo lanzaremos por la ventana y después su sirviente se encargará; seguramente el carruaje que se ve por mi ventana es el suyo. Tú espera aquí —anunció con alegría Abby, saliendo aceleradamente del cuarto.

La joven soltó un suspiro tembloroso y se sentó junto al cuerpo del Conde.

Sin poder evitarlo, su mirada voló a su rostro, quedándose prendada de sus masculinos rasgos. Lord Bennet no era hermoso ni tenía el aspecto clásico de un dandy inglés. Sino que su cara era masculina y bien definida, al igual que su anatomía fornida y al mismo tiempo grácil, tenía un aura misteriosa y atractiva.

Su mano, como si tuviese autonomía propia, subió y acarició su frente enrojecida.

—Lo siento, por el golpe y por no poder casarme contigo. Tú eres demasiado bueno para ser real, y yo... Yo ya no creo en los milagros. Pero me gustas, sí que me gustas, Marcus Bennet —le susurró con el corazón en un puño, e incapaz de reprimirse, depositó un suave beso de despedida en sus labios dormidos.

—No... No te marches, mi amor —susurró con voz entrecortada el Conde, cuando ella se enderezó.

La joven le observó atónita, pero él seguía dormido. Aunque ya parecía estar regresando de la inconsciencia, porque algunos quejidos y palabras sin sentido salían de su boca.

—Listo, hermana. Su lacayo y cochero le esperan —le avisó Abby, entrando con cautela. Se había puesto su capa oscura sobre la ropa de dormir.

—¿Cómo lograremos bajarle? —preguntó Clara, intentado ocultar su sonrojo, pues a punto estuvo de que Abby le hallase besando al hombre.

Abby la miró con una sonrisa enigmática y movió sus cejas con una mirada elocuente en sus ojos azules.

—Uno, dos, ¡tres! —contó su hermana, y ambas tiraron del cuerpo del Conde, hasta que este aterrizó sobre la sábana, que habían colocado en el suelo alfombrado.

El hombre emitió un sonido de dolor y Clara se encogió en respuesta. A continuación, le arrastraron tomando los extremos de la sábana, ejerciendo una fuerza inconmensurable.

Cuando llegaron hasta la ventana, se detuvieron a tomar aliento, agotadas. Lord Landcaster se removió sobre la tela y ellas se miraron alarmadas.

—Ven... ven, ratoncito tentador... quiero otro beso —balbuceó con voz pastosa y gangosa.

Clara gimió mortificada y se negó a subir la vista hacia su hermana, que bufó negando con la cabeza.

Volviendo a contar, las dos asieron al caballero por debajo de sus axilas y lo levantaron hasta apoyarlo en el alfeizar de la ventana. Pero el movimiento fue tan brusco, que Clara perdió el equilibrio y cayó sobre sus rodillas, agarrándose en el impulso de la parte posterior de las piernas de Lord Lancaster.

Él levantó un poco su cabeza, que había quedado colgando hacia fuera, y sin abrir los párpados, dijo:

—Sí, mi ratoncito goloso, sé que te gusta mi queso.

Clara se sofocó, escandalizada y se separó tan rápido, que terminó aterrizando sobre su trasero.

—Bah, despídete del queso, borracho —intervino Abby, y agachándose, tomó los pies descalzos del Conde y lo lanzó sin miramientos hacia fuera.

Ella reprimió un grito y se levantó para asomarse fuera.

Lord Bennet había caído sobre su rechoncho cochero y ahora su lacayo le estaba ayudando a librarse del peso de su jefe.

Menos mal que su cuarto solo estaba en un segundo piso...

Realmente era la peor Julieta de la historia, se había deshecho de su Romeo lanzándolo por la ventana...

Abby cerró la ventana y se volvió a mirarla con las manos en las caderas. Clara rodó los ojos y se giró, intentado serenarse, para tratar de soportar el interrogatorio que vendría. Y lo esperaba, sabía que su hermana tendría su cabeza bullendo de preguntas, pues siempre habían sido confidentes, y ahora ella no había sido sincera, escondiéndole prácticamente todo lo que sucedía con ese hombre.

A medio camino, avistó el zapato de Lord Lancaster y se inclinó a recogerlo, ocultándolo bajo una almohada, antes de que su hermana lo viese.

UNA FEA ENCANTADORA

Una sonrisa apareció en su cara, al revivir los acontecimientos de la noche. Lo más seguro era que su negativa le hubiese quedado más que clara al Conde. No creía que insistiese, y eso era lo mejor.

Sintiendo una inexplicable tristeza, Clara se sentó en el colchón.
—Fue lindo mientras duró. Adiós, mi Ceniciento...

CAPÍTULO CATORCE

«Ser una D.F, no impide que tu corazón se acelere ante el peligro que representa el valor de un caballero que ha logrado traspasar la barrera de una apariencia, demasiado fea.»
Fragmento extraído del libro: «Manual, La Hermandad de las feas.»

—Nació y vivió, siendo un hombre de honor. Amado por sus padres. Querido por sus amigos. Respetado, por todos aquellos que le conocieron. Padre Santo, recíbelo en tu trono. Abre tus brazos y...

—¿Se puede saber qué demonios estás haciendo? —graznó sin abrir los ojos Marcus. Cada músculo del cuerpo le dolía, sobre todo la cabeza, que le palpitaba con cada respiración. Su hermano no respondió, así que a duras penas abrió un ojo y lo localizó, parado a los pies de su cama. Tenía una gran Biblia en sus manos y una túnica parecida a la que los vicarios usaban puesta. Y, por supuesto, traía una irritante sonrisa en su cara.

—Largo, Colin, hoy no tengo paciencia para tus tonterías —le advirtió cuando le vio acercarse.

—Eres un ingrato, yo aquí dándote una emotiva despedida y así me lo pagas —respondió con tono lastimero.

—Pero ¿de qué diablos hablas? —inquirió, soltando un suspiro de impaciencia. Su cerebro estaba tan embotado, que no recordaba ni cómo había llegado a la cama.

—No recuerdas nada, ¿verdad? —le preguntó con expresión socarrona.

Marcus frunció el ceño, intentado rememorar los acontecimientos de la noche anterior, pero nada venía a su mente, solo recordaba estar sentado bebiendo sus penas en su alcoba.

—¿Qué tengo que recordar? —dijo finalmente el Conde, enderezándose a duras penas en la cama.

—¡No puedo creerlo! Esto es anecdótico, inaudito, lo más estú... —se burló a carcajadas Colin, hasta que una almohada impactó en su cara, interrumpiéndole.

—¡Ve al grano o fuera! —ladró Marcus.

—Está bien, de acuerdo. —Concedió el mayor, asintiendo con exasperante lentitud. Luego soltó el libro y se acomodó sobre el colchón—. Verás, no tengo la historia completa, aunque pude hacerme una idea general de lo que te sucedió anoche —siguió Colin, y al oír gruñir impaciente a su hermano continuó—. Llegaste en un estado penoso. Te traían en brazos tu cochero y el lacayo, estabas a medio vestir, tal y como estás ahora —dijo señalando su atuendo, camisa blanca, calzas negras y un zapato—. Pero eso no es todo, además de estar como una cuba e inconsciente, tu cabeza presenta dos hematomas, uno en medio de la frente y el otro al costado, el cual te hiciste al caer de una ventana y chocar tu cabeza con la de tu criado —finalizó con parsimonia.

Marcus le miró anonadado y desconcertado, rozando con sus dedos el bulto que tenía en la frente, sus palabras confundiéndole, hasta que una imagen se coló en su mente. Clara Thompson, retrocediendo asustada vestida con una fina bata gris. Clara siendo arrinconada y besada a conciencia por él. La misma joven deseable y seductora, mirándolo agitada y nerviosa, pidiéndole disculpas, y luego la oscuridad.

—Oh... ¡Diablos! —siseó él llevándose una mano a la cara. ¿Qué había hecho, invadir su cuarto y atacarla?—. Bueno, al menos logré salir de allí sin causar un escándalo. —Se consoló, mirando a su hermano, que al oírlo esbozó una mueca maliciosa.

—Yo no lo diría así, pues no saliste de allí, te sacaron, hermanito —anunció con tono hilarante el mayor. Y al ver su confusión siguió—. Te sacaron, las hermanitas Thompson te lanzaron por la ventana, desde un segundo piso —añadió, riéndose con incontrolables carcajadas.

El Conde se quedó de una pieza, y entonces lo recordó. Clara Thompson le había golpeado y luego se había deshecho de él.

¡Esa desalmada mujer se las pagaría! ¡No solo había perdido un zapato! ¡había perdido la cordura, la compostura y hasta la dignidad por esa mujer! ¡Él, que había tenido a las mujeres más hermosas de

Inglaterra, terminaba borracho y obsesionado con la mayor florero de Londres! ¡Una cuasi solterona, que lo había lanzado por la ventana, como si fuese un perro sarnoso!

—¿Qué pasa, Romeo? ¿Te sientes rechazado por Julieta? No te preocupes, cuando la veas podrás seguir ofreciéndole tu queso a tu ratoncita —continuó riendo Colin, el otro lo fulminó con la mirada, sintiendo su cara enrojecer.

—Ya cállate y lárgate —le advirtió con una mirada asesina.

Colin interrumpió sus burlas, secó las lágrimas de risa que mojaban sus mejillas y le miró con gesto cómplice. Poniéndose de pie, se acomodó la ropa y se giró hacia la puerta. Marcus siguió su retirada con los ojos entrecerrados y los dientes apretados.

—Ah..., una cosa más, hermanito —le dijo, levantando un dedo y girándose hacia él—. No comas ansias, estoy seguro de que es cuestión de horas para que tu princesa aparezca buscando al dueño de su corazón y te encuentre a ti... ceniciento.

El rugido que el Conde de Lancaster soltó y el aullido de espanto que el Conde de Vander lanzó, se oyeron hasta la cocina del Marqués de Somert, donde la servidumbre estalló en carcajadas y apostó por cuál de los hermanos Bennet ganaría la riña está vez.

***

—¿Quién es ella? —preguntó Brianna, con la vista fija por encima de su cabeza.

—Ah, estoy casi segura de que es una de las hermanas Hamilton, y mira lo bonita que se ve su silueta con ese vestido —respondió con tono triste Mary Anne.

Clara siguió la dirección de sus miradas y vio a una joven parada en lo alto de la escalera. Parecía nerviosa y, efectivamente, se veía muy hermosa. El inconfundible Conde de Baltimore apareció tras ella, confirmando su identidad, venía acompañado de su esposa y de dos damas rubias y despampanantes.

—Miren, es su primera temporada y ya tiene a varios caballeros babeando por ella —señaló con tono despectivo Abby.

Era cierto, desde donde ellas se encontraban sentadas, podían ver a dos caballeros muy apuestos mirando fijamente a la joven. No los reconocía, así que lo más probable es que estuvieran hace poco en la ciudad.

—Incluido a mi príncipe —se quejó Mary Anne, cabeceando hacia un lateral del salón.

Clara espió y localizó a Lord Luxe y a su amigo escocés, Lord Fisherton, conversando y mirando a las susodichas. Ambos hombres iban con sus antifaces, algo que no permitía reconocer a primera vista a Lord Luxe, pero sí al escocés, que era un gigante rubio. Imposible de confundir.

—Esos dos están encandilados por las gemelas Hamilton. Una de ellas fue declarada como La incomparable de la temporada —informó con tono escueto Abby. Clara se fijó en cómo su amiga pelirroja dejaba caer los hombros, derrotada ante esa noticia y pensó que era obvio que a Brianna le gustaba Lord Fisherton.

—Bueno, creo que es hora de que cuentes lo que está sucediendo contigo, Clara —habló Abby, haciéndole dar un respingo. La noche anterior se había librado de su interrogatorio, prometiendo que contaría todo en la mascarada de los Condes de Stranford, pero creyó que su hermana lo olvidaría.

—Qué ilusa eres...

—¿A qué te refieres? —inquirió curiosa Brianna. Abby solo la miró, con los ojos brillando tras su máscara y ella carraspeó, preparándose para lo que venía.

—Umm... bueno, verán ¿Recuerdan el día del accidente en el lago? —preguntó vacilante Clara. Las tres asistieron al unísono, como títeres—. Bueno, en esa ocasión el Conde de Lancaster... él... yo... Mejor dicho, él me besó —tartamudeó Clara, con el cuello y la cara ardiendo de vergüenza.

—¡¿Qué?!—exclamó Mary Anne, llevando una mano a su pecho.

—Y no solo fue una vez, en la velada de las hermanas Rolay, se encontraron a solas para hacer cosas indecorosas —le acusó Abby, cruzándose de brazos.

—¡Oh, por Dios!, ¡qué emoción! ¡Tienes que contarnos cómo fue! ¿Qué sentiste!? ¿Qué te dijo!? ¡¿Cómo besa!? ¡¿Es cierto que tus rodillas se aflojan y sientes tu cuerpo flotar!? —chilló atropelladamente Mary Anne, a causa de la euforia. Clara le lanzó una mirada mortal a su hermana y suspiró, aturdida.

—Pero, amiga, ese hombre tiene una pésima reputación, no debes arriesgarte. No creo que esté buscando nada honorable de ti —acotó con tono preocupado Brianna. Clara apretó su mano y abrió la boca para responder, cuando su hermana la volvió a interrumpir.

—Para nada, amiga, es peor que eso, el Conde le propuso casamiento. Y como Clara lo rechazó, él se coló anoche en su habitación, borracho —dijo con voz fúnebre esta.

La exclamación que soltaron sus amigas, y sus bocas abiertas, provocaron que Clara estallara en hilarantes carcajadas, que terminaron contagiando a todo el grupo.

***

—Vaya, tu ratoncito no parece nada acongojada por tu estado, hermano —se burló Colin.

Marcus gruño en respuesta, con la mirada fija en Lady Clara. Ella estaba rodeada de sus amigas, enfrascada en una conversación, que debía ser interesante porque ellas reían divertidas. Las cuatro llevaban máscaras blancas que ocultaban sus rostros, pero eran reconocibles por estar en un rincón como buenas floreros, mientras el resto de las damas transitaban por el salón o ejecutaban pasos de baile en la pista.

Lady Clara estaba peinada con su habitual moño tirante y su vestido de color durazno era demasiado suelto para marcar su figura, pero Marcus ya no se dejaba engañar por esos trapos, pues había comprobado de primera mano lo que ocultaban. Su hermana menor iba embutida en un espantoso atuendo verde oliva. La amiga de cabello rojo llevaba un vestido rosado nada favorecedor, y la más pequeña vestía de color celeste y su escote alto parecía estar por reventar.

—¿No me digas que estás disfrutando de la vista? —dijo con sarcasmo Maxwell Grayson, Conde de Luxe. Este apareció acompañado de su amigo escocés.

—No solo eso, amigo. Ha estado catando esa mercancía —Rió Colin.

—¡No es cierto! —soltó incrédulo Luxe.

—¿Por qué no? Yo encuentro a la pelirroja bastante apetecible —contestó a su vez Mcfire.

—¡Estás de broma! La única rescatable de allí es la morena voluptuosa. Creo que si me concentro en sus... ya saben, podría pasar por alto lo demás —acotó Colin con saña, haciendo un gesto con sus manos sobre su pecho.

—No seas idiota, Vander, que todos saben que le has echado el ojo a la monja de ojos azules —le provocó Grayson, con una mueca de fastidio inusual. Su hermano se calló, molesto por la pulla, algo para nada habitual en el rubio. Marcus y Alex los miraron asombrados, pues era obvio que algo extraño sucedía allí. ¿Acaso Maxwell se sentía atraído por la morena bajita y Colin por su futura cuñada? El tiempo lo diría. A diferencia de su hermano mayor, él no era un metiche entrometido. Mejor se concentraba en su próximo paso. La hora de que el gato cazara finalmente al ratón había llegado.

—Escuchen, necesito de su ayuda —anunció en voz alta hacia ellos, que interrumpieron su discusión para mirarlo con expresión interrogante. Si todo salía como planeaba, saldría de esa mascarada siendo un caballero comprometido.

CAPÍTULO QUINCE

«... Aunque seas una florero o la más fea de las damas, debes saber que toda mujer merece vivir una noche excepcional, única y especial, por lo menos una vez en su vida.»
Fragmento extraído del libro: «Manual, La hermandad de las feas.»

—Pero, Clara ¿Por qué has rechazado la propuesta del Conde?— preguntó Brianna con incredulidad.

—Yo tampoco lo comprendo, ¿acaso no es el sueño de cualquier dama? Casarse con un caballero apuesto, de buena posición y joven... ¡Es el hombre perfecto! —agregó soñadora Mary Anne.

—Olvidaste libertino, inmaduro, con pérfida reputación y mujeriego —acotó Abby, con una mueca despectiva.

—Amigas... —intervino Clara, antes que su hermana y la joven castaña iniciaran una de sus asiduas escaramuzas—. Nada de eso me interesa. Yo no quiero casarme con nadie. Ya saben por qué, y, para ser sincera, no me da confianza el repentino interés de Lord Lancaster en mí. —La mirada de Clara se desvió hacia las parejas que en ese momento bailaban un vals.

Esa era la realidad, las damas hermosas estaban allí y las rechazadas ocupaban el lugar que les correspondía; un rincón desde donde observaban a los demás vivir y disfrutar. Ella no era como la bonita hermana del Conde de Hamilton, quien giraba entre los brazos de un atractivo caballero, no.

Ella era un florero, y los hombres como Marcus Bennet no tenían nada que hacer al lado de una fea.

Ellos podían escoger cualquier dama. Hacía mucho tiempo que había asimilado esa realidad y se había resignado, ya no le dolía ni resentía. Clara podía con eso, porque había encontrado su propia motivación, una inspiración, tenía un sueño y estaba a punto de cumplirlo. Hasta que el Conde de Lancaster se cruzó en su camino.

—Entonces, ¿por qué correspondiste a los besos del Conde? —preguntó confundida Brianna, haciendo eco de sus íntimos pensamientos.

—Clara, te conocemos. Tú debes sentir algo por ese caballero, de lo contrario no le habrías permitido tales libertades —agregó Mary Ann, inquisitiva. Mientras Abby arqueaba una ceja, aguardando su respuesta.

—Yo... no... Es decir... —tartamudeó nerviosa.

—Buenas noches, lindas damas —interrumpió una voz conocida. Las cuatro saltaron en sus sillas sobresaltadas, y elevaron sus ojos para mirar al hombre que les había saludado. Era Lord Vander, Colin Bennet, quien les sonreía abiertamente, y a pesar de que llevaba un antifaz, este era muy pequeño como para ocultar sus apuestos rasgos. No estaba solo, a su lado estaban el Duque de Fisherton, Alexander Mcfire, que también les sonreía y el Conde de Luxe, Maxwel Grayson, con su expresión agria de siempre.

Las jóvenes estaban anonadadas por su inaudita presencia y solo se quedaron mirándolos con las bocas abiertas y los ojos saltando de sus órbitas tras sus máscaras.

—Eh... espero estén pasando una magnífica velada —siguió con tono vacilante el Conde, pegando con el codo al escocés parado a su derecha.

—Buenas noches, señoritas. —les saludó el gigante rubio. Ellas asintieron en repuesta al unísono, como muñequitas—. Quisiera solicitarle está pieza, señorita —continuó con su fuerte acento, deteniendo sus ojos azules sobre Brianna, que se ruborizó hasta el escote.

La joven pelirroja se quedó paralizada como una estatua y no tuvo reacción cuando el Duque extendió su mano enguantada hacia ella. Abby bufó y se puso de pie, algo que sacó a las demás de su estupor y le imitaron. Mary Anne empujó a Brianna y ella, con evidente timidez, aceptó la mano del escocés y se alejaron hacia la pista.

Lord Vander carraspeó y miró a Mary Anne, pero antes de que el rubio pudiese abrir la boca, Lord Luxe dio un paso hacia delante y habló—. ¿Me haría el honor, milady? —dijo con su voz de barítono, fijando su vista verde en la bajita morena.

—¿Yo? —soltó atónita Mary Anne, mirando para todos lados. Las parejas ya estaban tomando posición para lo que sería un vals y los músicos tocaban los primeros acordes.

—Sí querida, usted —respondió Lord Luxe, su boca se había reducido a una línea fina, que le hacía parecer incómodo. Clara pellizcó con disimulo a su amiga y esta la miró con molestia y ojos de loca y después, esbozando una dulce sonrisa, aceptó el brazo del Conde.

Una vez estuvieron las hermanas a solas con Lord Vander, el hombre hizo una mueca que pareció más resignación que otra cosa y encaró a su hermana menor.

—¿Aceptaría usted esta... —comenzó a decir.

—No —le cortó con acritud Abby, y salió en dirección contraria. Lord Vander siguió su retirada con los ojos celestes abiertos como platos, y haciéndole una reverencia a Clara, salió con ira tras la joven.

Clara no daba crédito a lo sucedido, por primera vez alguien había logrado sacar de sus puestos de florero a su hermana y a sus amigas. Y se alegraba por ello, todos merecían vivir una noche excepcional en sus vidas, aunque sea solo una vez. Y ella ya había tenido la suya.

Un poco melancólica, decidió salir al jardín y tomar algo de aire. Fuera, la noche de otoño estaba fresca y ofrecía un cielo sin estrellas. Muchas parejas circulaban por los caminos y podía apreciarse decenas de altos setos por doquier. A falta de un chal, Clara se abrazó a sí misma y descendió las escaleras hacia el camino de grava. A pocos metros, el jardín se convertía en un laberinto verde, hacia allí se dirigió Clara y se internó en él.

Tras caminar unos minutos, llegó a un recodo donde había apostada una fuente, rodeada de bancos y almohadones. La figura, desde donde salía un chorro de agua, era un regordete Cupido que tenía su arco en posición de lanzamiento, pero no tenía la flecha en él, lo que daba a entender que la misma ya había sido lanzada a algún incauto.

—¡Ay, maldición! —se quejó una voz, desde un punto a la izquierda de Clara. Ella miró en esa dirección curiosa y vio que el arbusto se sacudía y un hombre aparecía, sobando su trasero.

—Buenas noches, disculpe mi accidentada aparición. Ehh... algo me pinchó —saludó con gesto pícaro el hombre, yendo hacia ella.

—¿Qué hace aquí, milord? —le preguntó, sorprendida. Lord Lancaster se detuvo frente a ella. Iba vestido con pantalones y abrigo negro, chaleco, camisa y pañuelo blancos. El pequeño antifaz dejaba la mitad de su cara al descubierto.

—Perdón, milady. ¿Acaso nos conocemos? —respondió con una sonrisa seductora el hombre. Clara le miró patidifusa. ¿No la había reconocido?

Sabía que su máscara le cubría prácticamente todo el rostro, pero ¿cuántas damas vestidas con tan poco estilo, había en esa fiesta? Además, entre ellos habían cruzado mucho más que palabras, lo suficiente como para reconocerla con o sin máscara.

«—¿Es que estás ofendida Clara?

—Para nada, solo es que me descoloca la situación.»

—Lo siento, no pretendía asustarla, lindura. ¿Está esperando a alguien? —prosiguió el Conde, ante el mutismo de la joven.

—No, solo tomaba aire —respondió desencajada ella, al comprobar su teoría. Este mujeriego, granuja, ni siquiera sabía quién era y ya le estaba coqueteando. Perdido, canalla…—. Pero ya me iba, adiós —siguió la joven, y dio media vuelta dispuesta a salir a toda prisa.

—Espere. —Le detuvo Lord Marcus, poniendo una mano en su brazo derecho—. No es necesario que lo haga, hay aire suficiente para los dos y yo no muerdo, no si no hay luna llena por lo menos —bromeó él, elevando ambas cejas.

Clara reprimió la risa y parte de su tensión se disipó. El Conde soltó su brazo al ver su reacción y le hizo un ademán hacia uno de los bancos. Clara dudó en su lugar, no quería arriesgarse a pasar tiempo con ese hombre, pues no podía confiar en su prudencia y sensatez cuando se trataba de él. Pero, tal vez, aquella iba a ser su última oportunidad para estar con él, pues pensaba que le había quedado en claro su negativa a casarse.

En silencio, lo siguió hasta la fuente y tomaron asiento uno junto al otro, separados por un cuerpo de distancia.

—¿Me dirá su nombre, milady? —dijo rompiendo el silencio.

—Mejor no, milord —negó ella, fijando la vista en sus manos enguantadas.

—Bueno... al menos lo intenté. Debí darme cuenta de lo que salta a la vista —comentó con tono perezoso él.

—¿De qué habla? —inquirió con el ceño fruncido.

—Pues, que es usted una joven recatada, correcta y melindrosa —aclaró Marcus con tono seco.

Clara alzó la vista al oírle y se enfureció ante la descripción que había hecho de ella. Pero su enojo remitió un poco, al ver el chichón que sobresalía de su frente.

—No es cierto, no me conoce usted. Así que no puede hacer tal conjetura —contestó con tono remilgado Clara.

—¿No? Bueno, entonces demuéstreme que estoy equivocado, milady —le desafió, con tono divertido.

—¿A qué se refiere? —preguntó ella, sin apartar sus ojos de las pupilas oscuras del Conde. Su corazón, que ya latía acelerado, se desenfrenó al ver el calor que despedían sus ojos.

—Hablo de que me demuestre que no es una joven anodina y remilgada —explicó Lord Lancaster con voz cálida

—¿Co... Cómo? —contestó sin aliento.

—Quítese los guantes, los zapatos y sumerja los pies y las manos en la fuente —le desafió con tono enigmático.

—¿Qué? ¡No!... ¿Está usted loco? no pue... —comenzó a decir con voz escandalizada.

—No puede, no se preocupe. Sabía que era algo muy arriesgado para una jovencita como usted —le susurró en tono condescendiente. Clara boqueó asombrada y luego gruñó.

La acababa de llamar cobarde. ¡Ya vería aquel presumido arrogante, de lo que Clara Thompson era capaz!

Se puso de pie de golpe, se sacó de un tirón los guantes de seda y, girando, colocó un pie sobre el banco. Se sacó un zapato y luego levantó su vestido hasta la rodilla.

El Conde, a quien miró de reojo, dejó escapar un jadeo sorprendido y su boca se desencajó al ver cómo Clara se quitaba la media de seda, dejando su pierna y pie desnudos.

Cuando hubo desnudado sus dos extremidades, se enganchó el vestido a su cintura, dejando a la vista los calzones largos de encaje amarillo que cubrían sus muslos.

—Lo desafío a hacer usted lo mismo, milord —dijo levantado la barbilla y poniendo sus brazos en jarra.

UNA FEA ENCANTADORA

Lord Marcus, que estaba paralizado mirando su piel expuesta, cerró la boca y la miró a la cara con una sonrisa ladina. Luego se paró y procedió a sacarse sus guantes, chaqueta y botas. Una vez arremangados sus pantalones, se enderezó y la enfrentó con una ceja alzada.

—Después de usted, encanto —la instó pícaro.

Clara se mordió el labio inferior, y cuadrando los hombros, se subió al banco en precario equilibrio. Por unos segundos vaciló, pensando que estaba cometiendo una locura, pero luego desechó sus temores y saltó a la fuente, lanzando un grito y salpicando su vestido.

Cuando estuvo dentro, giró y miró triunfal al Conde. Lord Marcus asintió reconociendo su derrota y con un solo envión estuvo a su lado.

El agua estaba fría y, por supuesto, cubría sus pies hasta las pantorrillas, haciéndole cosquillas en los dedos. La vergüenza volvía a invadirle ahora que el impulso había pasado. Y ya empezaba a lamentar su irreflexión.

Lord Bennet permanecía callado, y justo cuando ella había juntado valor para mirarle, recibió un chorro de agua en pleno rostro.

Pasmada, fulminó al Conde con la mirada y lo encontró riendo silenciosamente. Airada, hundió sus manos y le lanzó toda el agua que pudo, salpicándole todo el cuerpo.

El caballero retrocedió con un jadeo y la observó frunciendo el ceño. Luego se movió con tanta rapidez, que Clara solo alcanzó a girarse y así impedir que el raudal de agua impactara en su pecho, resultando toda su espalda empapada.

—¡Milord! —chilló y se volvió con expresión vengativa.

Lord Marcus levantó ambas manos, como pidiendo clemencia y luego huyó al otro extremo de la fuente, salpicando agua en todas direcciones. Clara le persiguió, y pronto se encontraron corriendo alrededor de la estatua, lanzándose agua y riendo a carcajadas. Entonces el Conde tropezó y cayó sobre su trasero con un grito agudo que hizo reír hasta no poder más a la joven, mientras Lord Bennet le miraba desde el suelo de la fuente, con gesto ofendido.

Clara se acercó y le tendió una mano amablemente. El conde la aceptó, pero en lugar de impulsarse para ponerse de pie, tiró de su mano hacia él. Clara volvió a chillar, y antes de parpadear, se encontró acostada sobre el pecho del hombre.

—Ahora sí estamos a mano —dijo con voz risueña y agitada Lord Marcus. Clara sintió el agua mojándole y subió la mirada a la del Conde, respirando tan aceleradamente como él—. ¿Por qué, Clara? ¿Por qué no te atreves a quitarte los miedos y prejuicios y te lanzas al desafío de vivir una vida conmigo? —le preguntó con voz suave y ronca a la vez.

Clara contuvo el aliento asombrada por el cambio, y comprendió que el hombre había sabido todo el tiempo quién era ella.

—No... No sé...Yo… —balbuceó removiéndose. Lord Marcus la envolvió con sus brazos y la apretó contra su cuerpo. Sus rostros estaban muy cerca, y sus alientos se acariciaban en cada exhalación.

—No te prometo perfección, ni un amor de cuento, porque no soy un príncipe perfecto, solo soy un simple hombre con muchos defectos y algunas virtudes. Alguien que puede ofrecerte ser tu compañero, compartir nuestras vidas juntos. Tal vez no soy lo que soñaste, ni siquiera lo que necesitas. No puedo darte una vida de novela, solo propongo brindarte noches únicas y momentos excepcionales. Y te doy mi palabra de que, si aceptas casarte conmigo, viviré cada día solo para hacerte feliz —terminó Marcus, mirándole con los ojos brillando con solemnidad y esperanza. Clara sintió su corazón estallar de emoción y alegría por sus palabras, y sin poder emitir un sonido, decidió hacerle saber su respuesta con su cuerpo. Tomó su cara con ambas manos y cerró el poco espacio que separaba sus bocas.

UNA FEA ENCANTADORA

CAPÍTULO DIECISÉIS

«… La fealdad y belleza auténticas no están a la vista sino ocultas en lo profundo del interior…»
Fragmento extraído del libro: «Manual, La hermandad de las feas.»

Marcus vio la boca de Clara acercarse a la suya, sintiendo sus labios abordando los suyos, con un roce suave pero poderoso. De inmediato, su piel se erizó y su cuerpo recibió con deleite el primer beso que la joven le daba por iniciativa propia.

Cuando había tomado posesión de la situación y devoraba esa dulce cavidad, acariciando la espalda de la joven y apresándola contra su cuerpo, un grito rompió la burbuja de pasión en la que se habían sumergido.

La joven arrancó con brusquedad sus labios y se echó hacia atrás tan rápido, que cayó sobre su espalda en el agua. El Conde se puso de pie para ayudarle a levantarse y juntos se volvieron para enfrentar a su público.

Dos mujeres mayores les observaban atónitas, con densas muecas de horror.

Eran dos ancianas muy parecidas, evidentemente hermanas. Solo que una era alta y enjuta como un junco y la otra bajita y redonda como un tonel. Ambas tenían el cabello gris y bonitos ojos avellana.

La bajita se acercó a ellos y deteniéndose frente a la fuente, se tapó la boca con la mano.

—¡Oh, por Cristo! ¡Oh, qué infamia! ¡Qué descaro! —vociferó con gran teatralidad.

Clara, que se había puesto de un subido color granate, empalideció y lo miró horrorizada.

—¡Marcus, haga algo! —siseó ella desesperada.

Él no podía creer lo que sucedía, y no sabía cómo salir de aquel brete.

—¡Jovencito, haga el favor de vestirse! Y prepárese para dar una explicación al padre de esta niña —ordenó la anciana.

Clara miró confundida a la anciana, pues esta no miraba hacia ellos, sino que fulminaba con los ojos a la estatua del Cupido.

—¿Pero de qué riña hablas, Anett? Yo no vi que nadie estuviese peleando, más bien parecían estar muy... —adujo la otra mujer, acercándose con las manos en las caderas.

—Dije ¡Ni...ña!, no riña, Ninett —le cortó la primera, haciendo un ademán impaciente.

—¿Piña? Cada día estás más demente, querida. Y ya hasta hablas con estatuas de jardín —comentó la anciana delgada, negando con pesar, al tiempo que la primera rodaba los ojos con impaciencia.

—Señoras, por favor. Yo... No… Es decir... —intervino Clara angustiada, imaginándose el enfado de su padre cuando el escándalo estallara. Pero no pudo seguir, porque un alarido agudo y ronco a la vez resonó por el lugar, haciéndoles sobresaltar a los cuatro.

—¡Ahhh! ¿Por qué me pincha con eso, mujer? ¿¡Acaso está usted loca!? —protestó una voz masculina desde algún punto a su espalda.

Clara se giró para localizar la procedencia del alboroto y vio aparecer desde un arbusto al Conde de Vander, sobando su trasero con una mueca de dolor. Y detrás de Lord Colin emergió su hermana, apuntando con un rastrillo al hermano mayor del Conde.

—¡Clara! ¿Pero qué haces ahí metida? —preguntó Abby impresionada.

Ella gimió abochornada y fulminó a su acompañante con la vista. Él era el culpable de todas sus desgracias.

—Colin, ¿qué crees que haces? —inquirió con molestia Lord Lancaster, señalando con los ojos a las ancianas.

—Hermana, no creas nada de lo que este infame vaya a decir. Le vi y escuché sobornando a estas damas para que se aparecieran por aquí y montarán este número. De inmediato sospeché que tendría que ver contigo y lo seguí. ¡Estos dos son unos tunantes! —interrumpió con enfado Abby.

Clara le miró paralizada, y luego su vista se desvió hacia las ancianas, quienes escuchaban las acusaciones con cara de circunstancia. Ahora que su pasmo inicial se había disipado, las reconoció. Las hermanas eran unas solteronas, adictas al juego de azar y recordaba que la mayor no veía con claridad y la otra prácticamente estaba sorda. Eran las hermanas mayores del Marqués de Somert y por lo tanto, tías de Lord Lancaster.

Un grito airado brotó de su garganta y se giró hacia él, que parecía paralizado y le miraba compungido.

—No es lo que crees, milady, no tengo nada que... —comenzó a justificarse el Conde, más la sonora bofetada que ella le propinó silenció su explicación.

Temblando de rabia, Clara se bajó de la fuente, tomó con precipitación sus prendas, y salió corriendo del lugar.

A su espalda, escuchó que el Conde blasfemaba improperios y que sus respectivos hermanos se gritaban mutuamente. Pero nada de eso le importó, sentía a su corazón desgarrarse lentamente al pensar que el caballero solo se había burlado de ella y pretendía casarla bajo coacción.

«¡Eres una estúpida, Clara! ¡Decidiste ignorar lo que estaba a la vista y casi renuncias a tu sueño, por un infame mujeriego!»

Eso le pasaba por dejarse llenar la cabeza con estúpidas ilusiones románticas. Parecía que no había aprendido nada de todas las lecciones que su dolorosa experiencia le había enseñado.

«Creí que tú eras diferente, Marcus. Creí que sabrías mirar lo que soy en lo profundo de mi interior.»

¡Qué ingenua había sido! Mejor se apresuraba a encontrar la salida trasera de la casa, antes de hacer el ridículo poniéndose a llorar, humillándose más todavía.

Una mano se posó en su brazo, deteniendo su marcha con ímpetu.

—¡Suélteme! —le espetó Clara, tirando de su brazo furiosa.

—Lady Clara, espere. No es lo que piensa, no tengo nada que ver. Por favor, solo escúcheme un momento —le rogó Marcus con una mirada desesperada en sus ojos.

—No tengo nada que escuchar, de su boca solo salen mentiras. ¿Qué quería lograr? ¿Traerme con engaños hasta aquí para decirme falsas confesiones de amor y así comprometerme? Debe estar realmente necesitado para recurrir a artilugios tan bajos, milord.

Lástima que su infame plan se arruinó y la fea se le escapó —le acusó con acritud y desprecio.

—No sabe lo que dice, y le recuerdo que nunca la obligué a nada y que fue usted quien me besó —respondió con molestia él, con la mirada ensombrecida.

—Sé lo suficiente como para darme cuenta de que es usted un hombre carente de escrúpulos y honor. Tal parece que al final las apariencias no engañan y hace usted honor a su negro apodo. Y ahora suélteme, y no se atreva a molestarme de nuevo. ¡Canalla! —le increpó, liberándose de su agarre y prosiguiendo la marcha.

—Igual que a usted, milady. El apodo le sienta perfecto, porque es usted un ratón cobarde y asustadizo. ¡Huya! ¡Adelante, escape! —rebatió con tono mordaz el Conde.

Clara se frenó, reprimiendo la ira y respirando agitada y encolerizada. Ese hombre había cruzado todos sus límites y su descaro no tenía parangón. Con resolución, volvió sobre sus pasos y se plantó frente al hombre, que continuaba a medio vestir y debía estar tan frío como ella.

—No se confunda, Lord Lancaster, yo no huyo. Solo me aparto de lo que está podrido. No pienso ceder a su vil intento de chantaje y nunca me casaré con usted —le espetó en voz baja y fría.

El Conde arqueó una ceja y se acercó un paso arrinconándola contra un arbusto, provocando que su aliento se cortara y un jadeo se escapara de su garganta ante su inesperada proximidad.

—Nunca digas nunca, encanto. Ya veremos quién ganará al final, solo le diré una cosa —murmuró él, muy cerca de su rostro, acariciando con su aliento la piel de su barbilla—.

Yo jamás pierdo; cuando quiero algo, lo tomó. Y ahora la deseo a usted, así que nada me detendrá hasta tenerla donde quiero. En mi cama y en mi vida —dijo con voz ronca y sus ojos negros ardiendo, pasando la yema de sus dedos por la piel desnuda de sus brazos, produciéndole un espasmo de placer—. Hasta entonces, mi ratoncito encantador —finalizó, rozando sus labios con ligereza y alejándose de ella con una sonrisa ladina.

Clara se sostuvo de la planta para evitar que sus rodillas temblorosas cediesen y observó la espalda del hombre con expresión resentida.

UNA FEA ENCANTADORA

Cuando Marcus regresó a la fuente no había rastros de sus tías o de la hermana menor de Lady Clara, solo le esperaba Colin, sentado en un banco.

—¿¡Qué carajo fue eso, Colin!? ¡Lo arruinaste todo, maldición! —le dijo, enfurecido.

—Lo siento, solo creí que necesitarías refuerzos para estimular a la joven. Ya sabes que las tías no dirán nada que pueda arruinar la reputación de la dama —se justificó con expresión culpable.

—¡Pues creíste mal! Ella estaba a punto de darme el sí cuando apareciste con esa charada. ¡Ahora me cree un mentiroso sin moral! —tronó, fuera de sí.

—Bueno, algo se nos ocurrirá para convencer de tu inocencia a la dama —intentó tranquilizarle el otro.

—No sé si lo recuerdas, no me sobra el tiempo, precisamente ¡Eres un entrometido de lo peor, Colin! —le dijo frustrado, comenzando a vestirse.

—Está bien, está bien, prometo no inmiscuirme más— aseguró, levantando ambas manos, en un gesto apaciguador.

—Más te vale. Y ahora vamos, tengo que intentar salir de aquí sin que nadie se percate del estado de mi ropa —le instó Marcus a su hermano.

Mientras rodeaban el lateral de la mansión, el Conde no dejaba de pergeñar alguna manera de conseguir la mano de Lady Thompson. Tenía que lograr su propósito y casarse con ella.

No le había mentido en nada de lo que había dicho, realmente le gustaba esa mujer, la deseaba y la quería tener como esposa. Y no pararía hasta oír un «Sí, acepto» de los labios de la dama que, poco a poco, había cautivado su corazón.

CAPÍTULO DIECISIETE

«...Nadie es inmune ante el romance y el amor, ni siquiera la más fea de las floreros...»
Fragmento extraído del libro: «Manual: La hermandad de las feas».

Hyde Park bullía de actividad aquella tarde. Parejas casadas y solteras acompañadas de sus carabinas, damitas en edad casadera luciendo sus vestidos y caballeros en busca de esposa saludando con su sombrero a cada paso.

En el extremo más alejado del parque, se encontraba Clara junto a su hermana y amigas. Acababan de llegar acompañadas de sus doncellas y después de extender una gran manta bajo un frondoso árbol, se habían sentado a merendar.

—¡Ya no tolero la intriga!, ¿me dirán que sucedió anoche en la mascarada? Las buscamos por una hora sin hallar rastro de ustedes, ¡desaparecieron! Al igual que los hermanos Bennet —dijo Mary Anne con mirada curiosa.

—Primero cuénteme, ¿cómo les fue con sus parejas de baile? —respondió Clara intentando dilatar el momento.

Con la sola referencia, el rostro de Brianna se encendió y el de la morena perdió el entusiasmo.

—Lord Luxe no me dirigió la palabra lo que duro el vals. Solo se limitó a guiarme en los pasos de baile en completo mutismo, mirando hacia el frente. Algo que me puso muy nerviosa y comencé a decir incoherencias y hasta le pisé en repetidas ocasiones. Creo que jamás me volverá a pedir un baile —se quejó cabizbaja Mary Anne.

UNA FEA ENCANTADORA

Clara se podía hacer una imagen de la situación, pues a su amiga le ponía inquieta los momentos de silencio prolongados e intentaba llenarlos hablando más de la cuenta.

—¿Y qué sucedió con el duque, Brianna?—interrogó Abby con aire aburrido.

La aludida se puso como un tomate y comenzó a retorcer una servilleta entre sus dedos.

—Bailamos y conversamos bastante. Lord Fisherton, se portó muy amable y correcto —relató la pelirroja desviando la vista.

—Los vi riendo mientras bailaban —comentó con gesto travieso Mary Anne.

—No le alientes, Mary, ese salvaje es un conocido calavera —intervino Abby con fastidio.

—No... Yo, lo sé. Solo reíamos de banalidades. No se preocupen, no olvido quien soy, y quien es el Duque de Fisherton —argumentó Brianna.

Clara deseó poder decir lo mismo. Pero en su caso no podía, hacía rato que ya no sabía quién era y qué estaba haciendo con Lord Lancaster.

—Bueno ahora es vuestro turno —les señaló Mary Anne.

Ella no se decidía por dónde empezar, así que agradeció que su hermana se adelantara.

—Lo que pasó en ese baile, fue un vil plan orquestado por el detestable de Colin Bennet, estoy segura —adujo molesta Abby.

—¿A qué te refieres? —preguntó confundida Brianna.

—A que ese hombre y los otros dos, ayudaron al pretendiente de Clara. Su estrategia era quitarnos del camino, para tener la oportunidad de aislar a mi hermana y comprometerla —relató con enfado Abby.

Clara suspiró abatida, al tiempo que sus amigas contenían el aliento horrorizadas.

—Por suerte no me dejé engatusar por ese gusano libertino... —siguió su hermana revelando el resto de la historia.

El corazón de Clara todavía se estrujaba, al recordar la increíble declaración del Conde y la posterior decepción que sintió. Por un momento, había cedido y pensado aceptar su petición de matrimonio, tirando por la borda su sueño. Menos mal que había recapacitado y detenido ese acto demencial.

Ese hombre era malévolo y peligroso, era un engendro del mal que casi la había convencido de descartar los ideales de toda una vida. Pero era tan seductor y apuesto...

—¿Y crees que el conde habrá aceptado tu negativa, Clara? —inquirió Brianna.

—No lo sé, pero no tiene más opción. No pienso casarme con un hombre tramposo y desleal. Además, a mí no me importa agradar a un hombre como él, y a ustedes tampoco debería importarles —adujo ella encogiendo un hombro y todas asistieron conformes y resueltas.

—Tu padre estará muy decepcionado. ¡Aaa!, ya desearía yo que un caballero así estuviera tras de mí —comentó con tono enamorado Mary Anne.

Abby rodó los ojos.

—¿Y eso para qué? Es mejor...

—¿Clara? Creo que tendrás la oportunidad de saber si tu caballero se ha resignado o no —intervino Brianna de repente.

Clara la miró desorientada y a continuación siguió la dirección de su mirada verde. Y su boca se abrió como un pez fuera del agua.

Vestido con un elegante traje de montar gris, se aproximaba el conde de Lancaster. Y no venía solo, sino acompañado de su hermano y amigos

—¡Oh, por Cristo, vienen hacia aquí! —exclamó agitada Mary.

—¿Qué quieren esos zopencos ahora? —despotricó Abby.

—¿Qué haremos? —murmuró nerviosa Brianna.

—Actúen normal y ¡no me dejen sola! —les encomendó entre dientes Clara, justo cuando el cuarteto llegaba hasta ellas.

Mary Anne soltó una carcajada estridente pareciendo divertida, haciéndoles sobresaltar al resto. Abby la miró como si se hubiese vuelto loca y las otras dos también rieron, para aparentar que estaban relajadas.

—¿No les parece que hace un clima predilecto, queridas? —comentó con tono pomposo y estirado Mary.

Las demás abrieron los ojos ante su cambio de actitud, pero antes de poder contestar una voz de barítono se les adelantó.

—Coincido, bella dama, hace un clima perfecto —dijo el conde de Vander deteniéndose frente al grupo.

—Buenas tardes, señoritas —siguió el mellizo mayor, quitándose su sombrero. Acto que imitaron el trío de hombres que se habían ubicado tras su espalda.

Ellas, que se hallaban sentadas en semi círculo, fingieron sorprenderse y contestaron inclinando sus cabezas, adornadas con papelinas y sombreros.

Cada ojo del lugar estaba clavado en lo que allí sucedía, ya que era inaudito que cuatro de los más codiciados solteros de Londres, estuviesen hablando con cuatro floreros demasiado feas.

—Lady Thompson, me preguntaba si me concedería el honor de pasear conmigo —dijo Marcus Bennet dando un paso al frente.

Clara le observó irritada, tratando de hallar una negativa elegante.

—No, gracias milord, no me apetece —contestó como si nada Abby.

El conde que, desde que había llegado, tenía la mirada puesta en Clara, desvió los ojos hacia la hermana menor.

—Me dirigía a su hermana, milady —aclaró tenso Marcus.

—Ah, pues mi hermana tampoco lo desea —siguió con tono desenfadado Abby, en sus ojos se veía un brillo sardónico.

Colin se rió por lo bajo, Lord Luxe carraspeo incómodo y Lord Fisherton dedicó una sonrisa a una sonrojada Brianna.

—Creo, que su hermana puede responder por sí misma, milady —rebatió el conde—. ¿O tal vez le comieron la lengua los ratones? —Le provocó con sarcasmo y una ceja alzada Marcus mirándola directamente.

Las cuatro jadearon ante su atrevida referencia y el rostro de Clara se coloreo de furia.

—¡Claro que no, milord! Pero quería ahorrarme el sacrificio —atacó con sorna Clara.

—¿Considera un sacrificio hablar conmigo, milady? —preguntó con un tono calmo el conde.

—Y una tortura también. Le recomiendo que continúe con su paseo, señor. Buenas tardes —espetó con voz fría ella, girando la cara hacia el costado, donde Mary Anne la observaba pasmada.

—Bien, luego se quejan de que uno no es caballeroso —suspiró con fingido abatimiento Marcus—. Usted no me deja opción, encanto —anunció Lord Lancaster.

Clara lo miró de reojo confusa por sus palabras, sin embargo antes de poder rebatirlas, su cuerpo fue izado hacia arriba velozmente.

—¡¡Aaaa!! —gritó asustada ella, al sentirse elevada como si no pesara nada.

—¡¿Qué está haciendo bájeme, ahora?! —exigió en voz baja Clara. Ya que si bien el árbol les ocultaba de la vista, en cuestión de minutos podría estallar un escándalo.

—No lo haré, así lo quiso usted. Hablará conmigo lo quiera o no —le susurró junto a su oreja izquierda Marcus. Y afianzado su agarre bajo sus rodillas y espalda, comenzó a alejarse hacia un grupo de altos arbustos.

Clara reprimió sus ansias de gritar y se asomó para mirar desesperada a sus amigas.

—¡Suelte a mi hermana, canalla! —gritó enfurecida Abby, poniéndose en pie.

—Usted no se meta, aquí no hay ningún rastrillo disponible —le frenó Colin, pisando el ruedo de su vestido impidiéndole avanzar, al tiempo que reía.

—¡Nada malo te sucederá!, ¡es tan romántico! —chilló encantada Mary Anne, saltando en su sitio —Lo que provocó que su abundante delantera rebotase y que Lord Luxe quien parecía rígido, clavara su vista verde en su escote, con un evidente color rojo en su cara.

—¿Desea pasear como su amiga milady? —le ofreció con una mueca juguetona Lord Fisherton a Brianna, que tuvo un acceso de tos violento como repuesta.

Las carcajadas del escoces y la riña entre Abby y Colin fue lo último que Clara alcanzó a oír.

UNA FEA ENCANTADORA

CAPÍTULO DIECIOCHO

«…Para poder mirar la verdadera esencia de la belleza, es imprescindible que los ojos de tu alma no estén enceguecidos…»
Fragmento extraído del libro: «Manual, La hermandad de las feas.»

—Milord, haga el favor de bajarme, esto es un atropello —se quejaba Clara mientras aquel tozudo hombre la ignoraba todo el trayecto que tardo en cruzar el círculo de arbustos.

Una vez a salvo de miradas indiscretas, Lord Bennet la soltó sobre el césped pero antes de que pudiese alejarse, la retuvo por el antebrazo.

—¿Un atropello, milady? Así me siento yo, arrollado desde el día que la conocí. A partir de ese día, he recibido más golpes, insultos y rechazos que en toda mi vida —adujo el Conde con expresión seria. Algo que desconcertó a la joven, ya que desde que lo conocía, él siempre esbozaba un gesto travieso o divertido—. ¿Y sabe qué, milady? Ya me cansé de eso —siguió él con la mandíbula tensa.

Clara boqueó anonadada por su rictus severo y parpadeó repetidamente nerviosa.

—¿A qué se refiere, señor? No puedo asumir la responsabilidad de su desencanto. Desde un principio le dejé claro que no estoy interesada en usted, ni en ser cortejada —rebatió finalmente ella, desviando apenas la mirada.

—Me ha quedado claro, ¡vaya que sí! Lástima que su cuerpo, sus labios y su mirada, me gritan otra cosa. Su boca me dice que me aleje, mas su cuerpo me súplica que nunca la abandone —contestó Marcus, ahora su voz volvía a ser grave y el brillo en sus pupilas cálido.

Clara se ruborizó al oír su afirmación y no pudo seguir sosteniendo su mirada color noche penetrante, que parecía quemar cada rincón de su cara por donde se paseaba.

«¡No seas tan débil, por todos los santos!»

—¿Se atreve a negarlo, Lady Clara? —continuó implacable el Conde.

Ella absorbió aire de prisa y tiró de su brazo para intentar poner un poco de distancia. Lord Bennet, la liberó en silencio y ella retrocedió unos pasos.

—No tengo por qué responder, milord. Debe entenderlo, no somos nada. Puede que la situación se haya desordenado bastante, pero lo que sucedió anoche sirvió para poner todo en perspectiva, al menos para mí. Y no tengo dudas de que no tenemos nada en común y de que esto debe terminar aquí —respondió con su tono más firme e indiferente Clara.

—Eres un ratoncito muy cobarde ¿Por qué se niega a aceptar que desee casarme con usted? —preguntó con mirada intensa Lord Marcus, avanzado un paso.

—Ya le dije que no me llame así. Y no soy cobarde, solo práctica y realista. Usted y yo nada tenemos que ver, unirnos sería un terrible error que muy pronto lamentaríamos —respondió ella con tono nervioso.

—No estoy de acuerdo, hay momentos en que nos complementamos a la perfección. Por favor, deme una razón para pensar, realmente, que no es una buena idea casarme con usted y prometo no insistir —propuso el Conde con expresión resulta.

—Porque no nos conocemos lo suficiente. Porque soy una florero, que nada tiene que hacer al lado de un hombre como usted. Y porque puede escoger a cualquier dama —enumeró Clara con el corazón oprimido.

—Ninguna de esas son razones aceptables. Creo que se tratan solo de patéticas excusas para negarse a admitir su real razón. ¡Vamos, demuestre que no es ese ratoncito asustadizo, diga la verdad! —adujo el elevando una ceja desafiante.

—¡¡Porque soy demasiado fea!! Y de hacerlo se convertiría en el hazmerreír de Londres —le interrumpió vehementemente Clara.

El caballero la observó con seriedad y avanzó hasta detenerse muy cerca. Clara respiraba agitada y devolvía el escrutinio conteniendo la cólera y la frustración.

UNA FEA ENCANTADORA

—No sabía que estaba usted tan ciega, la creía más inteligente y sensata. Pensaba que era distinta, que miraba al mundo con los ojos del alma. Pero al parecer me equivoqué, solo es una joven más, prejuiciosa y ciega a lo verdaderamente valioso —sentenció Lord Bennet en voz baja.

Sus ojos estaban teñidos de decepción y algo más que no supo descifrar del todo. No obstante, le pareció percibir, una súplica, un ruego en esas pupilas color negro. Aun así no podía. Ella no debía, dejarse llevar por el momento, por sus palabras y olvidar quiénes eran.

La vida no era ningún cuento de hadas, era una cruenta batalla donde solo sobrevivía el más fuerte. Y Clara había aprendido esa lección, hacía mucho tiempo. Con cada burla, cada desprecio y cada desplante.

—No, lo siento no puedo... yo... No puedo aceptar su petición, milord —musitó con tono abatido y la vista baja.

—De acuerdo —concedió rápidamente Lord Marcus y los ojos grises de Clara volaron a su cara con sorpresa.

Un silencio incómodo y tenso siguió a su tajante aceptación. Sin decir nada, se miraron durante unos segundos, donde ella aguardaba a que él dijese algo más y el Conde rogaba porque la dama cediese.

—Bue... bueno, entonces... Adiós, Milord —tartamudeó ella, alucinada con su veloz rendición.

Pasando por su lado y comenzando a alejarse con la espalda envarada y porte de reina.

—¡Menos mal que deseaba compartir la vida a su lado! ¡Libertino redomado! ¡Canalla mentiroso!... —Reprochó para sus adentros inusitada e irracionalmente compungida Clara.

—Una cosa más, milady. —La detuvo la voz grave del conde, justo cuando se disponía a atravesar el escudo de arbustos. Ella se congeló, pero no se giró—. Me debe usted un favor —anunció con tono distante Marcus.

—¿De qué está hablando, Lord Lancaster? —inquirió desorientada ella.

—¿Tan pronto lo olvidó, encanto? Vaya, ¡cuánta ingratitud! —interrogó a su espalda el hombre—. Qué lástima, yo no lo hice. Al contrario, lo recuerdo a cada momento, más de lo que debería —siguió con tono perezoso y sardónico Lord Bennet.

La joven cayó en cuenta de que, probablemente, él se refería al episodio del lago y su cara se tornó escarlata.

—¿Que está queriendo decir? —dijo con voz menos segura ella.

—Bueno... que usted tiene una deuda de honor conmigo y es hora de reclamar mi parte —contestó con tono indolente él.

Clara se paralizó impresionada ¡No podía estar hablando en serio! ¿¡La obligaría a casarse con él?!

—Esto es inaudito, milord —graznó furiosa y ofendida ella—. Me está usted extorsionando de la peor manera y no pienso tolerarlo. Que haya salvado mi vida, no le da derecho a chantajearme. ¡No voy a casarme con usted, señor! —espetó desencajada ella girándose con mirada fulminante.

Lord Marcus solo se quedó mirándola fijamente. Su expresión era perpleja y de extrañeza.

—Pero ¿qué dice, señorita? No me insulte de esa manera. No es mi intención coaccionarle para que sea mi esposa —negó el Conde cruzando los brazos.

—Entonces... ¿Por qué dijo...? —interrogó confundida ella.

—Me refería a que, ya que usted se ha negado a casarse conmigo, y a mí me urge encontrar una esposa. Pagará su deuda ayudándome a encontrar una mujer adecuada para mí —le cortó el hombre sonriendo con un brillo peculiar en los ojos.

Clara boqueo atónita ante lo que el noble acababa de decir. Y al comprender su exigencia, la vergüenza y humillación le saturaron. Acababa de hacer el completo ridículo, despotricando su rechazo, cuando aquel nefasto hombre ya tenía la mente puesta en conseguir otra mujer. ¡¡Después decía que la deseaba solo a ella!! ¡Era un asno adulador y traicionero! ¡Mujeriego, superficial y rastrero!

—¿Comprende, querida? Necesito que, a partir de ahora, sea usted una especie de celestina —siguió, ajeno al caos interno que Clara estaba transitando.

—No creo que sea buena idea, milord. No sé nada sobre el tema —rechazó ella con las mejillas encendidas de bochorno y los dientes apretados.

—Aaah, no sea humilde. ¿No me ha dicho usted que es una florero repetidamente? Seguro que tantos años sentada en un aburrido rincón, junto a sus amigas solteronas sin nada que hacer, aparte de mirar a los demás, le dan mucha más experiencia en esto que la que tengo yo. Pues no he participado de bailes en muchos años —desechó él con un ademán de su mano derecha y gesto complaciente.

Clara apretó los puños, incapaz de seguir ocultando su indignación. Quería mandarlo a Escocia de una patada, pero él tenía razón. Conocía a cada dama en edad casadera y sus familias. Además, si se negaba, pondría en evidencia que le ofendía su petición y parecería que quería ser ella esa mujer. Y era eso lo que su corazón deseaba... para qué negarlo. Pero no podía... Casarse con el conde le traería sufrimiento y tendría que renunciar a su sueño también. Entonces... ¿tendría que convertirse en el cupido del único hombre, que logró traspasar sus férreas barrerás y hacer palpitar su corazón como ahora?

—¿Y bien? ¿Hará honor a su palabra, milady? —inquirió con tono pretencioso Lord Marcus.

CAPÍTULO DIECINUEVE

«…Cuando se es fea, tu razón aprende que esperar aceptación en un caballero es algo improbable. Aunque en el corazón nunca muere, la esperanza de hallar lo imposible…»
Fragmento extraído del libro: «Manual, La hermandad de las feas.»

El baile de Lady Harrison era un evento muy esperado, la dama mayor solía entretener muy bien a sus invitados con alucinantes sorpresas. Y para lograrlo invitaba a un número reducido de personas, seleccionadas minuciosamente y con un desconocido criterio. Todos deseaban recibir su invitación, ya que sus bailes eran la personificación de la opulencia y la elegancia.

Clara rogaba porque Lord Lancaster no hubiese sido invitado, después de su encuentro en Hyde Park no sabía qué sentir ni pensar al respecto de su chantaje.

Ese hombre la estaba volviendo loca. Primero la asediaba con sus declaraciones y besos, y ahora le decía que deseaba encontrar otra candidata.

«...Eres cruel, Marcus Bennet...

...Y yo una estúpida por estar sintiendo esta desdicha y decepción...»

Melissa, Abby, y ella traspasaron las puertas del salón de baile y se dirigieron a la sala de refrigerios, pues para ser una noche de otoño el clima estaba bastante pesado y, para variar, otra vez llovía en la ciudad.'

Como Mary Anne y Brianna no habían sido invitadas, con la obvia queja de la primera, Abby y ella se dirigieron solas a su rincón de floreros.

UNA FEA ENCANTADORA

La concurrencia era de alrededor de cien personas y el aire ya empezaba a ser sofocante.

—¿Crees que el conde estará por aquí? —preguntó con gesto aburrido su hermana sentada junto a ella. Quien tenía puesto una horrible cofia marrón.

—No lo sé, espero que no. Aunque dudo mucho que la anfitriona haya desperdiciado la oportunidad de invitar a un conde soltero y codiciado —respondió con acritud ella.

—Espero que te equivoques, porque de seguro aparecería el mellizo molesto junto a él —comentó Abby bebiendo de su copa.

Clara observó su gesto tenso al hablar y se preguntó cuál sería la razón del antagonismo entre Lord Vander y Abby, pues esta nunca había soltado prenda al respecto ya que era reservada al extremo.

—Lo que me preguntó yo, es ¿qué sorpresa nos tendrá preparada Lady Harrison? La última vez fue un paseo nocturno en su enorme jardín —dijo Clara.

—Lo que sea, tendrás que esperar y prepárate, hermana, porque se acerca tu tortura personal —indicó Abby haciendo un ademán disimulado con su cabeza.

Clara se puso tensa de inmediato y espió la dirección que había señalado ella y le vio.

El conde venía caminando sin prisas y con paso relajado. Vestía completamente de negro y se veía extremadamente apuesto. Con ese atuendo, realmente hacia honor a su apodo y Clara no podía dejar de sentirse atraída por su aura masculina y su porte seductor, que compensaba con creces la falta de rasgos clásicos y bellos que estaba en boga.

Lord Lancaster se detuvo a tomar una copa que un lacayo le ofreció y prosiguió su camino hacia ellas.

Cuando se detuvo frente a sus asientos, saludó con galantería a Abby, que gruñó un saludo poco femenino y luego volteó hacia ella con un brillo pícaro en su mirada.

—Buenas noches, Lady Clara —dijo con su voz grave de manera formal y educada.

—Buenas noches, milord —correspondió Clara, desorientada por su cambio de actitud. Ahora él se veía correcto y distante.

—Me preguntaba, si podría usted concederme una pieza —siguió el caballero.

Clara asintió demudada por su extraño comportamiento, y el caballero la guio hasta la pista donde ya iniciaban los acordes de un vals.

—Bueno, milady... ¿Ha tenido tiempo para pensar la propuesta que le hice ayer? —comenzó el conde cuando hubieron dado los primeros pasos.

—¿Propuesta? ¡Eso fue un chantaje, señor! —le acusó con su ceño fruncido ella.

—Bueno, eso depende del criterio de cada uno —adujo él bajando la vista a su cara, pues no la estaba mirando—. ¿O es que, por alguna razón, le molesta ser mi celestina? —inquirió el con una ceja arqueada.

Clara se envaro ante su estúpido comentario.

—¡¡Sí, me molesta, enferma y desquicia!! —Quería gritarle.

Pero se contuvo, no podía ponerse en evidencia de esa forma. Además, no tenía derecho, ella sola se había puesto en esa situación.

—Para nada, milord, ¿por qué habría de hacerlo? —contestó imprimiendo la mayor calma e indiferencia a su voz.

—Bien, porque no se lo había comentado antes, pero debo escoger esposa antes de que esta semana termine —anunció Lord Marcus y ella se tropezó con sus pies.

«¿Tan pronto?... Eso era una locura...»

Se moría de ganas de preguntarle el motivo de su urgencia, pero no podía. Eso la haría parecer entrometida e interesada en sus asuntos personales...

—Bueno... No puedo asegurar el éxito en su cometido, milord, pero haré lo posible —prometió con tono nada entusiasmado Clara.

—Perfecto, ¿por dónde sugiere comenzar? —preguntó visiblemente animado él.

—Tal vez... No sé... Me serviría saber sus gustos y preferencias, milord —respondió vacilante y algo sonrojada ella.

—¿A qué se refiere? —inquirió el conde elevando ambas cejas.

—A... A que debo saber cuáles son las características que busca usted en una dama para poder reducir la lista de mujeres —explicó incómoda Clara.

—Claro, por supuesto. No me había puesto a pensar que debe ser extensa la cantidad de damas solteras disponibles y dispuestas a casarse conmigo —afirmó cómo si nada.

UNA FEA ENCANTADORA

Clara alucinó con su repuesta engreída y lo miró con los ojos entrecerrados, pero se tragó su réplica mordaz.

—Creo que, dado su urgencia, deberíamos apuntar a las damas que tengan menos posibilidades de recibir propuestas, ya que eso haría que recibiesen la suya con alegría —propuso ella.

—No estoy tan seguro de eso, querida. Lo he probado y no me ha ido muy bien que digamos. Hasta me han lanzado como un saco de papas por una ventana, con propuesta y todo —argumentó con tono resentido el hombre.

La joven se atraganto con su saliva y desvío la vista mortificada ante la clara referencia que el conde había hecho al episodio del balcón. Justo a tiempo la música término, salvándola de tener que responder a su velado reproche.

El conde la acompañó hasta su sitio, donde ya no estaba sentada Abby. Algo que extrañó a Clara, ya que no era habitual que su hermana se levantara de su silla en ningún baile.

Lord Marcus ocupó el lugar de Abby, y ella el propio.

—Debería decirme su preferencia, milord —habló ella antes de que él decidiera retomar el tema anterior.

—De acuerdo —aceptó poniendo una expresión pensativa, acomodándose en su asiento y esbozando una mueca seria—. Creo que lo que busco en mi futura esposa es básicamente: Una apetecible retaguardia. Una atractiva delantera. Una cara que combine con lo anterior... —enumeró con parsimonia él, acompañando sus palabras con gestos de sus manos enguantadas.

Clara abrió la boca escandalizada por sus nefastas palabras y se quedó viéndolo completamente abochornada.

—¿Qué?... ¡Aaa, cierto! Olvidaba aclarar que no tengo especial predilección por las rubias o morenas y tampoco por la estatura y peso —finalizó Marcus con una sonrisa amable y despreocupada.

—Es usted... No. ¡¡Hablaba de sus preferencias de edad, personalidad y procedencia!! —increpó ofuscada la joven. Lord Lancaster, abrió los ojos pareciendo confundido y luego asintió.

—Ahh... Eso también es importante, aunque no imprescindible, claro —observó con un ademán de su mano derecha y tono complaciente.

Clara bufó exasperada.

«¡Este hombre es imposible! ¡¿Qué había hecho para merecer esto!»

—Si quiere que le sugiera alguna candidata, será mejor que responda rápido —le advirtió fastidiada ella.

—De acuerdo —carraspeó el conde, tomándose su tiempo. Lo que hizo rodar los ojos a la joven—. La edad no me importa especialmente, aunque tampoco deseo terminar atado a una niña recién salida del colegio de señoritas, y tampoco puedo desposar a una mujer de edad avanzada porque debo tener herederos pronto. Diría que el margen sería entre veinte y veinticuatro años —siguió Lord Landcaster. Clara asintió en respuesta, pensando que eso no reducía demasiado la lista.

—¿Y con respecto a lo demás? —le interrogó impaciente.

—¿La procedencia? Me da igual, siempre que sea de una familia respetable y que la susodicha dama no esté envuelta en ningún escándalo. Por otra parte, teniendo en cuenta mi reputación, no puedo pretender una dama intachable —dijo él encogiendo un hombro.

—Eso es cierto, y es algo que puede dificultar su tarea, milord. Se ha ganado usted una nefasta fama —indicó ella incapaz de refrenar su lengua.

—No lo niego, milady, pero tampoco le debo explicaciones a esta hipócrita sociedad; y menos considero que deba avergonzarme de nada. Solo Dios puede juzgarme y a Él he de rendir cuentas —repelió con una mirada penetrante el conde.

—Sí...bueno —vaciló incómoda ella—. ¿Y qué hay de la personalidad y carácter, milord? —prosiguió Clara.

—Esa pregunta me agrada —respondió sonriendo de lado el caballero— Ya que siempre que pensaba en una hipotética esposa, me imaginaba casado con una mujer complaciente, obediente y sosegada —siguió él sin apartar la mirada de sus ojos.

Clara, que hacía rato estaba ruborizada, comenzó a sentir un ardor por el resto de su anatomía.

—¿Y... ya no es así? —balbuceó ella observando cómo sus pupilas negras seguían el movimiento de sus labios al decir aquello.

—No. Ahora sueño con tener a mi lado a una mujer; desafiante, rebelde y encantadora —negó Lord Marcus en voz baja, haciéndole contener el aliento—. Ya no quiero a cualquier dama convencional, deseo a una mujer especial y única —siguió el conde subiendo su vista oscurecida de nuevo a sus ojos.

CAPITULO VEINTE

«...Puede que te sorprenda descubrir que, todos alguna vez experimentamos la picazón de los celos. Sobre todo si eres una florero... y si al grupo de las demasiado fea perteneces, de estos no te librarás...»
Fragmento extraído del libro: «Manual, La hermandad de las feas.»

Marcus observó cómo la joven contenía el aliento al oír su confesión, su mirada plateada estaba fija en su boca y...

«¡Por Dios...debes controlarte hombre!»

Con esfuerzo apartó su vista de esos carnosos labios y los fijó en su vestido color ocre.

Este era completamente cerrado, y de escote alto.

«Era espantoso...»

Sin embargo, en lugar de desanimarle su feo atuendo, solo podía pensar en lo que ese envoltorio que ocultaba tan magistralmente y su deseo se volvía a disparar. Porque a su atrofiado cerebro, venia el recurrente pensamiento de que, gracias a su mojigata apariencia él era el único afortunado, en conocer sus exquisitos tesoros. Y esa idea, enardecía su deseo como el más poderoso de los afrodisíacos y el más sugerente de los vestidos.

Incómodo carraspeó y se reprendió, recordando que no debia desviarse de su plan. Gracias a Dios, todo estaba saliendo como lo planeó y hasta Colin había logrado alejar a la hermana loca de Clara.

«...Pobre Colin, casi le tenía lástima... Casi...»

—Bien, como le decía. Mi objetivo es hallar una joven excepcional. No porque tenga prisa significa que me conformare con cualquiera —prosiguió Marcus, arrancándoles del trance en dónde se habían sumergido.

Lady Clara parpadeó varias veces y luego se enderezó.

«...¿En qué momento ambos se habían inclinado hacia el otro?»

—Me... Me sorprende, milord —respondió ella con dificultad—. Creí que era usted del tipo de caballero que deja en manos de otro los pormenores de su matrimonió

—¿Por qué haría eso? —adujo perplejo él.

—Pues porque los enlaces son solo un mero arreglo comercial y usted debe estar apurado por terminar con la transacción, para... para seguir con sus pasatiempos —dijo Clara ruborizada.

Marcus elevó ambas cejas al oír su velada acusación. No podía sentirse indignado, tampoco enfadarse. Después de todo, la joven solo estaba remarcando algo que era tan habitual en su sociedad como respirar.

Y hasta hace unos días, esa era su intención. Encontrar cualquier dama predispuesta, casarse con ella, cumplir con las condiciones del testamento de su tío y después, seguir con su vida disipada. Dejando a su mujer en casa, mientras él se divertiría con cada falda que se cruzara. Y una vez ella le diera su heredero, le permitiría que buscara su propia distracción siempre y cuando fuese discreta.

Ese era su concepto de un matrimonió perfecto para él, que solo aspiraba a unirse con alguien, amable, solícita y agradable. Pero ya no. Ahora eso le parecía vacío, banal y solitario.

—Pues se equivoca, querida. No tengo intención alguna, de que alguien más elija por mí. Todo lo contrario, estoy abocado en cuerpo y alma a esta tarea. Y no me estoy tomando tanto trabajo, para luego prescindir de mi esposa como si nada. No, pretendo ocupar cada día y noche de mi vida en divertirme, sí, pero con ella —declaró con seguridad él, mirándola con fijeza para que no le quedaran dudas de su sinceridad. La dama se había quedado con la boca abierta de impresión y el conde tuvo que contenerse para no soltar una carcajada. Era tan dulce y cándida...

—Entonces... ¿Usted pie...piensa cumplir al pie de la letra sus votos matrimoniales? —tartamudeó ella y casi de inmediato se ruborizó hasta el cuello.

Marcus arqueó una ceja, ante su pregunta indiscreta y atrevida, y sin dudas disfrutó de su bochorno.

—Si lo que me está preguntando es si seré fiel a mi esposa. La respuesta es...Sí. Y no me costará. La mujer que escoja sabrá cómo mantenerme entretenido en casa, ya me encargaré de eso —

contestó él con tono insinuante incapaz de refrenar a su diablillo interior.

Lady Clara se sofocó visiblemente y apartó la mirada mortificada.

—Bueno, creo que deberíamos empezar, milady —siguió él apiadándose.

—¿Cómo? —graznó la dama volviendo a mirarle con los ojos desorbitados.

El conde no entendió su reacción, hasta que cayó en cuenta de lo mal que había sonado su anterior comentario.

—Me refiero a su labor de celestina, ¿o qué pensó? —interrogó con una sonrisa ladina él.

—¿Ehh? Nada, eso, lo que... Lo que está diciendo, señor —tartamudeó ella.

—De acuerdo —accedió él y desvió su vista para estudiar el salón —¿Qué opina de Lady Smith? —preguntó avistando a la despampanante morena, que bailaba con un caballero mayor.

Silencio fue lo que obtuvo por respuesta, pero no se giró hacia ella.

—Es... se rumorea que está a la caza de un partido con un título mayor; apunta a un Duque o marqués —graznó la joven, cuando creyó que no respondería.

—Eso me deja fuera ¿no? —comentó con pesar él volviéndose a verla, sus ojos estaban mirándole entrecerrados y se estaba mordiendo el labio inferior con fuerza.

«...Perfecto...»

—Ummm...y ¿Qué tal Lady Colton? —propuso fijando la vista en una delgada rubia.

—No.... no lo creo, no cumple con ninguna de sus pretensiones, milord —respondió con acritud Lady Clara.

—¿Ah sí? Pues yo veo lo contrario —negó Marcus viendo el escote de la rubia.

—Me refería a que su familia ha estado envuelta en varios escándalos y ella... Ella tiene muchas proposiciones debido a su... Su gran dote —le cortó Clara y en su voz se notó su irritación.

El conde se rió por dentro.

—Oh, no estaba al tanto. Uff, esto será más difícil de lo que creí —suspiró con aparente desilusión cabizbajo — ¡Aaa!—exclamó de repente haciendo que la joven se sobresaltara asustada—. ¿Y qué hay de Lady Daisy Hamilton? Su hermano es un buen conocido y ella no es una beldad, aún que no está mal —reflexionó Marcus viendo a la muchacha de cabellos rojizos algo rellenita, bailar con uno de sus compañeros de juerga de su juventud.

—Ella... Ella no creo que el conde lo acepte. Todos saben que es muy protector con sus hermanas —comentó con la voz estrangulada Lady Clara.

Así siguieron por un buen rato, tiempo que el conde tuvo que morderse el interior de su mejilla para no estallar en carcajadas. A cada mujer que Marcus proponía, Lady Clara le encontraba algún fallo o defecto.

Algo que la hacía inadecuada o toda clase de objeciones.

—Muy joven.

—Demasiado mayor.

—Esta prometida en secreto.

—Busca alguien de su edad.

«¿Acaba de llamarle viejo?...»

—Está esperando la propuesta de Lord Petensor.

—Es pelada. Sí, eso es una peluca hecha de pelo de cabra.

«...Iuggg...»

—Creí que quería a alguien especial y diferente.

«...Para eso ya te tengo a ti...»

—Es adicta al juego de azar.

—Está obsesionada con la lectura gótica.

«...¿Eso es un defecto?...»

—Pinta a hombres desnudos, bueno, está bien, en paños menores.

«...Interesante...»

—Tiene a una rana de mascota.

—Es compradora compulsiva de sombreros con frutas artificiales.

—No distingue un soneto de un poema.

«...¿Y eso qué es?...»

—Asiste a un club de lectura feminista.

—Fue vista acariciando con su pie, la pantorrilla de Lord Torrence.

«...¿Es en serio? ¡ese hombre tiene ochenta años por lo menos!...»

—Afirma que se casará subida a una mula

«...¡Ese es mi límite!...»

—Se dice que le falta un seno.

«...¡No es cierto! Él había tenido uno que otro roce por ahí... ¡Ay Dios eso que tocó! ¿qué fue? ...»

A estas altura Marcus ya había confirmado su teoría con creces y estaba listo para seguir con la siguiente fase.

—Está bien, está bien ¡ Me rindo! —exclamó temiendo que si soltaba alguna estrafalaria pega más, se deshiciera en risas—. No sirves de Celestina, milady, me estás desanimando.

Ella pareció culpable y no podía enrojecer más o se confundiría con el asiento carmesí en el que estaba sentada

—Yo...yo... —balbuceó avergonzada la joven, desviando la vista.

—Usted... está en deuda conmigo y no piense que se librará de mí sin saldarla, milady —interrumpió el conde, cruzándose de brazos.

—¿Qué quiere decir? ¡Estoy haciendo lo posible por ayudarle! ¡No es mi culpa, que solo le llamen la atención mujeres inadecuadas! —se defendió Clara volviendo a mirarle con el ceño fruncido.

—Pues no es suficiente, ya le dije que debo comprometerme antes de que esta semana acabe y si no me ayuda, deberá asumir las consecuencias de su incompetencia —demandó con gesto serio Marcus.

—Pero ¿a qué se refiere? —inquirió incrédula la joven.

—¿No me diga que no lo supo desde un principio? —espetó con sorna el conde. La dama negó perpleja

—Es muy simple. Si fracasa en su labor, encanto, se casará conmigo en dos semanas —sentenció el conde con tono diabólico.

CAPÍTULO VEINTIUNO

«…Seas del grupo de las demasiados feas o de las muchachas más bellas, nadie puede evitar caer en la trampa del amor…»
Fragmento extraído del libro: «Manual, La hermandad de las feas.»

Afortunadamente para Clara, su hermana apareció justo en el momento en que el conde le anunciaba su descarado ultimátum, salvándole de dar una respuesta y de seguir haciendo el ridículo.

Lord Landcaster se marchó después de solicitarle un baile, y la dejó allí, con la cabeza y el corazón hecho un auténtico caos. Estaba segura de que él, ya se había percatado de la reticencia que mostró, cuando este le sugería alguna posible candidata a ser su esposa.

Se había delatado desastrosamente buscando cualquier excusa para descartar a las damas que proponía.

Todo el rato había sentido un calambre en el estómago y un inusitado deseo de abofetear a cada una de esas mujeres.

«…Estaba patéticamente celosa…

…Y ridículamente feliz, al pensar en sus palabras finales…»

Con cada fibra de su ser, deseaba ser esa mujer que ocupara un lugar al lado de ese hombre, quería casarse con el conde. Pero no podía, por múltiples razones. Por su sueño, por sus diferencias, por sus ideales, porque tenía miedo.

—¿Estás bien, Clara? —interrogó Abby sentada a su lado, haciéndole regresar sus pensamientos a aquel salón.

—Sí, sí. ¿Dónde te habías metido? —inquirió en respuesta ella, deseosa de escapar de su torturadora mente.

—¡No lo creerás! —exclamó con una mueca enervada su hermana—. Recibí una nota, donde una persona anónima decía tener una importante información que era de mi incumbencia. Y me citaba en el laberinto de Lady Harrison para revelármela —le explicó ella.

—¡Abby, eso es muy peligroso! ¡No me digas que acudiste! —espetó con pasmo y preocupación Clara, horrorizándose cuando la menor asintió.

—Debía hacerlo. Pero no te alarmes, nada me sucedió. Solo me lleve un fiasco y una desagradable sorpresa —siguió con gesto de fastidio Abby.

—¡Cómo! ¿Te dejaron plantada? ¿Nadie apareció? —preguntó intrigada y angustiada a la vez.

—¡Peor! Resultó ser un vil engaño de ese sapo venenoso —se quejó ofuscada Abby.

—¿De quién hablas? —dijo frunciendo el ceño Clara.

—¡De ese hombre nefasto, de quién más! ¡De Lord Vander! —escupió airada la rubia apretando la mano en un puño.

Clara elevó las cejas asombrada y observó la postura enfurruñada de Abby, conteniendo la risa a duras penas.

—Pero ¿Qué sucedió? —le preguntó muerta de curiosidad.

—Pues que era él quién me había enviado esa nota misteriosa, vaya a saber con qué propósito, seguro uno inmoral. Pero no sabía con quién se estaba metiendo, ese vil sapo rastrero —relató su hermana apretando los dientes y acomodando sus gafas sobre su nariz.

—¿Y qué sucedió con Lord Colin? ¿Le dejaste plantado? —respondió Clara ocultando su diversión.

—¿Plantado? Creo que esa palabra describe perfectamente el estado en que le dejé. Y créeme, se lo pensará dos veces antes de volver a entrometerse en mi camino —anunció con una mueca maliciosa y sus ojos azules brillando de satisfacción.

Clara prefirió no conocer los detalles, aunque estaba segura de que Abby se había guardado gran parte de lo sucedido en ese laberinto.

En ese momento, la banda musical dejo de tocar y se oyó el sonido de una copa tintineando. Todos los asistentes interrumpieron sus conversaciones y giraron para mirar a su anfitriona, quien se hallaba sobre la tarima junto a los músicos, aguardando con una sonrisa que se hiciera silencio en el lugar.

—Su atención, por favor... —empezó a decir la regordeta y morena mujer, vestida con un elegante atuendo color borgoña—.

Damas y caballeros, bienvenidos. Como todos saben, me gusta obsequiar a mis invitados con excepcionales entretenimientos. En esta ocasión, he pergeñado una búsqueda del tesoro —anunció Lady Harrison, provocando algunos murmullos en el público—. Mas no será una versión tradicional de este juego, sino que he asignado al azar una pareja a cada uno, con la que formarán equipo y con quien deberán encontrar el tesoro escondido.

»Por favor, las damas sean tan amables de mirar su carnet de baile y los caballeros el sello que les pusieron en sus muñecas al ingresar, la pareja que les tocó tiene el mismo grabado, les daré unos minutos para que cada caballero identifique a su compañera —continuó con tono dramático la dama y todos comenzaron emocionados a revisar sus respectivos dibujos.

Clara estudio su carnet y vio que en un extremo del papel, se hallaba dibujado un pequeño ratón. Su garganta se cerró y se ruborizó mortificada.

Cuando le echó un segundo vistazo, se percató que el dibujo no era feo sino todo lo contrario, se trataba de un simpático roedor y su enfado remitió bastante.

A su lado Abby, puso frente a su cara su carnet y masculló una maldición.

Clara espió sobre su mano, y miró el grabado, era un pez león. Un animal tan hermoso como peligroso, que defendía su soltería y tenía sus aletas repletas de un letal veneno, preparado para atacar a un intruso u a otro pez león no aceptado.

—¡Vaya! Miren la sorpresa que el destino me tenía guardada! —dijo una voz de barítono frente a ellas.

Clara y Abby levantaron la cabeza y se toparon con la presencia de Lord Vander mirándolas con una ceja alzada y una sonrisa maquiavélica en su angelical rostro.

Ella abrió la boca al descubrir el desordenado aspecto del conde, quien estaba despeinado y con manchas de tierra en su ropa arrugada y tenía una enorme marca roja en su frente que, al parecer había intentado tapar con su cabello rubio.

«...¿Estaba alucinando o el rubio tenía marcado la forma de un rastrillo en la frente?...»

—Lárguese Vander. No tenemos el mismo dibujo. Me ha tocado un oso salvaje con una alimaña entre sus garras —siseó tensa y seca su hermana, escondiendo el papel entre sus manos.

UNA FEA ENCANTADORA

—Eso no es cierto, no lo haré y usted tampoco, ya que es mi pececita y, como ve, la llevo grabada en mi piel. —Le provocó Lord Colin con una mueca maliciosa, enseñándole su muñeca, donde se veía claramente el pez león plasmado en su blanco brazo.

Abby bufó y pareció enrojecer de pies a cabeza. Luego, contra todo pronóstico, se puso en pie, le lanzó su carnet en pleno rostro al conde y se marchó murmurando un irrepetible improperio.

Clara miró a Lord Vander con cara de circunstancia y una silenciosa disculpa, pero el rubio después de recuperarse de ese desaire, amplió su sonrisa y despidiéndose con un cabeceo salió tras Abby.

Clara suspiró y dejó vagar la vista por el salón, donde los hombres circulaban buscando a la dama asignada. Entonces sus ojos se abrieron anonadados al distinguir la figura de Lord Lancaster acercándose a Lady Smith. Su corazón se contrajo, cuando Lord Marcus mostró su muñeca a la voluptuosa morena y esta le enseñó su carnet, con una evidente dicha.

Sentía un terrible malestar y una furia creciente al ser testigo de la sonrisa coqueta y el aleteo de pestañas que la hermosa dama lanzaba a Lord Marcus, quien aparentaba estar complacido con la compañía.

«....Canalla, traidor, rastrero...

.... ¿Por qué la vida era tan cruel?..»

—Disculpe...umm, milady...—tartamudeó un hombre arrancándola de su auto compasión.

A su lado le miraba un delgado y poco agraciado joven. Usaba unas enormes gafas y su cabello pelirrojo estaba pegado a su cráneo.

—¡Sir Richard! —le saludó sorprendida de ver a uno de los hermanos de Brianna allí.

—Buenas no..noches. Cre... creo que nue... nuestros grabados co... coinciden —anunció con su habitual dificultad el joven.

A Clara le agradaba el caballero, quien tenía su edad y padecía una terrible timidez y un desafortunado problema para hablar.

—Eso parece, es una buena noticia —contestó sonriendo Clara, al confirmar que Richard tenía plasmado un pequeño roedor. Haciéndole un ademán para que se sentara y percatándose del alivio que brilló en los ojos verdes del joven ante su amable recibimiento.

Probablemente estaba acostumbrado a recibir solo desplantes por parte de las damas.

—¡Atención! Ha llegado la hora de iniciar el juego.

La consigna es mantenerse juntos y cuando suene la campanada de la medianoche el tiempo se habrá agotado y quien haya resuelto el enigma y dado con el botín, ganará el desafío —Exclamó con voz teatralizada Lady Harrison. En ese preciso instante, las luces del salón comenzaron a disminuir.

—Funciona pero no puede caminar, a veces canta, más nunca habla. Carece de brazos, de manos y de cabeza, pero tiene una cara. A menudo lo encuentras cerca de una chimenea, más de su calor no precisa. Puedes intentar detenerlo, pero él seguirá su camino siempre hacia delante y nunca para atrás —Relató Lady Harrison y el salón se sumergió en la oscuridad.

Las mujeres chillaron y se oyeron algunas risas masculinas cuando las parejas comenzaron a salir en busca del tesoro.

La decepción le invadió al pensar que Lord Marcus y Lady Smith, estarían ahora muy cerca y expuestos a infinidad de escandalosas posibilidades.

Tal vez el conde, caía bajo el hermoso embrujo de la bella dama y terminaba la velada, haciendo una propuesta de matrimonio.

«....Si eso sucediera... sería solo su culpa, ella había rechazado al hombre repetidamente y quizá esta vez había logrado espantarlo...

...¿Por qué sentía una opresión en el pecho al cavilar esa idea? Después de todo era lo que ella quería ¿no? Debería estar aliviada y gozosa»

Lástima que su corazón pareciera estar desgarrándose y contradiciendo su razón...

Clara tomó el brazo de Sir Richard y suspiró abatida. Mejor que se dieran prisa y hallaran ese condenado objeto, para poder dar por terminada esa bochornosa noche.

Cuando salieron al vestíbulo, se detuvieron en un costado discutiendo entre ellos el acertijo de Lady Harrison.

Clara tenía su mente en otra parte y no podía concentrarse en el juego.

«...¿Qué estarían haciendo Lord Lancaster y Lady Smith?

...Seguro que ese indecente hombre la estaría besando en algún rincón, amparado por la oscuridad...

...No le importaba, ella no estaba buscando nada de ese hombre, ni lo necesitaba. ¡Por favor! ¡¿Para qué quería a un hombre mujeriego y granuja?!...

¡Que Lady Smith se lo quedara!

¡Se lo regalaba con un enorme moño!...»

—Lady Clara, ¿m...me escu..cucha? —le oyó susurrar a Lord Richard, pues aunque estaban en la penumbra, podía oírse las conversaciones amortiguadas de otras parejas.

—Sí... sí... Estoy de acuerdo —respondió Clara, sin tener ninguna idea de lo que el joven le había dicho.

Sir Richard no contestó, solo se limitó a tomarla respetuosamente del brazo y tiró de ella por el pasillo.

—Cre...creo que sé don...donde encon... encontraremos la pista, milady —le dijo Richard abriendo la puerta de una estancia y arrastrándola tras él.

La gran habitación, estaba tenuemente iluminada por la luz de la luna y parecía desierta. El joven caminó hasta una pared y le vio tantear una repisa.

—No... ¡Ya s...sé!. Aguar...arde, milady. Revi... revisaré la habita...tación de enfrente —le avisó el pelirrojo y ella se inclinó para sentarse en un sillón de lo que parecía ser la biblioteca.

—Uff... pensé que nunca se iría —intervino una ronca y gruesa voz.

Clara se sobresaltó y en lugar de sentarse en el asiento, terminó cayendo sobre su trasero con un grito de espanto.

—¿Qué está haciendo aquí? ¡Casi me mata de un susto! —espetó Clara desde el suelo, llevándose una mano a su pecho desbocado.

—¿Qué creé que hago? Buscar a mi compañera —rebatió con tono relajado él, emergiendo del rincón más alejado del cuarto.

Cuando se detuvo frente a ella, extendió una mano y la levantó con suavidad. Clara se recuperó de la impresión de verle allí y se soltó de su agarre con brusquedad.

—Entonces ¿qué lo detiene? Vaya por ella, debe estar desesperada —le reprochó con un gruñido, retrocediendo cuando él se adelantó hasta quedar muy cerca, con su apuesto rostro iluminado por la luz crepuscular.

Lord Landcaster sonrió de lado, sus ojos oscuros brillaban con peligrosa intensidad y ella no pudo evitar sentirse sofocada por su proximidad y atrapada como si hubiese caído en una tenebrosa trampa.

«...Deberías estar asustada... en lugar de estar sintiendo un escalofrío de emoción y anticipación...»

—La tengo justo frente a mí, querida —anunció con tono íntimo el conde.

—No es cierto, su grabado no coincide con el mío. Ahora si me disculpa... —rebatió temblorosa Clara, obligándose a recordar que le había visto flirtear con Lady Smith.

—Ven aquí. —Le frenó Lord Marcus deteniendo su intento de huida y estampándola contra su dura anatomía—. Claro que mi grabado coincide. ¿Sabe por qué? Porque es un felino —siguió él pegando su rostro al suyo, hasta que sus respiraciones agitadas se acariciaron.

—Sí, milady, aquí termina el juego para nosotros. Llegó la hora, he venido por mi presa —continuó con tono bajo y ardiente.

—¿Cómo? No..no comprendo —balbuceó movilizada Clara.

—Yo soy el gato y tú, tú eres mi apetecible y encantador ratón —terminó con posesión Marcus.

CAPÍTULO VEINTIDÓS

«…He experimentado ese momento, donde te sientes desnuda, expuesta, vulnerable. Donde tu interior colapsa, tus murallas son derribadas y debes enfrentarte a tus miedos, complejos y prejuicios.
He vivido ese momento, que puede durar un instante o una eternidad He asumido que amo, he aceptado que me pueden amar…»
Fragmento extraído del libro: «Manual, La hermandad de las feas.»

Las declaraciones del conde parecieron impactar a la dama.

—Milord... No... Por favor ya le dije que... —balbuceó Clara con voz temblorosa.

—Calla. No quiero oírlo de nuevo —le cortó Marcus ofuscado— ¿Qué hace falta para que dejes de huir de mí y de ti misma; de lo que sientes, de lo que hay entre nosotros? —indagó con brío y tono frustrado.

Clara se estremeció entre sus brazos que la aprisionaban contra su pecho, impidiéndole separarse.

—Yo... no estoy huyendo. Es... Es lo mejor, milord. Usted y yo somos demasiado distintos. No podemos estar juntos —contestó ella con la voz comprimida y su cabeza gacha.

—Clara, mírame —le pidió él en voz baja y tono cálido. Ella le miró entonces y él se perdió en ese dulce rostro que apenas vislumbraba por la oscuridad—. ¿Eso piensas? ¿Tan ciega estás? ¿De qué diferencia hablas? Porque cuando te miro, no veo ninguna, solo veo que nuestras almas se reconocen, se pertenecen. ¿Es que no lo sientes tú? —declaró

Marcus viéndola con fijeza con abierta sinceridad.

—Milord, eso piensa ahora, tal vez mañana se arrepienta. Esto es muy precipitado, nos conocemos hace unas semanas. No creo...

—Negó la joven tras una pausa, donde pudo sentir el latido desbocado de su corazón.

—No digas más. He hecho por ti cosas que nunca hice por ninguna dama, te he confesado lo que me haces sentir, te he pedido matrimonio. No volveré a hacerlo. Me hablas de tiempo, y no lo entiendo ¿Dónde está escrito esa ley? ¿Quién puede decir cuánto tiempo se necesita para saber que has hallado a alguien especial y que no deseas dejar escapar? ¿Cuánto? Un instante quizá, o tal vez una eternidad.

»Si quieres seguir escondida detrás de tus miedos, tus prejuicios y complejos ¡adelante! Eres libre para hacerlo, pero no cuentes conmigo, no seré cómplice de tu cobardía. Adiós Lady Clara Thompson —terminó con vehemencia el conde, derrotado y molesto. Liberando sus brazos y retrocediendo un paso, apartando la vista de ella. Incapaz de seguir soportando la distancia que la dama insistía en erigir entre ellos.

Pero antes de poder rodearla para salir de allí como deseaba. Lady Clara lo retuvo por su mano izquierda.

Él se tensó y volvió sus ojos hacia la muchacha, con la mandíbula apretada.

—Marcus... yo... No te vayas —dijo Clara respirando con dificultad, con tono de súplica. Marcus se quedó inmóvil. La joven tiró de su mano y la elevó hasta posarla sobre el lugar donde latía su corazón con frenética velocidad.

—Late por ti, solo por ti —confesó ella emocionada—. No quiero seguir negando, ni mintiéndome. No puedo hacerlo, porque esto que siento es más fuerte que mis temores y renuncia. Mi corazón te reconoció desde el primer instante. Tú eres tan perfecto, tan irreal, eres como un hermoso sueño hecho realidad. Y quiero seguir durmiendo, no quiero despertar jamás —terminó la joven avanzando y rodeando su cuello, hasta que la sintió pegada a él.

Marcus decidió que ya había hablado suficiente y antes de que Lady Clara pudiese protestar, selló su boca con sus labios.

La joven se tensó entre sus brazos y lanzó un jadeo estrangulado, pero no tardó en aflojarse contra él y devolverle el beso con igual ardor y necesidad.

Con todos sus sentidos sumergidos en el placer que le producía las caricias de sus carnosos y suaves labios, Marcus afianzó el agarre sobre sus delgados brazos y giró hasta sentarse en el sillón y luego colocó a la joven sobre él de costado. Un jadeo hambriento brotó de su garganta cuando sintió su esbelta figura apretada contra él, y sus bocas se rozaron con mayor voracidad. Encontrándose una y otra vez, para demostrar con ellas que lo que sentían era veraz.

Marcus abordó su cavidad incansablemente, enloqueciendo un poco más con cada respuesta de ella. Sus manos bajaron por el cuerpo de la dama y se posaron sobre sus muslos cubiertos parcialmente por su vestido, que se había arrugado en sus rodillas. Su mano comenzó a subir por su rodilla con reverencia, y deseó tomar todo lo que pudiese de ella.

Sus vellos se habían erizado y sentía su cuerpo ardiendo de descarnada necesidad. Ambos se perdieron en aquel momento perfecto. Sintiendo que se volvían uno, que respiraban el aire del otro y que sus seres vibraban al unísono.

Hasta que un estruendo resonó en la oscuridad que les rodeaba, arrancándoles de su ardiente intimidad.

El conde quitó su boca de la de Clara y miró sobre el hombro de la joven hacia el lugar de donde provenía el bullicio. Con rostro atónito y bocas abiertas, les observaban varias personas amontonadas en el quicio de la puerta, podía verlos claramente, ya que mientras él y Clara habían estado entregados a la pasión, habían ingresado a la biblioteca Richard Colleman, el compañero pelirrojo con el que Clara había abandonado el salón, Lady Smith a quien Marcus había despistado para liberarse de la morena y varios invitados más.

Clara sofocó un grito de espanto y saltó de su regazo con tanta precipitación que cayó de bruces en el suelo alfombrado, aterrizando con su bonito trasero hacia arriba cubierto por unos pololos de encaje claro, el cual gracias al movimiento repentino quedó a la vista.

Su público jadeó ante la visión y comenzaron a murmurar entre ellos. El conde se apresuró hacia ella y la ayudó a ponerse en pie. Mientras Sir Richard, que estaba tan colorado como su cabello, se agachaba a alzar el candelabro que había resbalado de sus manos al encontrarse con su indiscreto abrazo.

Clara estaba pálida y, evidentemente, mortificada acomodando su vestido con manos temblorosas. Su cuerpo rígido y tenso.

—¡Clara! ¿Pero qué está sucediendo aquí? ¡Dios mío! —exclamó una voz estridente desde la entrada.

Una dama baja, algo regordeta y rubia, se abrió paso entre los curiosos, y se detuvo frente a ellos con las manos en las caderas y un gesto de incredulidad en su redondo y agradable rostro.

—Melissa... Yo... No es lo... —tartamudeó Clara avergonzada.

—Lo que parece, milady —completó Marcus, rodeando los hombros de la joven con su brazo izquierdo y mirándola con una enorme sonrisa. La muchacha cerró la boca y abrió los ojos estupefacta, ante su actitud relajada y feliz.

—Milord, exijo una explicación —Intervino Lady Garden muy seria.

—¡Ooooh! —soltaron los testigos asomados tras ella.

—Melissa, por favor... —le rogó la joven compungida.

—Claro, milady. Le pido disculpas por esta indiscreción, había acordado con su esposo que esperaríamos a hacer el anuncio oficial, pero ya sabe, es difícil refrenar los impulsos del corazón y la emoción por estar celebrando que Lord Garden me concedió la mano de Lady Clara hace tres días, y eso nos hizo olvidar el lugar y el momento —explicó con tono relajado Marcus, besando la frente de su prometida con dulzura.

—¡Aaaahh! —exclamó su público ahora cada vez más numeroso.

Lady Clara jadeó, pero no tardó en asentir con solo un poco exagerado énfasis y luego plasmar una sonrisa radiante y mirada adoradora en su ahora escarlata cara.

—Así es. Lord Lancaster y yo nos casaremos —afirmó Clara con seguridad.

UNA FEA ENCANTADORA

CAPÍTULO VEINTITRÉS

«...He aquí que se oirá rumor y vendrá un gran alboroto...»
Jeremías 10:22.

—¡Dime que no es cierto! —susurró exaltada Abby, mientras su madrastra se despedía de la anfitriona, recibiendo las felicitaciones por el compromiso con Lord Lancaster.

Clara despegó su vista de la puerta principal por la que acababa de salir Lord Marcus, secundado por su hermano mayor. Y miró a su hermana, sus ojos se abrieron de par en par, al percatarse del desastroso aspecto que presentaba Abby.

—Pero... ¡¿qué te sucedió?! —le interrogó en voz baja fijándose en su peinado ahora desarmado, su cabello desprovisto de su cofia y la ausencia de sus gafas.

—Eso no importa ahora. ¿Es cierto que te hallaron infraganti con Lord Lancaster? —inquirió con horror Abby.

—Abby... —respondió, incapaz de sostener la mirada recriminatoria de la rubia.

—¡Clara! ¡Te lo advertí! Te dije que te cuidaras de ese libertino. Ahora terminarás atada al caballero negro, perderás tu posibilidad de cumplir tu sueño y vivirás bajo el yugo de un hombre mujeriego, egoísta y desleal. ¡Has arruinado tu vida, por unas cuantas caricias de ese canalla! Un hombre que apenas conoces y que esconde algo. ¿O es que te parece normal su repentino interés en ti? Caballeros como esos no se fijan de la nada, en mujeres como nosotras, Clara ¿Ya lo olvidaste? —siseó furiosa Abby.

Clara, quien todavía tenía sus nervios a flor de piel, recibió sus palabras como una bofetada, su barbilla comenzó a temblar y un nudo de angustia se atravesó en su garganta. Con los ojos llenos de lágrimas giró y abandonó la casa, ignorando el llamado preocupado de su hermana.

Al salir, vio aliviada que su cochero ya les esperaba, por lo que subió a su carruaje con prisa y le ordenó que la llevara a casa y luego volviera por su hermana y Melissa.

Una vez estuvo al resguardo de miradas indiscretas, dejó salir las lágrimas de angustia que venía reteniendo. Abby tenía razón, se estaba arriesgando demasiado. Estaba renunciando a su sueño por alguien que conocía hace un par de semanas. Solo que... .esas habían sido las semanas más felices de su vida. Y ella había experimentado tantas nuevas sensaciones.

En cada mirada, con cada roce y cada palabra, Clara había sentido algo maravilloso y real. Algo auténtico y veraz. Había sentido amor. Sin embargo, no podía asegurar que Lord Marcus hubiese sentido lo mismo.

A pesar de que él le había confesado muchas cosas y ella había percibido su sinceridad y nobleza, el conde no había dicho la palabra amor, en ningún momento, nunca. Ese pensamiento le produjo un vacío tal en su estómago, que no pudo ser capaz de seguir negándolo. Ya fuese algo estúpido, insensato, errado, o demencial, se había enamorado de Marcus Bennet.

Lo amaba y no podría vivir a su lado sin tener su amor y corazón, así como el conde ya tenía el suyo. No soportaría ser una esposa convencional inglesa y no sobreviviría en un matrimonio como los que se concertaban en su círculo, arreglos comerciales desprovistos de amor y fidelidad.

El miedo a estar equivocándose terriblemente, de estar cometiendo el peor error de sus veintitrés años, le corroía. No, no podía casarse con Lord Lancaster. Debía hallar alguna forma de salir de este brete y cancelar el compromiso, sin arruinar estrepitosamente su reputación.

La mañana siguiente, llegó con más rapidez de lo que Clara deseó. A regañadientes abrió los párpados e inspeccionó su cuarto en busca de su doncella. Esta no estaba allí y solo entonces Clara se percató de que el sonido que le había despertado no había sido provocado por la entrada de su doncella, sino que provenía del piso inferior de la mansión.

UNA FEA ENCANTADORA

Intrigada por tal infrecuente ajetreo en una casa donde solía reinar el silencio, Clara se levantó para ir a inspeccionar el origen del alboroto.

Con algo de frío, debido a que hacía una fresca mañana de otoño, tomó su bata color rosada que hacía juego con su largo camisón de algodón y se la anudó en la cintura, acomodando luego su cabello que había trenzado la noche anterior. Después de colocarse sus pantuflas, abrió la puerta, de la que solo su padre y doncella tenían copia y que había cerrado para evitar tener que reiniciar su conversación con Abby, y abandonó la alcoba.

El ruido de conversaciones se fue haciendo más intenso a medida que descendía la escalera. La servidumbre iba y venía con arreglos florales y diferentes tipos de vajilla, entrando y saliendo del salón principal.

Clara se detuvo en el último escalón, mirando a su alrededor parpadeando con pasmo.

La aldaba de la puerta principal sonó y el mayordomo se apresuró a abrir. Una mujer regordeta y bajita, peinada extravagantemente, con rostro extrañamente familiar, traspaso la entrada.

Cuando tras ella aparecieron cuatro mujeres cargando grandes bultos de telas y vestidos, su boca se abrió, al igual que sus ojos saltaron de sus ejes. Era Madame Antua, la mejor modista de Londres. Sus diseños exclusivos costaban una fortuna y toda dama soñaba con lucir alguna de sus exquisitas creaciones.

Conteniendo el aliento, se dirigió al comedor donde las mujeres habían desaparecido y abrió la puerta, esperando que lo que temía no estuviese sucediendo. El comedor se había convertido en una especie de probador enorme y una docena de damas vestidas en paños menores, se encontraban siendo medidas y seleccionado telas y colores.

—¡Clara! Justo estaba por enviar a que te despierten. Casi es mediodía y estamos muy atrasados —le saludó su madrastra, bajándose de una pequeña tarima y yendo hacia ella—. ¿Qué te sucede? ¿Por qué estás tan pálida, niña? Pediré que te traigan un desayuno. Ven, siéntate pareces a punto de desmayarte —siguió Melissa tirando de su brazo e instándola a sentarse en un asiento rosado, que no sabía de dónde había salido.

Respirando con dificultad, se dejó hacer y pasó su vista estupefacta por la estancia. Todas estaban allí; las dos hermanas de su madre y la de su padre, su abuela paterna, otras dos tías hermanas de su fallecida abuela materna, la madre y hermana de Melissa y sus cuatro primas.

«...¡Por los cuernos de lucifer! ¿Cómo habían llegado tan pronto? ¿Y cómo demonios haría ahora para suspender su boda con el conde? ...»

***

...Ay, ay, ay, él era deseado.
Ay, ay, ay, él era aclamado.
Ay, ay, ay, él era esperado.
Ay, ay, ay, él era divino.
Ay, ay, ay, él era un felino.
Pero ahora...oh ahora, él es un minino...
Ay, ay...

—¡Ayyyy! —gritó Colin, interrumpiendo su canción al verse eyectado hacia atrás, agitando frenéticamente sus brazos para intentar recobrar el equilibrio y fallando.

—Tienes tres segundos para huir, Colin; antes de que me encargue de hacer que tu insufrible trasero ruede hasta el vestíbulo —gruñó Marcus después de elevar una pierna y empujar el pecho de su hermano hasta hacerle caer despatarrado en el piso.

—¡Ouch! Pero qué genio, hermanito. Esta no es manera de agradecer mi presencia y apoyo en tan especial momento de tu vida. Yo que creí que despertarías exultante de dicha, después de haberte zampado un apetitoso ratoncito anoche —comentó Colin desde el piso con fingida voz ofendida, y una mueca de dolor en su cara asomada detrás de una columna de la cama.

Marcus gruñó ante su molesta observación y decidió ignorarle, tal vez tuviese suerte y su hermano se largase. Con poca energía, se levantó y comenzó a asearse. Haciendo oídos sordos a las decenas de preguntas que su mellizo no cesaba de hacerle.

—¿Cuándo será el enlace? ¿Fue un accidente que los hallaran intercambiando saliva o lo planeaste? ¿Besa bien la dama o te dormiste sobre ella? ¿Le has hablado de las cláusulas del testamento? He ideado una noche de copas, para pasarla entre amigos ahogando tus penas, tratando de mitigar el dolor de tu inminente suicidio civil y para que te despidas del mundo de los solteros felices. ¿Vendrás? ¿Es cierto que Lady Smith te rechazó? ¿Y por eso la dejaste para ir tras tu ahora prometida? Dicen que te enfrentaste con Richard Colleman, por intentar ofrecerle un trozo de queso a Lady Clara ¿fue así? Eso fue...

Un gruñido gutural y enardecido brotó de su pecho y se abalanzó con un rugido sobre Colin.

—¡Aaay Dioooos! —gritó Colin y huyó despavorido de su cuarto.

—Marcus Benjamín Bennet. ¿Cuándo pensabas decírmelo? —exclamó una airada voz femenina.

El conde detuvo su taza de té a medio camino y se volvió hacia la puerta del comedor diurno. ¡No lo podía creer! ¡Vaya que volaban rápido los rumores en Londres!

—¡Madre! —gimoteó su hermano antes de que pudiese decir algo, poniéndose en pie y corriendo a abrazar a la mujer parada con gesto severo.

—¡Mi niño! ¿Qué te han hecho? —le consoló Lady Annel sonriendo a Colin, abrazándolo con ternura.

Marcus rodó los ojos y bufó divertido, al tiempo que se ponía de pie. Había cosas que nunca cambiaban, por más años que pasarán su hermano no dejaría de simular ser el niño mimado de la marquesa.

—Marcus me ha golpeado y padre no ha dejado de hacerme trabajar en los asuntos del marquesado. ¡Menos mal que regresaste! —continuó el conde besando los cachetes de su madre.

—Hablaré con Arthur para que no te agobien, cielo. Ahora tú, mi niño, ven a saludar a tu madre y a darme una explicación coherente —le dijo su rubia y bonita progenitora.

El conde carraspeó y se acercó a besar a la marquesa, estremeciéndose bajo su mirada celeste escrutadora.

Pensando cómo rayos le explicaría, que se casaría en dos semanas.

CAPÍTULO VEINTICUATRO

«Soportándoos unos a otros, y perdonándoos unos a otros si alguno tuviere queja contra otro. Y sobre todas estas cosas vestíos de amor, que es el vínculo perfecto.»
Colosenses 3:13—14.

—Clara, ¿puedo pasar? —dijo Abby asomando su cabeza rubia.

—Sí, claro —respondió ella desde su asiento bajo la ventana, donde se había refugiado después de pasar toda la mañana, soportando las agujas y alfileres de la modista y sus ayudantes sobre su cuerpo, además de los desquiciantes preparativos para su supuesta boda con el conde.

Su hermana ingresó a su cuarto y cerró la puerta. El gesto en su cara era muy obvio, estaba nerviosa y compungida. Con indecisión caminó hasta su cama y se sentó en un extremo del colchón. Clara no dijo nada, en silencio apoyó el libro que había estado leyendo en su regazo y observó a su hermanita. Sabía que Abby estaba aclarando sus ideas y tomando valor para tragarse su orgullo, algo en extremo difícil para ella.

—Ara...lo siento —empezó quitando la vista de sus manos apretadas y fijando sus ojos azules en ella, su mirada era triste y su tono abatido—. Anoche, yo... fui muy cruel y te pido disculpas por lo que te dije.

—No es necesario, Abby, ya pasó —le tranquilizó Clara, incapaz de soportar su postura caída.

—No. Debo hacerlo. Sé que te herí y lo lamento mucho —le cortó Abby con expresión culpable.

—No lo niego. Pero tus palabras me dolieron más debido a que no están tan erradas, Abby. Sé que desde que conocí a Lord

Landcaster, me he estado comportando como una boba y que no cumplí el juramento que un día hicimos —aseguró Clara triste.

—Hermana... Éramos prácticamente unas niñas cuando prometimos no dejar que nadie nos doblegue o humille y no casarnos sin amor. Hemos crecido, ya no somos las mismas. Las personas cambian, las experiencias y vivencias que suceden al transcurrir la vida, les transforman. Yo ahora ni siquiera creo en el amor y tú... tú te has enamorado —rebatió Abby tragando saliva con dificultad.

Clara sintió su pecho y ojos arder y su barbilla temblar. Se sentía vulnerable y expuesta ante la cruda afirmación de sus sentimientos que Abby acaba de hacer.

«...Ya no somos las mismas, las personas cambian...»

Esa frase dolía por la contundente realidad y sinceridad que contenían.

¿Ella ya no era la misma? ¿En qué momento había cambiado? ¿Cuándo sus deseos, prioridades y sueños se habían transformado? ¿Desde qué momento su corazón había dejado de pertenecerle solo a sí misma, para pertenecerle a otra persona? ¿a un hombre...?

—Ara sé lo que estás pensando. Ayer, después de que te dije todas esas cosas y volví a casa, no pude dormir pensando en todo esto y me di cuenta de algo que nunca me había percatado. Yo... Estoy tan acostumbrada a estar para ti, ser tu apoyo, protegerte de todos, que no noté que, esta vez, no había nada que proteger porque tú no estabas en peligro, simplemente habías decidido arriesgarte.

»Sé que tienes miedo, yo también lo tengo por ti. Pero no dejes que mis palabras te hagan dudar de lo que sientes y menos de ti misma. Eso es, justamente, lo que toda mi vida he intentado evitar.

Si tu corazón dice que el conde es el indicado, que es sincero y que lo necesitas en tu vida para seguir, no te detengas por mí. He comprendido que no debo pretender protegerte, porque tú no eres débil ni indefensa; todo lo contrario, eres la mujer más fuerte y valiente que conozco. Y de ahora en adelante lo que haré será acompañarte. Suceda lo que suceda, siempre contarás conmigo incondicionalmente —terminó Abby y en sus rasgos ella pudo vislumbrar su vulnerabilidad a flor de piel.

—¡Oh! Abby, gracias. Tú eres mi mejor amiga, mi confidente y mi cómplice. Jamás podré devolverte todo lo que has hecho por mí.

Mírate, si hasta te escondes tras esa apariencia cuando te he dicho incansablemente que no es bueno para ti ni necesario —contestó profundamente conmovida.

—Clara... —le advirtió Abby, con su tono de no quiero hablar de eso. Ella hizo una mueca resignada, su hermana no tenía remedio. Su tozudez y terquedad matarían al hombre que algún día lograra conquistar su reacio corazón.

—Está bien. Ven aquí —claudicó llorosa Clara y abrió los brazos para fundirse en un fuerte abrazo donde no faltó el llanto.

Desde niñas habían sido inseparables y al morir su madre siendo ambas unas pequeñas de doce y diez años respectivamente, ese lazo de hermandad creció hasta convertirse en un vínculo de amor perfecto e indestructible, afianzado por las muchas experiencias que les había tocado vivir.

—Gracias, Abby. No sabes cuánto te necesitó. Mucho más ahora que estoy a punto de cometer una posible locura, al casarme con el caballero negro —confesó apretada a su hermana, bastante mortificada.

—¿Es en serio? Esa no es la locura, es el remedio, la cura, querida —dijo Abby sorprendiéndole con su tono pícaro—. La locura fue enamorarte de ese calavera. Pero no te preocupes, tengo mi rastrillo preparado especialmente para el presumido Lord Marcus —declaró con vehemencia la rubia y Clara estalló en carcajadas, contagiando a la menor, hasta que sus lágrimas se convirtieron en risas.

***

—Madre.... Por favor no puedo presentarme acompañado. Antes debo arreglar algunos temas con el marqués —repitió Marcus armándose de paciencia.

Después de contarle a Annel, todo lo sucedido mientras esta había estado en el campo cuidando de su hermana mayor, su madre había estallado de felicidad y unas horas después se había presentado en su cuarto con una inconcebible idea.

—¡Tonterías! Tú mismo dijiste que tuviste una reunión con Lord Garden hace tres días y ya envíe un mensaje a Lady Garden. ¡Todo está preparado, hijo! Ponte elegante, nos esperan en una hora

—declaró exultante Annel, desechando sus reticencias y abandonando su cuarto.

—Pero... ¿De qué habla esta mujer, Colin? No iré a ningún lado con todos ustedes. Mejor mañana concierto una cita con Lord Garden —le interrogó a su hermano que había estado observando su intercambio con una sonrisa jocosa.

—Sabes que el marqués es el mejor amigo de padre y que, a pesar de no ser íntimas como lo era con la fallecida marquesa, madre frecuenta a Lady Garden, no creo que nuestra presencia les incomode —afirmó el rubio, mientras el conde bufaba y se disponía a quitarse una de sus botas—. Además, difícilmente podamos pasar la velada sin tu presencia, gatito —se mofó su hermano inclinándose en el marco de la puerta.

—No me llames así y dime de qué diablos hablas ahora —gruñó Marcus comenzando a exasperarse.

—Bueno... —pronunció Colin alargando la palabra con molesta intención. Marcus levantó la vista hacia él y le fulminó, y luego volvió a enfocarse en tirar de su ajustado calzado—. Se vería extraño celebrar una fiesta de compromiso, sin el novio feliz presente —afirmó con sarcasmo Colin.

Al oírle Marcus, que justo estaba tirando de su bota, soltó la misma mirando a Colin atónito y terminó cayendo con estrépito sobre su trasero. Su hermano prorrumpió en carcajadas sosteniendo su estómago, hasta que molesto, el conde, le silenció lanzándole su bota a la cabeza.

***

—No lo puedo creer. Pareciera que estuvieran desesperados por deshacerse de mí —se quejaba Clara sentada en el tocador, mientras su doncella peinaba su cabello.

—No creo que se trate de eso, amiga. Solo que si la boda es en dos semanas, se debe celebrar el compromiso con urgencia —le consoló Brianna, la cual había llegado junto a Mary Anne.

—Además sino lo hicieran, crecerían las especulaciones que dicen que el conde accedió a casarse contigo para evitar el escándalo —agregó Abby, quien estaba ya vestida para la celebración al igual que sus amigas.

135

Clara rodó los ojos y suspiró. Se sentía algo aturdida y sobrepasada. Todo se estaba precipitando y sucediendo muy rápido para su gusto. Un minuto estaba desechando las candidatas que el conde proponía para él y al otro se hallaba arreglándose para su fiesta de compromiso con el mismo hombre.

Sus amigas también parecían estar conmocionadas e incrédulas. Ambas habían oído los rumores sobre el escándalo esa mañana de boca sus sirvientes y se habían presentado en su casa ni bien comenzó la hora de visita habitual.

Cuando Clara les confirmó, que parte de lo que se decía era cierto, por lo menos lo de que le habían encontrado besándose con Lord Landcaster y había terminado comprometida con el conde, ellas se preocuparon al instante, ya que ambas estaban al tanto de su decisión de permanecer soltera y cumplir su sueño. Pero al aclararles, que no era un compromiso obligado, sino que ambos se habían confesado sus sentimientos, las dos chillaron emocionadas y la abrazaron llorando y riendo profusamente.

Mary Anne afirmó que era la historia de amor más bonita de todos los tiempos. Y Brianna expresó que el conde era muy agradable y que debía estar muy agradecida, ya que no eran muchas las jóvenes de su grupo que podían presumir de tener un prometido tan apuesto y jovial. Pues muchas solo podían aspirar a casarse con uno con la dentadura a la mitad, barriga, peluquín y relleno en sus pantorrillas. Abby hizo una mueca de asco y simuló correr tras el biombo, lo que provocó la hilaridad en las otras.

El vestido que su madrastra había elegido para ella era muy hermoso y le sentaba mejor que los que Clara solía llevar. Aun así, continuaba viéndose algo aniñada y su delgado cuerpo se perdía entre tanta tela. De todos modos, su color dorado y género eran lo suficientemente bonitos para hacerle sentir elegante, a falta de hermosa. Le habían recogido su cabello castaño oscuro en un rodete sobre su cabeza acompañado de largos pendientes y un poco de colorete en las mejillas y brillo en sus labios.

—¿Estás lista, Ara? —preguntó Abby acercándose y mirándola a través del espejo.

Para Clara era evidente que su hermana tenía serias dudas sobre el paso que estaba por dar, pero después de su conversación no había dejado de animarle y le estaba agradecida por eso.

—No. Pero no tengo alternativa —bromeó ella intentado sonar relajada. Los nervios por estar a punto de reencontrarse con el conde le causaban dolor en el estómago.

—Te ves bonita, amiga, Lord Lancaster se pondrá feliz cuando te vea —comentó sonriendo Mary Anne, y Brianna asintió apoyando esa conjetura.

Un golpe en la puerta interrumpió su respuesta. Espelth se apresuró a abrir y apareció la silueta de su padre, vestido para la cena.

El marqués se había molestado un poco al enterarse del episodio sucedido en la biblioteca de Lady Harrison, pero cuando Melissa le preguntó si él había autorizado un cortejo por parte del conde, sus ojos grises brillaron, recobró el ánimo y se excusó del comedor para enviar el anuncio de su compromiso oficial a todos los periódicos.

Abby y sus amigas la abrazaron y abandonaron la habitación rumbo al salón de eventos que tenía la mansión.

—Es hora, hija, tu prometido y su familia ya llegaron ¿Bajamos, cariño? —dijo con entusiasmo el marqués, ofreciendo su brazo, que ella tomó sintiendo su cuerpo temblar como una hoja en el viento.

Cuando llegaron al rellano de las escaleras, escuchó los murmullos de conversaciones provenientes del salón más grande, donde habían sido colocadas las mesas para la cena, se llevaría a cabo el brindis y departirían acompañados por un cuarteto de cuerdas, contratado especialmente para la ocasión.

Solo se habían invitado a familiares y amigos más cercanos de ambas partes, teniendo en cuenta que todo se había organizado en medio día, lo que no volvía la reunión en un acontecimiento íntimo, pues había alrededor de cincuenta personas allí.

El corazón de Clara latía acelerado con cada escalón que bajaban y se desbocó más todavía, al percatarse de la presencia del conde parado al final de la escalera.

Lord Landcaster ya la había visto y al encontrarse sus miradas, distinguió un brillo sardónico y lujurioso en sus ojos negros, que le causó un estremecimiento.

Pronto llegaron hasta donde él les esperaba y su padre depósito su mano, en la que el Conde extendió.

Clara sintió que sus palmas enguantadas se acariciaban y se ruborizó ante su intenso escrutinio y su sonrisa ladeada, al momento de besar con galantería sus nudillos.

El marqués inició la marcha hacia el salón, y ella bajó el último escalón para seguirle. Lord Marcus se colocó su mano en su brazo y sin dejar de mirarla, se inclinó un poco sobre ella, que se tensó acalorada y deseosa.

Solo con verle su pulso se había desbocado, se veía devastadoramente apuesto vestido de negro y con camisa y pañuelo blanco. Su aroma a sándalo y menta inundó sus fosas nasales, provocándole un mareo. Entonces él conde susurro:

—¿Lista mi ratoncita? —Y le guiñó un ojo divertido con su timidez y nerviosismo.

CAPÍTULO VEINTICINCO

«Su sentarse y su levantarse mira; yo soy su canción.»
Lamentaciones 3:63.

Clara se quedó de una pieza, al ingresar al pequeño salón para banquetes que su padre tenía en la casa.

Su familia al completo estaba allí. Sus tías con sus respectivos maridos, las dos hermanas de su madre y la de su padre. Su abuela paterna, otras dos tías hermanas de su fallecida abuela materna, los padres y hermana de Melissa y sus primas. Además, por supuesto, de su padre, Abby y sus dos amigas, quienes le miraban con sonrisas de ánimo.

Anonadada, paseó la vista por la habitación y se percató de la presencia de sus supuestos suegros, quienes conversaban con su padre y un matrimonio que no conocía pero que supuso serían tíos de Lord Bennet. Su mirada se encontró con la de Lord Vander, quien le guiñó un ojo con picardía, y codeó a Lord Luxe parado a su lado, que miró a su vez a Lord Fisherton.

—Tranquila, solo será una cena familiar —le susurró Lord Bennet, sonriéndole tranquilizador.

Clara se dio cuenta de que estaba apretando su brazo con fuerza y apenada aflojó su agarre. Juntos comenzaron a caminar, y a recibir los saludos de sus parientes. Suspirando para sus adentros, y repitiendo en su mente que no había razón para preocuparse, después de todo estaba entre gente amiga.

¿Que podría salir mal?

La cena estaba transcurriendo sin contratiempos, los mayores conversaban y sus primas, quienes a excepción de una, permanecían solteras y en edad casadera, no dejaban de coquetear con los amigos del conde. Sus amigas y hermana se hallaban sentadas una al lado de la otra y parecían enfrascadas en una interesante charla. Aunque desde su lugar, no podía oír de qué iba la misma.

En una cena formal, el protocolo indicaba que se debía invitar un número par de hombres y mujeres, y se sentaba un caballero y seguido una dama y así sucesivamente. Pero como esta se trataba de una comida también familiar, no se había respetado estrictamente esa regla, debido seguramente a que el número de mujeres superaba al de varones.

Por lo tanto, en el extremo principal de la mesa, se hallaban ubicados su padre y los marqueses, sus tíos y abuela paternos, luego estaban Lord Marcus y ella. En el centro de la larga mesa, habían acomodado de un lado a Abby, Lord Vander, Lord Fisherton y Lord Luxe, las ancianas hermanas de su abuela fallecida y sus tíos maternos. Del lado de enfrente, se ubicaron a Brianna, Mary Anne, sus primas y hermana de Melissa también soltera, junto a esta los padres de ambas; completaba la mesa su madrastra que ocupaba la punta de esta. Ella intentaba comer, pero no era capaz de tragar bocado. Solo deseaba encontrar un momento para poder hablar con el conde, quería saber si realmente él estaba conforme con este compromiso y no lo estaba haciendo por obligación, o para evitar el escándalo.

—Clara —le llamó su abuela frente a ella.

—Dígame, abuela —contestó Clara, rogando que la anciana, quien guardaba un gran parecido con su hijo y por lo tanto con ella, no dijese ninguno de sus estrafalarios comentarios.

—No te veo muy contenta que digamos niña. Tienes una expresión de vinagre y pareces a punto de salir corriendo —soltó Lady Helen arrugando su nariz. Ella se encogió en su sitio y abrió la boca para rebatirle, pero la matrona se lo impidió con un ademán—. ¡Por favor calla, niña! Has cazado a un hombre por el que más de una damita se arrojaría delante de un carruaje para lograr llamar su atención, y tú ahí, con cara de drama. ¡Ay santo Cristo! ¡¿Quién entiende a los jóvenes de ahora?! —siguió arguyendo la mujer.

Clara se ruborizó hasta el cuello y deseó que la tierra la tragase, a su lado el conde reprimió una carcajada y ella, sin verlo, le propinó un pisotón provocando que jadease dolorido.

Tras finalizar la comida, se trasladaron al salón de música, donde se había dispuesto todo para el brindis y el anuncio oficial.

UNA FEA ENCANTADORA

Marcus se estaba divirtiendo bastante. La cena; carne asada, pastel de nueces y arándanos, pescado y vegetales, había estado deliciosa. La compañía era amena y agradable.

Se había entretenido viendo a las jóvenes primas de Clara, flirtear descaradamente con sus amigos, que no habían podido evitar echar un ojo a los escotes que las damas enseñaban con disimulo y corresponder a los comentarios coquetos de la pequeña hermana de Lady Thompson.

Solo tres mujeres habían ignorado a sus amigos y ellas eran las amigas y hermana de Clara, incluso las dos ancianas tías de esta, les habían pestañado con descaro, dejando perplejos a los libertinos.

La sala de música y baile tenía apostado en un rincón algunos instrumentos. El grupo de mayores se dirigió a un rincón, donde se dispusieron a beber té y brandy los caballeros.

Por su parte, los jóvenes se quedaron en el extremo contrario. Ni bien se hubieron sentado en los largos sillones, las primas de Clara se hicieron con unos instrumentos y comenzaron a interpretar una hermosa melodía.

Al terminar la canción recibieron aplausos y elogios y cuando estuvieron todas las damas en un sillón y los caballeros en otro, Colin propuso jugar para pasar el rato.

—Me apunto —accedió sonriente Alex.

—Ohh es una magnífica idea —canturreo Lady Valerie Tanner, una de las primas de Clara y sus hermanas Vanessa y Vivian asintieron chillando. Las tres primas de Lady Clara eran rubias y de ojos azules, la restante Lady Tamara Thompson era de aspecto parecido a su prometida, aunque más agraciada y estaba comprometida también.

—Bien, el juego consiste en que cada uno deberá desafiar a otro a demostrar algún talento musical, si el elegido se niega deberá cumplir la prenda que se le imponga —anuncio Colin.

Todos estuvieron conforme a excepción de Clara y su grupo que, junto a Lord Luxe, no parecian muy contentos, pero al ser minoría no tuvieron oportunidad de negarse.

—Empiece usted, Lord Vander, ya que tuvo esta magnífica idea —indicó Meredith Gibson en tono seductor. La bonita rubia de ojos verdes, hermana de la anfitriona.

—¡Claro, encanto! —aceptó Colin poniéndose en pie—. Desafío a... Lady Abigail. —anunció Colin con tono malicioso deteniendo la vista en Lady Abigail.

Su cuñada que permanecía con los ojos en sus manos levantó la cabeza con el ceño fruncido.

—¿Perdón?... —pronunció con gesto impaciente.

—¿Está sorda, milady? —preguntó con sorna.

—¿Está usted mareado, milord? —repelió con una ceja alzada la joven de cofia gris.

—No ¿Por qué lo pregunta? —negó confuso Colin.

Los demás observaban el intercambio mirando de un lado al otro

—Porque está desvariando más de lo usual —afirmó con un brillo sardónico la joven.

—Entonces, puedo deducir que se niega a realizar el desafío —contestó con tono casual el conde, volviendo a tomar su lugar—. Mejor, la prenda que le tengo preparada, la conocerá mañana mismo —declaró con una sonrisa perversa Colin, y su cuñada lo fulminó con los ojos cerrados en rendijas tras sus gruesas gafas.

Marcus negó con la cabeza. Conociendo a su hermano, había propuesto toda esa charada, con el objetivo de molestar a Lady Abigail, y con algún oculto propósito.

—Mi turno —exclamó Meredith, parándose y pavoneándose ante las miradas masculinas—. Desafío a la futura novia, quien sé de buena fuente que disfruta inmensamente del canto —dijo señalando a Clara, quien abrió la boca pasmada y enrojeció hasta las orejas.

—No… no, Meredith, por favor... —balbuceo la castaña moviendo la cabeza con frenesí.

Sus amigas, apretaron sus manos, lanzándoles turbias miradas a su pariente política.

—Está bien. No me dejas opción. Sino cantas, deberás enseñar a todos el contenido de tu cuaderno. Ese que llevas a todos lados y en el que pasas horas escribiendo —exigió la hermana de Lady Garden con una sonrisa cruel.

Marcus se sorprendió al oír sobre el tal cuaderno, y más cuando vio la reacción de su prometida.

Lady Clara estaba pálida y no apartaba sus ojos grises de los desafiantes y fríos ojos verdes de Meredith. Se veía mortificada e incómoda.

Lady Abigail, se inclinó y le susurro algo en su oído derecho. A lo cual su prometida reaccionó, asintiendo y recobrando la compostura, aunque la tensión no abandonó su rostro.

A continuación las hermanas Thompson se levantaron.

—Acepto el desafío —declaró con tono tembloroso, pero postura regia.

Las floreros lanzaron «vivas».

La rubia boqueó asombrada y regresó a su sitio abochornada.

Lady Abigail se ubicó tras el enorme piano y Clara se detuvo a su lado. Tras unos segundos en el que intercambiaron murmullos. La menor levantó la tapa que cubría las teclas y empezó a deslizar sus dedos sin guantes por ellas.

Una dulce y hermosa melodía llenó la estancia, y Lady Clara inició una tierna canción de cuna. Su voz era suave y saturada de sentimiento. Y a pesar de no ser perfecta, Marcus sintió algo tibio envolver su interior y no pudo quitar su vista de su rostro sonrojado y a la vez pacífico.

La joven permanecía con los ojos cerrados y cada palabra entonada, transmitía un profundo amor y afecto. Dejándole hipnotizado, cautivándole con su dulzura y anhelando poder hacer correr el tiempo y así poder tenerla solo para él y hacerla suya de todas las maneras.

...Duerme, mi amor, la paz te guarde,
Toda la noche.
Ángeles guardianes te mandará Dios
Toda la noche.
Las horas soñolientas deslizando
Monte y valle apaciblemente durmiendo
Yo, cariñosamente velando
Toda la noche.
Mientras la luna vigila,
Toda la noche,
Mientras el mundo cansado duerme,
Toda la noche.
Robando suavemente sobre tu espíritu,

EVA BENAVIDEZ

Revelando visiones de delicias,
Sopla un sentimiento puro y santo,
Toda la noche...

La última nota flotó en el aire, dejando a todos los presentes en estupefacto silencio.

No solo por la increíble destreza de Lady Abigail, quien había tocado magistralmente, sino por la encantadora interpretación de Lady Clara.

Sus amigas prorrumpieron en aplausos y elogios, seguidas de Alex y él mismo. Las primas de las muchachas también felicitaron a las hermanas. Clara recibió los halagos con gesto avergonzado y Abby con desdén, aunque se les veía conmovida y era obvio que la canción de cuna era importante para ambas.

—Me toca —dijo Lady Mary Anne Rusell, enfrentando al grupo—. Desafío a Lord Luxe y a Lord Fisherton —declaró, sonriendo a la pelirroja que negaba hacia ella, con mirada desesperada.

Los aludidos se miraron entre sí, y negaron al unísono.

—¿Cuál es la prenda si rechazamos el desafío? —preguntó con un gruñido Maxwell.

—Ehh... —Vaciló la morena, cuando su amigo se dirigió a ella, evaluándola de arriba hacia abajo—. Deberán...volver a sus hogares descalzos y a pie —dijo de un tirón Mary Anne.

Los hombres abrieron los ojos como platos ante tan descabellada idea.

Colin y él rieron divertidos y cuando se volvió hacia Clara la encontró sonriendo con cara apenada. Marcus le guiñó un ojo y ella se mordió el labio nerviosa.

—¡Eso es inaudito e inaceptable! Le exijo que cambie de prenda —ordenó ofuscado Max con gesto envenenado.

—Lo siento, eso no está en las reglas. O aceptas el desafío o cumples la prenda —intervino con hilaridad Colin, ganándose una mirada asesina del castaño.

—Bueno...yo aceptó. Eso sí, solo me sé canciones de mi tierra. Tú puedes acompañarme con la flauta, mencionaste una vez que sabías tocarla —dijo sonriente Alexander palmeando la espalda de Maxwell, quien parecía estaba por ser llevado a la horca.

UNA FEA ENCANTADORA

Una vez ubicados en el centro, los dos susurraron poniéndose de acuerdo en el tema a interpretar. Su amigo conde, parecía estar a punto de sufrir un ataque y movía la cabeza negativamente ante algo que el rubio le decía.

Finalmente el duque alzó las manos exasperado y se giró hacia la audiencia, aclarando su garganta, su voz resonó gruesa y ronca, su acento escocés resaltando. Mientras Maxwell tomaba su instrumento a regañadientes y soplaba el ritmo de una rápida balada.

«... Esta noche quiero beber.
Esta noche quiero buen vino.
Esta noche quiero intentar olvidar
cuánto anhelo perderme en tu cuerpo,
cuánto anhelo beber de ti lo prohibido.

Esta noche quiero mirar tus pies danzando en la hoguera.
Esta noche quiero admirar tu cabello flotando en tu espalda.
Esta noche quiero escuchar tu risa bailando en el viento.

Esta noche quiero tus labios.
Esta noche quiero tus amores.
Esta noche quiero arder en tu fuego.
Esta noche quiero llamarte mía.

Pero esta noche, solo tengo mi pena. Mientras ella, la luna, tiene a la musa de esta oda.
Yo, entonces me colare como un furtivo ladrón en su cuarto.
Yo, entonces me robare su deseo y saquear el elixir de sus encantos...»

Las damas se quedaron patidifusas ante tal escandalosa canción, sobre todo señorita Brianna Colleman que tenía su cara pecosa del color de su cabello y parecía estar por desmayarse bajo el intenso escrutinio del duque.

Colin aplaudió al dúo, riendo a mandíbula batiente y Marcus le secundó apiadándose del gesto angustiado del muy correcto Maxwell. En ese momento, se acercaron los marqueses y todos se callaron, como si estuviesen cometiendo algún acto ilícito.

—Queridos, ha llegado la hora de formalizar el compromiso —anunció Lord Garden enfocando su vista gris en su hija mayor.

CAPÍTULO VEINTISÉIS

>«Atráeme; en pos de ti correremos.
>El rey me ha metido en sus cámaras;
>Nos gozaremos y alegraremos en ti;
>Nos acordaremos de tus amores más que del vino;
>Con razón te aman.»
>Cantares 1:4

El anuncio del compromiso fue hecho por el marqués de Garden, quien pareció estar muy feliz con la inminente unión de su hija mayor y el hijo del marqués de Somert.

Lord Landcaster, la sorprendió sacando de su bolsillo el anillo más hermoso que nunca había visto. Era sencillo y magnífico, un círculo de oro blanco coronado por una única piedra preciosa de topacio. Este brilló cuando el conde lo deslizó en su dedo anular y mientras los invitados aplaudían, le oyó murmurar: —Espero te guste, milady, es lo más parecido que encontré al color de tus ojos, aunque ahora que te tengo enfrente, puedo ver que no le hace justicia a la belleza de tu mirada plateada —

De más está decir, que se ruborizó hasta la coronilla y bebió de su copa de champán sofocada y nerviosa.

Tras brindis, se dio por terminada la velada y para pesar de Clara, no tuvo ocasión de hablar a solas con el conde.

Antes de marcharse, Lord Lancaster, le dijo que vendría a visitarla al día siguiente, y se despidió besando sus nudillos y dedicándole una de sus atractivas semi sonrisas.

Esa noche le costó demasiado conciliar el sueño, no dejaba de pensar en que se había comprometido, se casaría en menos de quince días y no podía creer que aquello estuviera sucediendo realmente.

Se suponía que ella, ya tenía su futuro decidido. Transitaría su última temporada, mientras terminaba de pulir su primera obra, la cual sería publicada bajo un seudónimo y al finalizar el año, dejaría de ser una florero en edad casadera, para convertirse en una solterona y escritora anónima. Hasta hace un mes, ese era el plan perfecto, su idea de felicidad absoluta.

Entonces, había aparecido en su vida, Marcus Bennet, para desbaratarlo todo. Su meta, proyecto y sueño había pasado a segundo plano desde el momento que conoció al conde y ahora podía sentir viejos anhelos y emociones resurgiendo de lo profundo de su interior, desde donde habían quedado sepultados bajo el opresivo peso de los desprecios, rechazos y desilusiones vividas. Deseos que alguna vez había acariciado, como el convertirse en una esposa, en madre de muchos hijos. Deseos de amar a alguien y de que le amen también.

Ahora sin percatarse, ni entender cómo, una parte de eso estaba por cumplirse. Se casaría y traería hijos al mundo, formaría una familia.

El enigma era, si llegaría alguna vez a lograr la parte final. O la que estaba en duda mejor dicho, porque estando en compañía de solo sí misma, no podía negarlo; ella estaba enamorada de Lord Marcus, pero ¿llegaría a sentirse amada? ¿Estaría enamorado el conde de ella?

La semana que siguió a su compromiso transcurrió como si de un soplido se hubiese tratado. Ni un minuto a solas, le permitieron con su prometido. Cada día era arrastrada a tiendas, citas con la modista encargada de su vestido de novia y ajuar, visitas a floristerías y decoradores franceses.

Además de tener que recibir a gente que nunca le había dedicado una mirada o saludo, que se aparecían en la mansión para felicitarla y por supuesto asegurarse una invitación al enlace y de tener que asistir a otro tanto de compromisos donde su presencia era requerida

Y a los que no se podía negar sino deseaba que se iniciará alguna clase de rumor, sobre la naturaleza o razones de su compromiso.

UNA FEA ENCANTADORA

Por supuesto todo eso no la tenía del mejor humor, pero había algo que le producía una gran desazón y que no dejaba de resonar en su mente. Y era el apuro evidente, que Lord Marcus tenía por realizar el enlace.

A pesar de que estaba al tanto de que deseaba encontrar esposa con urgencia, no comprendía su desesperación por unirse tan rápido, si ni siquiera habían llegado a la mitad de la temporada. Y se había quedado atónita, cuando él le informó, de que ya contaba con una licencia especial y por eso no deberían esperar lo que usualmente se requería a la hora de contraer matrimonio.

Si no fuese porque estaba segura de que su padre, jamás permitiría que la engañaran, pensaría que Lord Bennet estaba ocultando algo importante, como una ruina económica o algún terrible escándalo.

Sus amigos, creían que era algo muy romántico, el hecho del obvio apuro que mostraba el novio, pero ella no lo veía así. Sabía que algo extraño estaba sucediendo, no obstante, todos sus intentos de investigar habían fracasado. Nadie le contaba nada, ni su padre, ni el conde, por supuesto. Y le había resultado imposible indagar en las pocas ocasiones que había estado cerca de su pretendiente, ya que siempre había alguien con ellos. Tampoco pudo plantearle sobre su sueño de ser escritora, y eso la estaba matando, pues se daba cuenta de que lo más probable es que debiese ir olvidándose de ello. Ser una mujer casada y realizar aquel trabajo era un imposible y un motivo de repudio y divorcio para su futuro esposo.

***

Marcus no podía quejarse, al final todo estaba saliendo bien. En pocos días se casaría, podría cumplir con las cláusulas del testamento de su tío, y tomar posesión de la herencia Lancaster.

Por supuesto en ese momento, aquello era lo que menos le importaba. El verdadero premio no era ese, sino la mujer con la que estaba a punto de unirse. De verdad estaba muy satisfecho con su elección.

Cuando el abogado del fallecido conde, le había dicho que debía casarse, creyó que había caído dentro de la peor de las pesadillas. Tendría que echarse la soga al cuello y soportar a alguna jovencita absurda y aburrida. Esa clase de dama decente y anodina, a la que llamaban esposa, que nunca le había atraído.

Entonces conoció a Lady Clara Thompson, y aunque a primera vista creyó estar viendo a alguien fea y melindrosa, solo bastó una mirada a esos ojos grises repletos de dulzura y pasión, para captar su profunda belleza y caer rendido.

A partir de allí, todo fue más fácil, teniendo a esa dama como candidata a ser su esposa, el futuro ya no se veía oscuro y terrorífico sino prometedor y brillante.

La resistencia y negación de Lady Clara, fue el aliciente que le impulsó a conquistarla y cuando pudo ver a través de su fachada de florero, ya no pudo detenerse y la necesidad de reclamarla como suya fue acuciante e irrefrenable.

Clara Thompson era la única mujer que había logrado hacerle querer lo que nunca quiso.

Por ella anhelaba ser alguien nuevo, alguien muy diferente al lord dedicado a los placeres y la diversión Deseaba ser un marido, un padre, deseaba amar a una sola mujer; dormir con ella, despertar a su lado, ver su sonrisa, escuchar su voz y hablarle al oído, hacerle reír, secar una lágrima, abrazarla por las tardes, acariciarla cada noche y besarla en las mañanas, cada día de su vida, hasta el final.

Y lo haría, ahora quedaba asegurarse de que su encantador ratón sintiera lo mismo y si no, atacar con la artillería pesada.

Lady Clara no tenía escapatoria, no le dejaría otra opción a su corazón, que entregarse sin reservas, ella lo amaría, porque él ya lo hacía.

***

Dos días antes de su boda, Clara se hallaba en su alcoba rodeada de sus amigas y hermana.

Las cuatro habían decidido reunirse para pasar su penúltima velada como dama soltera.

—¿No creen que es imprudente esto? —dijo titubeante Brianna señalando el vaso que sostenía entre sus manos.

—Bah...no lo es. Nunca he comprendido la razón por la que se les reserva a los hombres, el derecho de beber alcohol —bufo Abby terminado de servir otro vaso y pasándoselo a ella.

—Eso es cierto. No es como si no supiésemos como es. Desde jóvenes se nos permite tomar vino en las comidas —apoyó Mary Anne acercando su nariz a su vaso y arrugando un poco su nariz.

—Pero no es lo mismo, Mary. Esto es Whisky escocés, y del fuerte. No está rebajado como el que nos sirven las comidas, no creo que nuestros estómagos resistan —alegó preocupada Brianna.

—Solo será un vaso, lo necesito —pidió Clara suspirando. Aunque robar una botella de Whisky de su padre no había sido su idea sino de Abby, ahora no le parecía tan desacertado, pues llevaba dos días durmiendo casi nada, debido a la aprensión por sus inminentes nupcias y por eso, la sugerencia de que debía relajarse de su hermana le parecía correcta, necesitaba dormir con urgencia.

—Listo. Ahora, brindo por mi hermana mayor. Porque sea feliz y no se contagie de la estupidez de su futura familia política —anunció Abby cerrando la botella después de servirse y levantando su vaso con fingida pomposidad. Las cuatro hicieron chocar sus vasos y se quedaron mirándose con duda—. ¡Aah! Y porque mis sobrinos no hereden la ineptitud de los Bennet —terminó con sorna su hermana menor.

—¡Viva! —Riendo por sus ocurrencias y después de contar hasta tres, llevaron los vasos a sus bocas y vaciaron el contenido.

Media hora después, habían bebido casi toda la botella y comenzado a reír sin sentido y por cualquier cosa.

—Quiéd lo diría, ¡Lady ratón ponto conerá un rico quesho! —graznó con dificultad su hermana y sus amigas prorrumpieron en carcajadas.

—¿Estás preparada para tu noce de boda? —le interrogó Brianna intentado enfocarle y fracasando, pues estaba mirando hacia uno de los postes de la cama.

—No. Y ni siqueda sé qué debo hacer —negó Clara viendo extrañada, dos cabezas igualitas a la de su amiga pelirroja asentir comprensiva.

—No creo que den... debas preocuparte. Lod Lacaster pareshe un hombre eshperimentado —aseguró Mary Anne abanicándose con fuerza. Empezaba a hacer calor en su alcoba, y eso que ya habían apagado la chimenea.

—Es cierto Ara. Tú Romeo sa...s abe lo que se hace y no te hagas que sha te depeinó en variash ocashiones —le dijo Abby, rebuscando en su vestido, que al igual que las otras tres aún no se había quitado.

—Voilà —exclamó Abby mostrando su mano con la palma hacia arriba.

Las tres se inclinaron para ver que les enseñaba y abrieron los ojos como platos.

—¿Estás loca? —inquirió alucinada Clara.

—No pensarás que...— intervino Brianna.

—¡Hagámoslo! ¡Liberémonos de las cadenas del machismo! —chillo Mary Anne saltando en el colchón haciéndoles sobresaltar, y cayendo desparramada en el suelo alfombrado por el brusco movimiento

Su rostro de consternación les causó gracia, y mientras ella se levantaba tambaleante, las demás rieron.

—Enronces ¿qué dicen? Solo sherá uno y nade nuca tiene que shaberlo, sholo noshotras —propuso la rubia con mirada pícara.

Clara y sus amigas se observaron con gestos interrogativos y luego asintieron hacia Abby. Su hermana procedió a encender el puro que sostenía.

***

—Tu turno, Colin —dijo Marcus, sorbiendo de su Coñac.

Maxwell, Alexander, su mellizo y él, se habían reunido en la casa del primero para jugar póker y celebrar su ante última noche de soltero.

—¡Por un demonio! —se quejó Alex, cuando Colin mostró su mano.

Era una escalera real y con esas cartas, su hermano volvía a ganar otra partida.

Gruñendo, Max y el resto le pasaron su ganancia, mientras el rubio se regodeaba y gesticulaba satisfecho.

—Ya ven, soy el as del póker, bastardos —presumió Colin.

—Eres un fanfarrón, amigo —comentó risueño Alex.

—Qué puedo decir, camaradas. La fortuna está de mi lado. Pero no te aflijas hermano, tú ya tendrás a tu ratoncito para consolarte en dos días —se burló Colin elevando las cejas con sorna.

Marcus le lanzó una botella vacía ofuscado, odiaba perder y más escuchar sus pullas, pero no le atinó y su hermano la atrapó carcajeándose.

Un fuerte golpe en la ventana les hizo paralizarse alertas. Estaban en la biblioteca de Grayson, que quedaba en la primera planta.

Maxwell se puso en pie y caminó hasta la ventana que daba al lateral este de la mansión.

Con precaución corrió las cortinas y se asomó.

—¡Qué diablos! —siseó con pasmo el conde.

Los otros tres se enderezaron intercambiando miradas preocupadas.

—¿Qué sucede, Grayson? —preguntó Marcus, cuando el conde soltó la tela que había estado estrujando y se volvió hacia ellos, con el rostro demudado.

—Es... son, tu prometida y sus amigas... —contestó con la voz estrangulada su amigo.

Marcus abrió la boca tanto, que se cayó el cigarro que estaba fumando. Incrédulo se levantó como un rayo y cruzó la habitación, para mirar por la ventana, seguido por los otros dos.

Era cierto. Frente a él, estaban Lady Clara y las demás. Tenían piedritas en sus manos y estaban apoyadas una en la otra riendo sin parar.

—¡Por Cristo y todos los santos! Están completamente borrachas —agregó Colin estupefacto.

CAPÍTULO VEINTISIETE

«Tendrás confianza, porque hay esperanza; Mirarás alrededor, y dormirás seguro.»
Job 11:18

—¡Esto es inaudito, insólito , inadmisible! —chilló Maxwell dirigiéndose hacia la puerta como una tromba.

Marcus le siguió preocupado por la situación y por su amigo a quien nunca había visto tan alterado, al tiempo que Colin y Alex cerraban la marcha riendo entre dientes.

Afortunadamente las cuatro damas, se encontraban en el lado lateral de la casa y no al frente donde estarían a la vista de todos. Seguramente habían visto la luz encendida por el vidrio de las ventanas.

Cuando rodearon la mansión, vieron que las mujeres se habían esfumado. Ya no estaban del otro lado de la reja.

Se miraron angustiados, pero no tuvieron que buscarlas porque un estridente chillido les hizo ubicarlas a unos metros.

—Pero ¿qué diablos? ¡Se va a romper el cuello! —exclamó él y corrió hacia donde Lady Clara intentaba trepar con la torpe colaboración de sus compañeras. Colin llegó antes que él y logró sujetar a Clara antes de que esta se estrellara en el suelo.

—¡Ooooh! —dijo la joven sosteniéndose del cuello de su hermano.

—Lord Bennet, lo estaba buscando. Tengo que decirle algo importante —continuó Clara cuando el rubio la depositó en el piso.

Marcus se detuvo tras ellos. Intentando controlar su corazón acelerado, que casi se detiene al ver caer a su prometida de la rama de aquel árbol.

—Quiero decirle que... —siguió la dama con dificultad y el habla trabada—. Yo soy un ratón, usted es un felino y eso me gusta. ¿A usted le gusta también? —preguntó atropelladamente. Su hermano intento quitar sus manos de su cuello, pero la joven se lo impidió. Por un momento el conde se enajenó y quiso aplastar a Colin, pero luego cayó en cuenta de lo que sucedía.

—Milady, me está usted confundiendo —dijo echando una mirada desesperada hacia él.

—¡Y usted a mí! —gritó repentinamente la muchacha— Yo lo quiero, usted es lindo. Es rico como un pedazo de queso. Quiero a mi queso, ¿usted me quiere? ¡Confiéselo! —ordenó Lady Clara. Mientras su hermano daba un paso atrás. Ocasionando que la luz de la luna iluminará sus rasgos.

—¡Si serás, Clara! Este no es tu prometido, es el inepto del hermano —Se burló Lady Abigail soltando una carcajada, algo que nunca le habían visto hacer.

—Ohh...lo siento —se lamentó Clara y soltó un hipo y una risita.

—Lady Clara, venga por favor —intervino él quitando a su hermano

—Mi Julieta, este árbol me impidió subir a tu balcón. Nunca creí que ser Romeo fuese tan difícil —se quejó molesta Lady Clara cuando lo reconoció.

—Milord... Le encontramos. Vieron amigas les dije que Lord Lancaster estaría en casa del estirado —comentó contenta Mary Anne Russell, la amiga bajita.

Lord Luxe gruñó ante su atrevimiento y dio un paso adelante.

—¿Habla de mí, señorita? —inquirió muy serio.

Lady Mary Anne abrió los ojos como platos al verle y luego se desplomó como peso muerto.

Maxwell reaccionó con presteza, la sostuvo antes de que su cabeza se golpease y la recostó con cuidado

—¡Milady! —siseó el conde inclinándose sobre la joven.

Sus caras quedaron pegadas y una sonrisa apareció en el rostro de ella, que pestañeó y abrió los ojos mirando al castaño conmocionado.

—Siempre quise hacer eso —dijo con voz soñadora, ignorando que en esa posición su abundante delantera quedaba expuesta.

—¡Ha fingido! ¡Usted está chiflada! —se quejó indignado Max.

—¡Oh! Ya volvió el gruñón. ¿Por qué es usted tan apuesto como malhumorado? En serio quiero apreciar su belleza, pero su cara de vinagre me dificulta hacerlo —preguntó con una mueca traviesa ella.

Colin y él reprimieron la risa, cuando su amigo se había quedado anonadado ante las palabras, la jugada, y el escote de la dama, reaccionó y soltando una maldición se puso en pie y levantó a la joven.

—El carruaje ya está esperando —dijo Mcfire apareciendo detrás.

—¡El salvaje! —exclamó Lady Abigail riendo tontamente.

—No les digas así. No es un salvaje, ya te dije, Abby. Es un Highlander, he leído sobre ellos —la reprendió la señorita separándose del tronco del árbol y parándose junto a las demás.

—Para mí es un bárbaro. Mira su pelo y su barba y la manera en que te mira, parece que quiere comerte de un bocado Brianna —afirmó Lady Abigail, señalando a su amigo escocés.

Fisherton se atragantó con su propia risa y se acercó hasta la hermana menor de la novia de su amigo.

—Así que un bárbaro y usted ¿cómo está tan segura? —la desafío Alex divertido.

—No le haga caso su Excelencia. Lo que sucede es que usted, llevó esa falda en su primera aparición social —aclaró la pelirroja, y el gigante se volvió a mirarla con atención conteniendo su hilaridad.

—¿Falda? —interrogó con una ceja alzada.

—Su traje de gala. He investigado y ahora sé que se llama kilt. Pero tengo una duda, ¿es cierto que debajo de ellos ustedes no llevan absolutamente nada? —dijo con el rostro ruborizado y mirada curiosa.

—Claro muchacha —aseveró Alex y soltó una risotada al presenciar la reacción de la joven.

—Por casualidad, ¿no puede volver a ponérselo su Excelencia? —pidió con un ruego esperanzado ella. Haciendo estallar en carcajada a los tres y hasta Maxwell negó con la cabeza sonriendo.

—¿Por qué están en este estado y cómo llegaron hasta aquí? —inquirió Marcus volviéndose hacia Clara.

—¿Qué estado? —soltó confundida ella.

—Borrachas como una cuba —puntualizó Colin.

—Solo bebimos un vaso, o dos, de ese licor escocés. Y de verdad no recuerdo cómo llegamos. A propósito ¿dónde estamos ? —alegó desorientada Clara.

—Lo que dije, se emborracharon con Whisky seguramente y además apestan a cigarro —agregó Colin incrédulo.

—¡Cómo se atreve! Nosotras somos damas intachables señor —protestó Lady Abigail fulminando al hermano menor de Marcus con sus ojos azules apenas visibles, pues sus gafas estaban empañados.

—Sí, damas son, lo de intachables no podría asegurarlo—le provocó Colin cruzando los brazos.

—¡Oh! Es usted despreciable, un vil sapo rastrero —le acusó la joven señalándolo despectiva —. Aunque parezca un príncipe, con ese cabello rubio, esos ojos celestes, ese porte elegante y aspecto atractivo, a mí no me engaña, no, no, no —continuó chasqueando la lengua ella, su vista repasando de arriba a abajo a Colin, quien ya no parecía tan relajado ahora que tenía a la muchacha muy cerca —. Usted tiene cara de ángel pero no lo es, es usted un demonio —afirmó y Colin trago saliva.

Pero antes de que pueda decir nada, la muchacha se desvaneció y él la sostuvo contra su pecho sobrecogido.

—Está dormida —dijo Colin y la levantó en brazos.

—Será mejor que las devolvamos a su casa, antes de que alguien las vea y su reputación quede arruinada —indicó Maxwell.

Todos estuvieron de acuerdo. Colin inició la marcha. Alex le siguió guiando a la señorita, quien se carcajeó.

—Los escoceses son muy atractivos. Quiero conocer esa tierra, ¿podría llevarme? —Iba diciendo la pelirroja a un Alexander alucinado.

—Vamos, Lady Mary —le apremió Grayson, secundado a los otros.

—¿Por qué siempre está usted tan serio? No lo entiendo. Una vez oí a mis lacayos decir que la cura para un hombre amargado es conocer a una dama alegre. Yo soy muuuy alegre, ¿puedo ser su remedio? —propuso Lady Mary Anne haciendo un puchero coqueto.

Maxwell se tropezó al oír su referencia a las mujeres de vida alegre y consternado se llevó a la morena.

Marcus rió más divertido que nunca y los siguió tomando del brazo a su prometida. Pero no avanzó mucho, pues Lady Clara se frenó y tiró de su brazo llamando su atención.

—Espere, milord. No me ha respondido mi pregunta, por la que vine aquí —señaló ella, clavando con intensidad sus ojos grises algo empañados en los suyos.

Él se quedó viéndola confundido, incapaz de recordar la pregunta.

—¿Qué quieres saber, milady? —se rindió finalmente.

—Quiero saber... si usted me quiere... — susurró la dama dejándose caer contra su pecho con un suspiro y sus ojos soñolientos.

Marcus la apretó contra sí, estupefacto por las palabras de ella. Sentía su estómago contraído y los nervios a flor de piel. La emoción le embargó entonces y cerrando los ojos, decidió no reprimirse más y abrirse, confesarse.

—Sí. Te quiero, Clara —soltó con pasión y firmeza, oyendo cómo ella suspiraba feliz—. No puedo ocultarlo más, no puedo hacerlo. Has robado mi corazón, y ahora te pertenece, junto con mi vida, mis deseos, mi voluntad y mi amor para siempre —terminó con la felicidad de poder haber dicho en voz alta lo que llevaba tiempo colapsando en su interior.

Entonces un ruido raro resonó y él abrió los ojos extrañado.

—¿Lady Clara? —murmuró frunciendo el ceño.

—Rrrrrr —se oyó nuevamente.

Eran ronquidos, ella se había dormido.

CAPÍTULO VEINTIOCHO

«Pero traed a la memoria los días pasados, en los cuales, después de haber sido iluminados, sostuvisteis gran combate de padecimientos.»
Hebreos 10:32.

Un martilleo incesante, fue lo primero que sintió Clara cuando despertó bruscamente. Su cabeza dolía y sentía su estómago revuelto. Lentamente abrió los ojos, y volvió a cerrarlos afectada por el fuerte resplandor del sol que iluminaba su alcoba. Su hermana dormía a su lado y parecía más inconsciente que dormida. A los pies de la cama cruzadas horizontalmente, estaban recostadas sus dos amigas; Brianna tenía la boca abierta y Mary Anne roncaba suavemente.

Apretando los dientes se sentó, y pasó la vista por la habitación. Las cuatro continuaban vestidas, aunque su aspecto era deplorable. Lentamente se puso en pie y dirigió tras el biombo para aliviarse, y refrescarse un poco. Mientras mojaba su rostro, empezó a rememorar la noche anterior, pero le resultó imposible. Su último recuerdo era de estar observando el puro encendido entre los dedos de Abby.

Todavía mareada sostuvo sus sienes entre las manos y frunció el ceño concentrada, nada, un enorme vacío ocupaba su mente, después de esa imagen.

Un gemido, seguido de una maldición y un quejido resonaron en el cuarto.

—¡Brianna, quita tu codo de mi estómago! —se quejó Mary Anne.

—Y tú, la rodilla de mi costado —dijo con la voz rasposa la pelirroja.

—¿Pueden hablar más bajo? Mi cabeza está por estallar —gruñó Abby.

—¿Y Clara? — interrogó Brianna.

— Aquí estoy — respondió ella saliendo de detrás del biombo.

—Pero ¿qué nos sucedió? Estamos hechas un desastre —preguntó perpleja Mary.

—No creí que un par de tragos y ese asqueroso cigarro, fueran tan potentes. No recuerdo prácticamente nada —comentó Abby con ceño, dirigiéndose a asearse.

—Ni que lo digas, no pienso volver a hacerte caso, hermana. Ni volver a beber eso de nuevo, nunca más —negó Clara, dejándose caer en el asiento de su tocador sin fuerzas, las rodillas aún le temblaban.

—Ahora entiendo por qué no nos permiten beber otra cosa que no sea vino rebajado o champagne. Creo que devolveré las entrañas por la boca —gimoteo Mary Anne, quien no se había movido todavía de su posición en la cama.

—Por lo menos, nos queda el consuelo de que nadie jamás se enterará de nuestro experimento —dijo Clara, tomando un cepillo para comenzar a desenredar su cabello enmarañado.

—Sí. Cambiando de tema, ¿qué hora es? —inquirió su hermana apareciendo y sentándose junto a la ventana.

—Creo que cerca de mediodía probablemente. Y concuerdo contigo Clara, sería una calamidad que alguien nos hubiese visto en estas fachas. Menos mal que no salimos de aquí —contestó Mary Anne levantándose con parsimonia yendo hacia el aseo.

Brianna se incorporó y apoyó la espalda en una de las columnas de la cama, su rostro estaba pálido, lo que hacía resaltar más sus pecas. Pero al oír su conversación, una expresión extraña apareció en su semblante.

—¡Oh por Dios! ¡No, no ,no, no, no, no, no, no! —exclamó desencajada dando un brinco en el colchón y tapando su boca con sus manos, haciéndoles mirarla alarmadas.

—¿Qué pasa? ¿Qué te sucede, Brianna? —preguntó Clara desorientada por la actitud espantada de su amiga, que parecía estar en trance.

—¿Brianna? —balbuceó Mary Anne asomando su cabeza.

Su amiga saltó de la cama ante sus miradas extrañadas, corrió hacia la ventana que daba al lateral de la casa y sacó la cabeza para mirar hacia abajo.

—¡No puede ser! No está donde lo dejé —chilló atormentada como nunca le habían visto. Tras cerrar el cristal, levantó su vestido y todas abrieron los ojos estupefactas al cerciorarse de que tenía sus piernas cubiertas solo por las medias, no llevaba sus pololos puestos

—¡Calamidad! Es cierto.... No fue un sueño o mi imaginación —dijo compungida ella, soltando la tela de su vestido derrotada.

—¿De qué estás hablando? —cuestionó Abby colocándose sus gafas.

—¡Quiero morir, desaparecer, dejar de existir! —exclamó angustiada la pelirroja.

—Pero ¿por qué? Nos estás asustando, Brianna. Dinos qué sucede —terció ansiosa Clara.

—Será mejor que se sienten todas allí, necesitarán apoyo cuando les diga qué me pasa. —Señaló Brianna, apuntando hacia la cama. Y las tres obedecieron curiosas.

—Bueno... verán... Puede que sea por mi sangre mitad irlandesa, pero yo, al parecer, soporté mejor la ingesta de esa bebida. Ya que después de despabilarme, regresó a mi mente casi todo lo sucedido anoche —soltó su amiga apretando sus manos con aprensión.

—¿Y eso qué? Nosotras no recordamos porque nos debemos haber quedado dormidas enseguida —intervino Abby con actitud desenfadada. Y ellas asintieron apoyando ese planteo.

—No, no. Eso es lo que intento explicaros —negó repetidamente Brianna—. No nos quedamos dormidas. Sino que fuimos a buscar a tu prometido, Clara —declaró ella y el grito de espanto que salió de Clara, resonó en la mansión del marqués de Garden.

Brianna les relató lo que iba recordando y ellas le oyeron conmocionadas y escandalizadas con cada palabra. Clara no podía creer, que hubiesen cometido semejante locura. No obstante, algunas imágenes, habían comenzado a aparecer en su cerebro.

Ir en medio de la noche a casa del conde de Luxe, intentar colarse por una ventana completamente bebidas, y lo peor preguntarle al conde de Lancaster si la quería y mencionarle que le gustaba su queso... ¡Oh que humillación, qué vergüenza! ¡No podría ver a la cara de su prometido y amigos nunca más!

—¡Si mi padre se entera, me encerrara en un convento de por vida! —se lamentó Mary Anne con voz temblorosa y el rostro ruborizado.

—Hay algo que no entiendo ¿Cómo hicimos para llegar hasta allí y cómo regresamos? —inquirió Abby, quien pasada la conmoción inicial, había vuelto a su acostumbrada expresión seria y calmada.

—Pues, su padre y madrastra estaban en una fiesta, la servidumbre se había retirado y nosotras salimos por la puerta trasera y caminamos hasta la mansión del conde, que solo queda a dos manzanas de aquí. Por lo que recuerdo no nos cruzamos con nadie en el camino —respondió Brianna suspirando con los hombros caídos.

—Y ¿cómo llegamos aquí? — preguntó Clara haciendo un ademán abarcativo con su mano. Esforzándose en rememorar ese hecho, pero lo último que recordaba ahora, era estar abrazada a Lord Marcus con la cabeza apoyada en su pecho, escuchando el latido acelerado de su corazón.

—Eso es lo más humillante —anunció Brianna con el rostro encarnado

—Los caballeros, nos trajeron en dos de sus carruajes del Duque de Fisherton....y mientras Lord Luxe vigilaba que nadie apareciese, Lord Vander y Lord Lancaster treparon a tu balcón. Lord Luxe las sacó una a una del carruaje, pues estaban inconscientes y el duque las tomó en sus brazos y las izó hacia el balcón, donde los hermanos las tomaron y fueron depositando en la cama —relató su amiga y ellas jadearon abochornadas.

—Y qué pasó contigo, ¿también te subieron? —dijo Mary Anne abanicándose con furia.

—No —negó roja hasta el cuello Brianna—. O no del todo. Yo aduje que sabía trepar perfectamente un árbol, así que me encaramé a la rama más baja y comencé a subir. El problema fue que mi vestido se enredó y la tela de mis pololos quedó enganchada en una rama, por más que tiré no pude liberarlo tan fácil como a la seda del vestido. Por lo que me quité la ropa interior y seguí subiendo con solo el vestido. Luego salté hacia el balcón y si no fuera por los rápidos reflejos de los condes que alcanzaron a atraparme, me habría estrellado en el suelo —terminó Brianna con gesto avergonzado y las restantes se quedaron estáticas por unos segundos.

En silencio intercambiaron miradas y a continuación prorrumpieron en carcajadas, nerviosas y divertidas. Rieron tanto, que las lágrimas corrían por sus mejillas y habían terminado recostadas en el colchón una al lado de la otra, sosteniendo sus estómagos doloridos por la risa.

—Entonces, ¿con qué cara volveremos a ver a esos hombres? —dijo Clara, cuando el momento de hilaridad pasó y tenían la vista clavada en el dosel de la cama.

—Bueno, con la misma de siempre —contestó con un encogimiento de hombros Abby—. No es que hayamos cometido un delito y además no olvides que tu prometido se apareció aquí borracho y no tuvo el mínimo remordimiento después. Nosotras tenemos el mismo derecho a pasarlo bien y no debemos mostrarnos avergonzadas por ello —afirmó su hermana con gesto decidido.

—Pero... no es... No me avergüenza tanto el hecho el haber bebido, sino lo que hicimos después. ¿Acaso no te apena haberle dicho todas esas cosas a Lord Vander? —preguntó incrédula Brianna.

—No —desechó Abby con frialdad—. Después de todo, solo le dije la verdad y con respecto a lo de su atractivo… No me mortificare por haber aceptado que es apuesto, de seguro el muy presumido ya lo sabe y debe estar acostumbrado a oírlo —aclaró Abby y pareció relajada al decirlo.

—Pues yo no puedo decir lo mismo. No pienso volver a estar cerca de Lord Luxe, después de soltarle que es un amargado apuesto y haberle pedido darle alegría. Si antes no me toleraba, ahora me debe detestar; quiero perecer, mi vida está arruinada. Mi padre me casará con alguno de sus amigos ancianos —exclamó con dramatismo Mary Anne.

—No amiga, no permitiremos eso. Quédate tranquila, te ayudáremos a encontrar un buen caballero —le consoló Clara tan apenada como las otras dos—. Por otra parte yo no tengo opción, mañana me casaré con Lord Landcaster y ellos estarán allí por lo que no podrán evitar cruzarse. Abby tiene razón, lo mejor será hacer de cuenta que aquello nunca sucedió, estoy segura de que ellos se comportarán como perfectos caballeros y no harán alguna referencia al episodio —siguió ella con una mirada esperanzada, sus amigas asintieron algo inseguras.

—No pongo las manos en el fuego por el bellaco de Vander —masculló Abby.

—Brianna, no nos contaste el final de nuestra aventura. Luego de devolvernos sanas y salvas, ¿ellos simplemente se marcharon? O te dijeron algo —inquirió Abby, poniéndose en pie, para ir hasta el cordón y llamar a su doncella. No habían comido nada y estaban a media tarde.

—No precisamente. Lord Lancaster quitó tu calzado, Clara y depositó un beso en tus labios, mientras yo me tiraba al lado de Mary y nos descalzaba a ambas —respondió Brianna siguiendo con la vista a la rubia, que pareció percibir algo en el tono travieso de su amiga, porque se volvió hacia ella y espero el resto de la explicación con una ceja alzada—. Y bueno... Por su parte, Lord Vander, se ocupó de quitarte tus zapatos y acomodar tu vestido que se había subido bastante y... —dijo y las tres reprimieron la risa al observar las marcas rojas que aparecieron en las mejillas blancas de su hermana menor y su ceño fruncido—. Después se inclinó y acarició tu mejilla, dijo que parecías casi un ángel así dormida, pero los ángeles no babeaban. Susurró algo en tu oído y finalmente te besó, luego me guiñó un ojo y se fue —dijo de sopetón Brianna y las tres abrieron los ojos como platos y contuvieron la respiración a la espera de la reacción de su imperturbable hermana.

—¡¡¿Qué?!! —ladró aturdida Abby abriendo la boca tanto que vieron toda su dentadura y maldiciendo como un marinero al oír las risas que las demás no pudieron retener.

CAPÍTULO VEINTINUEVE

«Para cualquier persona, sin importar su origen o clase social, ya sea pobre o rico, el día en que se casa, es un momento único y especial.
Hoy me caso, y créanme que mi razonamiento de fea, me ínsita a sentirme agradecida y ser comedida y prudente. Pero mi corazón de enamorada, ese, no puede evitar sentirse dichoso, alocado y esperanzado»
Extracto del libro: «Manual: La hermandad de las feas.»

Marcus examinaba detenidamente su reflejo en el espejo, revisando que su aspecto fuese impecable y perfecto.

La noche anterior había logrado conciliar el sueño con relativa facilidad; no obstante, al despertar los nervios y la ansiedad comenzaron a incordiarle.

Un día importante en su vida, sino el más, había llegado. En menos de dos horas, estaría casándose y pasando a engrosar la lista de hombres de familia. Una realidad que hasta hace un mes le parecía inaudita, insólita e imposible, estaba por volverse un hecho. Su promesa de permanecer soltero, libre y disponible, había caducado indefinidamente.

Y para su sorpresa y desconcierto, pero también para su alivio y dicha, esa idea no le atormentaba ni angustiaba, muy por el contrario, le llenaba de un sentimiento extraño y nuevo para él. Un raro calor inundaba su pecho, sentía su corazón henchido y la emoción desbordando su interior. Se sentía feliz...

La puerta de su cuarto se abrió, y por el espejo, Marcus vio ingresar a sus padres. Sonriendo giró y aceptó el abrazo de la marquesa.

—¡Oh mi niño! Estás muy apuesto. Dejarme ayudarte con tu pañuelo —le dijo su madre.

Después de acomodarle y estirar la tela de su chaleco, la marquesa le sonrió con los ojos llorosos y se apartó para dejarle lugar a su padre.

—Felicitaciones, hijo. Has tomado una buena decisión y queremos que sepas que estamos muy orgullosos de la elección que has hecho —le dijo su padre, dándole una palmada en su espalda como muestra de afecto.

—Muy conformes, mi niño. Lady Clara es una joven encantadora, tiene el temple de su madre, mi querida Susan. Ya verás que con el tiempo, algo bueno saldrá de esto y llegaran a tenerse mutuo afecto —suspiró su madre.

Marcus asintió algo azorado, respiró hondo y se colocó el saco. Si bien para su familia la idea del enlace había surgido como una obligación y medida desesperada, creía que solo Colin se había percatado de que las cosas habían cambiado y ahora él deseaba unir su vida a la hija de marqués de Garden no por obligación sino por voluntad propia.

—Bien. Si estás listo, hermanito, partamos, el verdugo... digo el vicario te espera —intervino Colin desde la puerta, rompiendo el momento emotivo con su acostumbrada irreverencia.

—Clara... estás... muy linda... —comentó Mary Anne vacilante, cuando entró a su alcoba seguida de Brianna.

—Se ve espantosa. ¡Por favor, muchacha, recapacita, no puedes desear ponerte eso en lugar de la exquisita creación de Madame Antua! —protestó una vez más Melissa, apoyada por la mirada desaprobadora de su doncella.

Abby negó con su cabeza y bufo mirando la brillante tela verde esmeralda que su madrastra sostenía.

Clara se volvió hacia el espejo de cuerpo entero y observó su reflejo. Ni bien se había puesto el apretado y ostentoso vestido de muselina y seda esmeralda, supo que no era para ella.

No se sentía cómoda en él y no se veía caminando hacia el altar con ese modelo tan extravagante y llamativo.

Hasta el momento, había dejado que todos se inmiscuyeran en los preparativos para su boda, sin rechistar ni opinar; sin embargo en esto no cedería. No llevaría esa prenda tan estrafalaria el día de su boda y punto.

Con la ayuda de Abby, había encontrado el vestido de novia de su madre y ahora lo llevaba puesto. Aunque le quedaba un poco grande y largo, pues su madre era un poco más alta como su hermana, la imagen que el espejo le devolvía le gustaba.

A pesar de notarse la antigüedad del atuendo le encantaba el brillo suave del tafetán color perla y el encaje plateado del escote, las mangas y espalda. No le importaba lo que los demás pensasen, de la falta de estilo o si favorecía su silueta. Este sería el vestido.

Después de que la doncella terminara de recoger su fino cabello sobre su cabeza, se colocó unos pendientes de zafiro como único accesorio y se levantó de la butaca de su tocador con las piernas temblorosas. Sus amigas le sonreían llorosas y su hermana la miraba solemne.

Realmente estaba sucediendo.

Ella, una casi solterona, del grupo más rechazado de su círculo, perteneciente al grupo de las demasiado feas, estaba a punto de desposarse con un guapo conde.

La emoción, el miedo y el nerviosismo le invadieron y pensó que, tal vez, esto no era real.

Pero no, sí lo era. Aunque le costase creerlo, mágicamente estaba por concretar un sueño que creía ya imposible y que con veintitrés años, había enterrado en algún recóndito lugar de su corazón.

Formar una familia...encontrar el amor...ser amada...

Tomó su ramo de novia, compuesto de rosas blancas y flores azules y soltando el aire, fijó la vista en sus inseparables compañeras, sonriendo tímidamente.

—Estoy lista — anunció.

Y esas palabras, ahora, tomaban un significado más profundo. Porque si bien, este enlace había resultado de su desliz con el conde, no se sentía obligada ni desdichada. Todo lo contrario, creía que, por fin, podría conocer la felicidad y debía darle a Lord Marcus, el mérito que le correspondía.

Aunque no se hubiese confesado del todo y que él tampoco haya dicho claramente la palabra amor. Lo sentía, lo percibía, sabía que algo poderoso y maravilloso había nacido entre los dos y estaba preparada para seguir descubriendo hasta dónde les llevaría esto.

—¡Te vas a casar! —chilló Mary Anne y corrió a abrazarla haciendo volar la tela de su vestido verde claro de seda demasiado apretado en el pecho, las otras dos hicieron lo mismo y pronto estuvieron apretadas, con sus cabezas juntas.

Su madrastra había ido a vestirse y ellas aprovecharon para hablar con libertad.

—No puedo creer que estés por casarte —dijo Brianna acomodando la falda de su vestido amarillo. Un color que no le favorecía demasiado a su intenso cabello caoba.

—Yo lo sabía —declaró Abby separándose un poco. Sus gafas resbalaron hasta la punta de su nariz y ella las recolocó. Su atuendo no era mejor que el de las demás. Todo lo contrario, parecía verse peor que de costumbre, con ese descolorido e insulso vestido marrón.

—Siempre supe que, en el fondo, sí deseabas casarte y que algún día encontrarías a alguien para ti. No creí que nuestros planes de envejecer juntas llegaría a concretarse.

Esa confesión conmovió profundamente a Clara y con la barbilla temblando, se abrazó a su hermana. Sabía que, a partir de hoy, sus vidas cambiarían y sería difícil la transición, le haría mucha falta su hermana.

—Abby... Te voy a extrañar tanto. Prométeme que me visitarás siempre y que no dudarás en recurrir a mí para cualquier cosa —le rogó mirándola a sus bellos ojos azules. Ella era tan parecida a su madre, que casi sentía como si Susan, estuviese allí con ellas.

—Claro Ara, no podría ser de otra manera. Te deseo toda la felicidad —respondió Abby y su vista brillo empañada, por lo que se apartó y dio lugar a sus amigas para las felicitaciones finales.

Después de mantener una incómoda conversación con Melissa sobre lo que se esperaba de ella en su lecho nupcial. Charla que fue más balbuceos, frases inconclusas, y sonrojos intensos y que le dejó más dudas que certezas. Toda la comitiva partió hacia la iglesia.

Sus nervios se acrecentaron al llegar a la basílica de St George y ver la aglomeración de carruajes y personas en las escalinatas de la misma. Había una centena de personas dentro y mucho más fuera de la iglesia, como si su boda se tratara de alguna clase de atracción.

Sus amigas, Abby y su madrastra bajaron del carruaje que iba delante del nupcial y ella aguardó tensa a que ingresaran al interior. Luego les tocó a su padre y a ella, que descendieron con lentitud. Con la ayuda del marqués, que iba muy elegante de gris y blanco, subieron la escalinata y se detuvieron frente a las enormes puertas abiertas.

Los nervios de Clara le impidieron mirar dentro, pero notó que los invitados se ponían de pie y cientos de miradas puestas en ellos. Su cuerpo temblaba como una hoja cuando iniciaron la marcha acompañados de la melodía del piano.

—Todo estará bien, mi niña. El conde será un buen marido y estoy seguro de que serán dichosos sin importar el comienzo poco ortodoxo. Tu madre estaría muy orgullosa —le animó su padre, apretando su mano.

Clara frunció un poco el ceño al oír aquella frase de Edward, pero antes de poder detenerse a analizarla sus ojos dieron con los de Lord Landcaster y todo pensamiento coherente abandonó su mente.

«....Él.… estaba magnífico... Sencillamente sublime...»

Embutido en un traje negro, chaleco del mismo color y camisa blanca, su cabello caoba peinado hacia atrás y una sonrisa de lado que le producía cosquillas en su estómago, al igual que el brillo cálido de sus ojos negros fijos en ella.

Marcus veía a la dama acercándose del brazo de su padre, con un nudo de emoción en su garganta. Sabía que ambos componían una pareja insólita, y los murmullos y miradas cínicas lo corroboraban. Pero no le importaba, esa mujer valía más que todos esos chismosos juntos y era muy afortunado por unir su vida a ella.

Todo en ella le gustaba; sus maravillosos ojos grises, su tímida sonrisa, su candidez absoluta, su autenticidad única, su fuerza interior.

Ella... Era sencillamente encantadora. Y justo ahora le parecía la mujer más hermosa que nunca había visto.

CAPÍTULO TREINTA

«...No hay nada que cause más temor a una fea, que imaginarse vulnerable y expuesta al escrutinio de otra persona. Pero cuando los ojos que le miran, lo hacen como viendo la joya más preciosa, no hay barreras que le impidan amar y ser amada...»
Fragmento extraído del libro: «Manual, hermandad de las feas.»

La boda transcurrió como un sueño para Clara, con sus hermanos de testigos, quienes no dejaban de lanzarse miradas ofuscadas, repitieron sus votos. Lord Bennet deslizó un anillo precioso, que consistía en una piedra de cristal transparente que combinaba a la perfección con la argolla de compromiso y luego el clérigo les declaró marido y mujer.

Los nervios, que no le habían abandonado en ningún momento, se acrecentaron, cuando su ahora esposo apretó su mano y la giró con suavidad hacia él.

Los asistentes aplaudían, mientras el religioso decía:

—Puede besar a la novia

Clara no se atrevía a levantar su vista, pero Marcus tomó su barbilla y la instó a elevar su cabeza hasta que sus miradas se cruzaron. Sus ojos oscuros brillaban y sus labios sonreían de lado traviesamente.

—¿Me permites, milady? — inquirió en voz baja su marido.

—¿Desde cuándo se molesta en pedir mi permiso, milord? — replicó ruborizada ella.

Marcus elevó una ceja y soltó una potente carcajada, que provocó murmullos en su anonadado público.

—Eso es cierto. Las buenas costumbres deben conservarse ¿no crees? Así que no comenzaré a molestarme ahora, y menos desde que puedo llamarte como tanto he anhelado —alegó el conde tirando de su mano hasta que sus cuerpos estuvieron pegados.

Clara jadeó y se ruborizó más todavía, al mirar de reojo a los invitados que, aunque no llegaban a oír lo que decían, no se perdían nada de su intercambio.

—Y ¿cómo deseaba llamarme, milord? —preguntó sin aliento y aturdida.

—Mía —declaró Marcus y tomó posesión de su boca. Dejando claro lo que su afirmación había pretendido decir.

***

El banquete de bodas se realizó en la casa de Lord Luxe. Ya que él contaba con ese enorme parque junto al lago, y su propiedad quedaba a las afueras de la ciudad. Abby, Brianna y Mary Anne, llegaron en el carruaje que había usado Clara y fueron guiadas hacia la parte trasera junto a otros invitados que venían llegando.

Conforme pusieron un pie en el exterior, tuvieron a la vista las mesa preparadas para la ocasión, un cuarteto de músicos tocando sobre una pequeña tarima y los lacayos yendo, viniendo y ubicando a los asistentes.

—¡Amigas! No miren a su derecha, junto al árbol de naranjos están ellos —les advirtió Mary Anne con inquietud, volviendo hacia ellas su rostro ruborizado.

—¡Oh! No quiero tener que enfrentarles. No me atrevo a mirar la cara de esos caballeros —declaró mortificada Brianna.

—Pues deberemos tomar valor, porque vienen hacia aquí —anunció Abby con gesto adusto.

—¡¿Qué?! No, no, no. Está bien, de acuerdo, actuemos con normalidad, como si nada hubiese pasado —aconsejó Mary Anne girando la cabeza sin disimulo hacia donde se acercaban los hombres y volviendo a mirarlos desesperada.

—Sí, con calma. De seguro ellos serán unos perfectos caballeros y nos preocupamos en vano —asintió Brianna, a quien ya le temblaba su barbilla.

—Pero miren a quien tenemos por aquí, camaradas, a las damas borrachinas —anunció con tono jocoso Lord Vander posicionándose junto a Brianna, enfrente de Abby, quien le taladró con frialdad.

—Es usted un cerdo. Puede irse por donde vino —contestó Abby despectiva.

—Un cerdo con apariencia de ángel, según me dijo una rubia conocida —se defendió Lord Vander y la susodicha bufó acomodando su cofia con brío y un ligero temblor en sus manos.

—Buenos días, señoritas. Señorita Colleman, un placer verla repuesta —intervino Lord Fisherton deteniéndose junto a su amigo que le sonreía a la rubia con sorna, haciéndoles una reverencia, pero con la atención puesta sobre la pelirroja.

—Gracias su Excelencia…. ¡Oh! —exclamó Brianna al levantar la vista y encontrar la enorme figura del escocés vestida con su traje de gala escocés.

—Ya veo que decía usted la verdad, milady. Le agradezco su cumplido y será un placer saciar cualquier pregunta que tenga a cerca de…. de mi cultura —prosiguió el duque con sonrisa pícara guiñando un ojo. Brianna reprimió un jadeo y se coloreó hasta el escote.

—Y como puede ver, Mary Anne, he ofrecido mi hogar para la celebración. He dispuesto que haya música y baile y también una obra de teatro. No quiero que se confunda mi seriedad con amargura, ni antipatía. —Comentó a su vez Lord Luxe; la aludida levantó bruscamente su cabeza oscura y miró al conde con expresión atónita.

Afortunadamente la llegada de los novios salvó a la hermandad de ese bochornoso momento. La comida se sirvió y comenzó la celebración.

***

Marcus miraba a su flamante esposa, sentada en el asiento de enfrente. Ella quitó la vista de la ventanilla y le miró, una tímida sonrisa apareció al percatarse de su escrutinio.

—Te ves muy hermosa, Clara —le alagó el, viendo complacido su rostro encarnado.

—Usted… tam… también, milord —tartamudeó ella.

—¿También me veo hermosa? —preguntó con una fingida mueca de horror.

—No… no… milord, se ve apuesto —balbuceó avergonzada.

—¿Cuándo dejarás de decirme milord? Ya puedes llamarme por mi nombre, ahora estamos casados. Ya puedes prescindir de formalismo, Clara —le solicitó él con mirada tierna.

—Yo... Lo siento mi... Marcus. —Se corrigió con torpeza.

La joven abrió un poco la boca y luego la cerró. En general se veía tensa y él adivinaba, que debía tratarse de los nervios previos a la noche de bodas. Pero Marcus estaba dispuesto a enseñarle que no había por qué temer, todo lo contrario. No veía la hora de que el coche les dejara en su destino para poner en práctica lo que tenía en mente.

Clara aceptó la mano que su reciente esposo le ofrecía y descendió del carruaje. Ya casi anochecía, les había supuesto un viaje de un poco menos de cinco horas llegar hasta Brighton, una zona costera con playas de arena, un mar azul transparente y dunas que descienden hacia el mar; donde pasarían su primer mes de casados.

Clara oyó el sonido de las olas rompiendo contra la orilla y se emocionó, pues no conocía el mar y desde niña había anhelado hacerlo.

Su marido, apretó su mano y comenzaron a caminar hacia una gran propiedad de piedra blanca, de la que no pudo apreciar más debido a la escasa luz.

Marcus le explicó, que esta era la propiedad de campo que había heredado y que todavía debía hacer muchas refacciones, puesto que debía arreglar antes un asunto con el abogado de su difunto tío, para poder acceder a las arcas.

Clara le preguntó si tenían bajada directa a la playa, y el asintió prometiendo que mañana la explorarían. También comentó que en los momentos de marea baja, se forman unas lagunas naturales que se calentaban con el sol.

Cuando ingresaron a la mansión, el momento de calma de Clara pasó y la angustia volvió a comprimir su pecho. Temía el instante donde tuvieran que consumar el matrimonio, por muchas razones. Sus temores e inseguridades le estaban mareando y prácticamente no prestó atención a la presentación que su esposo hizo del personal, que les aguardaba en el vestíbulo y que le dedicaron reverencias.

El ama de llaves la guio al que debía ser el cuarto de la condesa, seguida de dos lacayos que subieron sus baúles. La estancia era amplia y luminosa, decorada con sobriedad, en colores crema y dorado. Tenía una impresionante vista a la playa y parecía no haber sido usada en mucho tiempo, a pesar de haber sido limpiada a conciencia. Alterada ella se quedó viendo el mar y oyó que le solicitaban permiso para colocar una bañera, a lo que asintió distraída.

Al finalizar el llenado de la tina, quedó sola con su doncella que había viajado con ellos en otro carruaje junto a el ayuda de cámara de Marcus. Mientras se bañaba no dejaba de pensar en lo que pasaría, y tenía los nervios a flor de piel.

Su doncella la ayudó a colocarse un bonito camisón rosado, con encaje en los puños y cuello, que hacía juego con la bata. Luego comenzó a secarle el cabello, sin dejar de parlotear. Clara quería preguntarle acerca de lo que pasaría a continuación, pero no se atrevía, estaba avergonzada por su ignorancia.

Terminado el cepillado, estaba por trenzarle el cabello, cuando una voz les interrumpió.

—Déjelo así —ordenó su esposo desde la puerta interior que comunicaba lo que sería sus aposentos, haciéndole sobresaltar.

Su doncella soltó el cepilló ruborizada y, tras hacer una reverencia a Marcus, se retiró.

Clara se había quedado estupefacta, al verle con esa bata color azul real. La tela abierta dejaba ver su pecho desnudo, cubierto por una hilera de vello oscuro y el resto de su anatomía quedaba oculta por la tela sostenida por un cinturón, anudado flojo en sus delgadas caderas.

Todo el aire abandonó sus pulmones, cuando el hombre comenzó a avanzar hacia ella, dejando a la vista sus pies descalzos y su cabello mojado brillante bajo la luz de las velas.

—No debes temer, ratoncita —le dijo el conde deteniéndose junto a ella que lo observaba a través del espejo sin poder mover un músculo. Él le sonrió pícaramente y agarró el cepilló, procediendo a pasarlo por las hebras suelta de su cabello castaño. Clara cerró los ojos y poco a poco sus músculos se relajaron—. Me fascina verte así, con tu pelo suelto, eres tan hermosa —dijo su esposo haciéndole mirarle petrificada.

El conde depósito el cepillo en el mueble y se inclinó para aspirar el aroma que su cabello despedía.

Ella tembló ligeramente, lanzando un suspiro suave al sentirle dejar su cuello libre, y los besos que él empezó a depositar en su nuca.

—Hueles tan bien, eres tan suave, tan encantadora —decía él con voz ronca entre beso y beso, mandando electricidad a cada rincón recóndito de su cuerpo.

—Marcus.... yo... —musitó deseosa y a la vez amedrentada ella.

—Sshhh....ven mi amor. —Le silenció Marcus poniéndose en pie y alzándola contra su pecho, que subía y bajaba agitado—. Lo sé.... No digas nada, solo confía en mi cariño —le pidió depositándola con cuidado en el centro de la cama—. ¿Puedes hacerlo?

Clara le observó de hito en hito y reconoció el deseo descarnado brillando en sus pupilas oscurecidas, al repasar su anatomía cubierta por el camisón que poco dejaba a la imaginación. Y bajo esa mirada apasionada y la vez vulnerable, su temor a ser rechazada o a entregarse se esfumó. Se sintió preciosa, deseada y perfecta, como si sus múltiples defectos no existieran bajo la acalorada mirada color noche de Marcus. Por lo que asintió agitada y temblorosa.

Su esposo se recostó sobre ella con cuidado de no aplastarla y pegó sus frentes jadeando levemente.

—Gracias, Clara, mi mujer, mi esposa, mi amor —susurró con tono febril, acariciando con suavidad sus piernas a medida que agarraba la tela de su camisón y dejaba su piel expuesta. Lo que provocó un estremecimiento en ella que él sintió—. No me temas, tú solo déjate llevar y déjame amarte.

Y con esas palabras selló sus labios y Clara obedeció, cumpliendo su promesa y comprobando que su esposo era perfecto en todos los sentidos.

La ropa de ambos desapareció, y ella sintió su piel erizarse en cada parte en la que el potente cuerpo masculino, entraba en contacto con sus formas femeninas.

Acalorada, Clara abrió los párpados y se encontró con la mirada oscurecida del conde, que la veían con fijeza y embeleso.

Las manos de su esposo comenzaron a explorar cada rincón de su cuerpo, causando que todo ella vibrase bajo su toque lento y sensual. Su boca se abrió en un jadeo, cuando las caricias de Marcus abandonaron sus extremidades y se posaron en sus pechos, que estaban sensibles y erguidos.

La boca del conde, reemplazó sus dedos, y un gemido estrangulado brotó de ella.

Se sentía arder, y definitivamente a punto de enloquecer, al percibir como la mano de su esposo aventurarse a su zona íntima.

Marcus gruño al sentirla y ella se arqueo con violencia murmurando el nombre de su marido con cada movimiento de sus dedos, sacudiendo su cabeza y agonizando por disfrute que le producía él.

—Sshh...—le susurró Marcus, con su voz reducida a un sonido ronco y enfebrecido— Tranquila. Déjate llevar ratoncita—siguió diciendo con ardor, al tiempo que Clara percibía como su intimidad invadía la suya despacio— Tócame, mi amor, muévete y baila conmigo cariño.

Y Clara le obedeció, experimentando la mejor danza de su vida.

UNA FEA ENCANTADORA

CAPÍTULO TREINTA Y UNO

«No hay mayor dolor que el que se siente cuando se entrega todo, se deja expuesto hasta el último rincón del alma y se recibe a cambio el amargo beso del desengaño...»
Fragmento extraído del libro: *«Manual, La hermandad de las feas.»*

Marcus observaba a su esposa parada frente al mar, sus pies hundidos en la arena y su cabello sacudido por el viento flotando sobre su fina espalda.

Afortunadamente la primera semana de casados, disfrutaron de un clima templado, a pesar de estar en pleno otoño. Lo que les permitió pasear, disfrutar de la playa y hacer picnics en las inmediaciones de la mansión. Pero lo que más había disfrutado Marcus, era la compañía de Clara, sus largas conversaciones y su sonrisa serena. Y qué decir de cuánto placer había experimentado cada noche, en donde se entregaban mutuamente sin reservas a la pasión y el deseo. Clara, poco a poco, iba perdiendo sus inhibiciones y, tímidamente, demostraba que era una mujer apasionada.

En aquellos momentos en donde estaban piel con piel, más conectados que nunca, en los que se sentía completamente subyugado por ella, tanto que enloquecía con cada roce y cada beso, era cuando confirmaba cuánto amaba a su condesa.

Solo había un problema, ella no le había confesado sentir amor por él, y aunque en esos instantes de intimidad, podía percibir que lo hacía, realmente necesitaba oírselo decir con palabras desesperadamente y para lograrlo estaba dispuesto a ser quien tomara la iniciativa y confesara primero sus sentimientos.

Estaba decidido a hacerlo esa misma noche, después de la cena, cuando la tuviera entre sus brazos.

—¿Está fría? —preguntó agachándose y tomando una pequeña concha entre sus dedos.

—No. Te acostumbras rápido. Ven quítate las botas y acompáñame.—le pidió ella sonriendo.

Marcus se sentó en una piedra y procedió a quitarse el calzado. Luego se arremangó las calzas y se metió al agua hasta alcanzar a su mujer, quien se había adentrado un poco mar adentro. El agua apenas le rozaba las pantorrillas mientras que a Clara le tapaba hasta las rodillas ahora.

—¡Uf! ¡Está helada! —se quejó él dando un saltito y reprimiendo un escalofrío, mientras Clara se reía a su costa—. ¡Me las pagarás, pequeña mentirosa! —sentenció después y se abalanzó sobre su esposa.

Clara chilló y comenzó a correr salpicando agua en todas direcciones, pero se le dificultaba la tarea pues sostenía la tela de su vestido liviano entre sus manos. En dos zancadas él la alcanzó y la levantó en vilo riendo fuerte. Su esposa gritó al verse izada como una pluma y se aferró a su cuello temblando de risa.

—¡Marcus! ¡No! —exclamó cuando él sonrió de lado y simuló dejarla caer—. No te atrevas, Bennet, te lo advierto —le amenazó ella frunciendo el ceño.

—¿O qué? —La desafió el conde con una mueca arrogante.

Clara dudó y se devanó los sesos pensando un buen castigo.

—¡No! —chilló de nuevo al sentirse deslizarse de nuevo y el agua fría rozar los dedos de sus pies—. O...¡ocuparé el cuarto de la condesa y no el tuyo! —dijo atropelladamente con gesto triunfal. Su esposo se puso rígido y sus ojos se entrecerraron.

—Está bien. Pero ya que no puedo cobrarme tu engaño, deberás concederme alguna satisfacción —alegó él comenzando a volver hacia la orilla con ella en brazos.

Clara lo miró con sospecha, ya que esa frase le recordó al día en que él le salvo la vida en el lago y luego decidió que debía pagarle ayudándole a encontrar una esposa, y así terminó donde estaban ahora.

—¿Qué quieres, milord? —exigió a la defensiva.

—¿Con qué milord, eh? —replicó con sorna él, sus ojos brillaban con picardía—. Nada que no me supliques cada noche —

siguió con mueca sardónica, a lo que ella reaccionó dándole una palmada en el brazo ruborizada—. Está bien, me conformaré con un beso, milady.

Clara abrió los ojos ante la simplicidad del pedido, analizando su cara en busca de alguna clase de trampa, pero él solo la miraba con su sonrisa acostumbrada. Así que encogiéndose de hombros, tiró de su cuello y unió sus bocas. El encuentro de sus labios comenzó como una leve caricia, pero rápido Marcus tomó control de la situación y abordó su cavidad con avidez, haciéndole sentir calor en todo el cuerpo y jadear en busca de más. Y fue cuando cayó a las heladas aguas, chillando por la sorpresa, oyendo por encima la ronca risa de su marido.

Aturdida, pataleó y se afirmó en sus pies, pues estaban cerca de la orilla y allí no corría riesgo de ahogarse.

—¡Cretino! ¿Por qué me aventaste al agua? —reprochó Clara cuando logró ponerse de pie, chorreando líquido.

—Me la debías, ratoncita. Y no solo por hoy, por haberme aventado por tu ventana y por haberme hundido bajo el agua aquel día en el lago —se mofó Marcus corriendo hacia la orilla.

—¡Eso ya pasó! Eres cruel, por eso te dicen el caballero negro, ¡malvado, ruin! —le espetó furiosa, apartando el pelo húmedo de su cara y reprimiendo los temblores.

—No es por eso, querida. Es por lo que disfrutas en nuestra alcoba—. aclaró con jactancia el conde, al tiempo que tomaba sus botas—. Y ya ves, la venganza es la recompensa de los pacientes —recitó con voz ceremoniosa.

Clara que ya salía del agua, se frenó en seco y le taladró con la vista.

—¡Ese dicho ni siquiera existe! —bufó envolviéndose en su capa de terciopelo.

—¡Claro que sí! Colin dice que la escribió un famoso pensador —aseveró Marcus iniciando el regreso a la mansión.

—¡Ay esposo! Despues dices que tú deberías ser el mayor —se burló Clara y fue su turno de reír a costa de su consternado conde.

**

—Adelante, Lord Lancaster les espera en su estudio —anunció el mayordomo, luego de recibir el sombrero y capa de los recién llegados.

—No se moleste, conozco el camino. Sígame señor Reedus —le indicó Colin guiando al abogado de su difunto tío por el amplio pasillo, que ya conocía por haber acompañado a su hermano cuando había viajado a conocer su herencia.

—Adelante —se oyó decir con tono amortiguado a su mellizo, por lo que ingresaron al despacho.

Marcus se asombró al verlos y se puso en pie para extender la mano al abogado y darle una palmada en la espalda a él.

—¿Y esa sonrisa de imbécil? ¡Vaya que te has acostumbrado rápido a tu nuevo estado de hombre casado! —se burló Colin, mientras se sentaban y Marcus le lanzaba una mirada de advertencia.

—Buenas tardes, Lord Lancaster. Lamento la tremenda invasión en su viaje de bodas, pero ya sabe, mañana es su aniversario y caduca la prórroga que figura en el contrato de su tío.
—Se disculpó con expresión incómoda el pálido hombre, acomodando el nudo de su pañuelo.

—Sí, lo recuerdo. Como ve, me he casado hace siete días, tengo el certificado firmado por el obispo —asintió Marcus rebuscando en su escritorio.

—Sí, milord, su padre me puso al tanto. Felicitaciones por sus nupcias. Y cumplido dicho requisito, le restará solo cumplimentar el segundo; que es tener descendencia en el plazo de un año. Durante ese tiempo, se le dará un acceso supervisado al dinero de la herencia —explicó el abogado, aceptando el papel que Marcus le extendía y procediendo a registrar los datos de los esponsales.

—Entonces... ¿mi hermano debe engendrar un hijo en el plazo de doce meses o perderá la herencia? —inquirió Colin con el ceño fruncido.

—Efectivamente, milord, ya se los había explicado. Tendrá el título de Conde de Lancaster y la mansión de Londres, por cumplir con el primer requisito pero no obtendrá ni un penique de la herencia sino hay un vástago dentro de los doce meses y un hijo varón al cumplirse tres años del enlace —anunció Reedus.

Marcus asintió y sonrió satisfecho, no creía que eso fuese un problema. No con lo mucho que su esposa y él se aplicaban en su cuarto.

—Bueno...supongo que si ya lograste cazar a la fea Lady ratón y embaucarla en este matrimonio en menos de un mes, en tres años tendrás varios herederos paridos. Y quién te dice que al final tu sacrificio no es en vano —conjeturó su hermano y Marcus le miró irritado, pero evitó reprenderle por su desacertado comentario, por la presencia del abogado.

El sollozo que brotó del pecho de Clara al oír las palabras de su cuñado fue amortiguado por sus manos temblorosas.

La conversación se reanudó en el interior, no obstante ella ya no podía oír nada.

Tambaleante y con los ojos anegados en lágrimas de decepción, dolor y enfado; corrió por el vestíbulo y subió por la escalera tropezando varias veces en su prisa por llegar a su cuarto.

Un poco antes había oído voces de caballeros en la entrada y al ser informada por el mayordomo de que había llegado Lord Vander, acompañado de otra persona, movida por la curiosidad de saber qué asunto le traía por allí en medio de su luna de miel, había decidido bajar a averiguar lo que sucedía. Ojalá no lo hubiese hecho, porque su corazón dolía y su pecho ardía con cada inspiración. Abatida se dejó caer en la cama y dio rienda suelta a su llanto.

Sus temores se habían hecho realidad, debía haber hecho caso a su instinto que le decía que era demasiado bueno para ser cierto. Y nunca haber renunciado a sus ideales, y menos a su sueño, había resignado todo por un hombre que no la quería y solo pretendía usarla como yegua de cría. Todo había sido un engaño, parte de una estrategia para lograr que ella accediera al matrimonio.

Ahora lo veía todo claro, el Marqués de Somert le había solicitado su mano a su padre, por eso esa noche les presentaron. Seguramente su marido estaba tan desesperado, que no tuvo más opción que aceptarla como candidata. Sin embargo, ella le rechazó repetidamente y Marcus con el tiempo en su contra, usó todas sus cartas para lograr encandilarla y obtener un sí de su boca.

Con enojo se secó las lágrimas y corrió a tirar el cordón para llamar a su doncella. No pensaba quedarse una noche más bajo el techo de ese canalla; de aquel vil embaucador que le había mentido desde el primer minuto. Esperaba no estar albergando su simiente en su interior, porque de ser así no sabría qué haría.

Eso sí, por ahora, se ocuparía de demostrarle al conde de Lancaster con quién se había casado. El destello de la tela que envolvía el regalo que pensaba darle esta noche por su aniversario y en donde había planeado confesarle su amor, le hizo apretar los puños con ira.

Si de ella dependía, él jamás obtendría esa herencia, le demostraría el daño que causaba la ambición, el engaño y el desamor.

CAPÍTULO TREINTA Y DOS

«...¿Ha sentido alguna vez un sufrimiento, una agonía tan grande que el solo hecho de
respirar duele? Yo sí, y he aprendido que el mejor bálsamo para el dolor, es soltar, es dejar ir eso que te daña. Aunque hacerlo conlleve perderlo todo, hasta la fe de un mañana...»
Fragmento extraído del libro: «Manual, La hermandad de las feas.»

Cuando el arrebato de cólera de Clara mermó, se dejó caer sin fuerzas en la cama y pensó que se estaba precipitando. No podía simplemente irse de allí, no, eso, además de provocar un escándalo de épicas proporciones, supondría tener que volver a su casa y quedar enclaustrada de por vida.

Ya que no podía solicitar una anulación, pues el matrimonio había sido consumado y tampoco podía divorciarse, debido a que solo los hombres podían lograr que se los concedieran, las peticiones de las mujeres eran rechazadas, y ellas resultaban humillados y exiliadas.. Su mente no dejaba de trabajar, buscando alguna forma de hacerle pagar a su esposo tamaño engaño y nada se le ocurría. Necesitaba urgentemente hablar con sus amigas, no podía sola con esto, no tenía el ingenio suficiente ni la fuerza de voluntad para hacerle daño al hombre, que a pesar de la traición, ella amaba.

Tenía que hallar la manera de volver a la ciudad, y exponerle la situación a la hermandad.

Después de que el abogado y Colin se marcharan, Marcus fue en busca de su esposa para bajar a cenar, no la había visto hace un par de horas y ya la extrañaba.

Su humor era inmejorable por cómo estaban saliendo las cosas y no veía la hora de retirarse para poder tener esa noche especial con su mujer, donde planeaba decirle que la amaba.

Cuando ingresó al cuarto le sorprendió no hallar a su esposa allí. Perplejo se dirigió a la alcoba contigua que Clara utilizaba solo para vestirse y asearse, y se preocupó al encontrarlo sumido en penumbras.

—Clara... —llamó intrigado y al ver que ella estaba echa un ovillo en la cama, se apresuró hacia allí y se reclinó sobre ella—. Mi amor... ¿qué te ocurre? ¿estás enferma? —le interrogó con angustia.

Su esposa abrió los ojos y sin mirarle negó con su cabeza.

—Nada, estoy bien. Solo quiero descansar —contestó con tono distante.

Marcus le miró perplejo y tuvo miedo de que estuviese enferma.

—Llamaré al doctor, y debes cenar —le dijo acariciando su cabello, pero ella se tensó y apartó despacio dándole la espalda.

—Clara... ¿qué sucede? —inquirió confuso—. Si luego te sientes mejor he planeado pasar una velada especial... —comenzó a decirle observando su perfil apagado.

—No estoy enferma, no es necesario que llames al doctor. Y preferiría no comer y dormir esta noche en mi cuarto —le cortó ella seria.

—¡Tu habitación es la mía...! ¿por qué quieres dormir sola? —le interrogó ya impaciente el conde.

—Porque estoy en mis días, Marcus y estoy dolorida y necesito descansar bien —aseveró ella dedicándole una mirada molesta y volviendo a darle la espalda.

Marcus le miró indeciso y un poco incómodo. No sabía nada de los asuntos femeninos, pues ni hermana tenía, el tema le era desconocido y un misterio. Aun así, hubiese querido permanecer a su lado y, aunque no pudiesen estar íntimamente, tenerla entre sus brazos y aliviar su dolor por lo menos con masajes. Pero si ella no lo quería allí, debería ser un caballero y respetar sus deseos.

—De acuerdo. Pero haré que te suban una bandeja y cenarás, o vendré a llevarte conmigo —claudicó bajando la cabeza hacia ella para besarla, más Clara se movió y terminó besando solo la comisura de su boca.

Su rechazo le causó un dolor en el pecho, pero se obligó a comprender que ella no estaba en plena forma e indeciso se levantó de la cama, caminó hasta la puerta y vacilante se volvió a mirarla.

—Descansa mi ratoncita —dijo, y abandonó la alcoba, con una extraña sensación de pérdida en su pecho.

—Feliz cumpleaños, mi amor... — musitó Clara reprimiendo el llanto.

***

—¿Qué está sucediendo, Rander? — preguntó incrédulo Marcus. Acababa de traspasar las puertas, luego de volver de cabalgar y encontró la casa revolucionada.

—Lady Lancaster ha solicitado que se prepare todo para su pronta partida —explicó el mayordomo, desviando apenas los ojos, resultando obvio que el hombre sospechaba que su señor no estaba al tanto de las intenciones de su esposa.

Marcus se quedó de piedra, incapaz de entender lo que sucedía. Su esposa parecía haber enloquecido de la noche a la mañana. Sin mediar palabra, asintió y salió en su busca, decidido a exigirle una explicación.

Clara no había podido pegar ojo, y muy temprano se levantó y comenzó a escribir para relajar sus nervios y seguir intentando encontrar una solución a su dilema. Entonces la respuesta llegó disfrazada de una misiva de su hermana.

Abby le enviaba saludos y le informaba que su padre estaba en cama, aquejado con una fuerte gripe. Al leer estas líneas su mente se iluminó, ya sabía cuál sería el próximo paso en su plan.

Se hallaba disponiendo junto a su doncella todo para partir, cuando su esposo irrumpió en la estancia con expresión iracunda.

Él se quedó viendo sus baúles cargado de todas sus pertenencias y su mandíbula se tensó aún más.

—Déjenos —ladró en voz baja y su doncella salió disparada del lugar—. Clara.... —inició él tomándose el puente de su nariz—. Quiero que me expliques qué diablos crees que estás haciendo —espetó clavando sus ojos en ella.

—Lo que ves, esposo, me marcho —replicó ella intentado aparentar indiferencia.

El conde elevó ambas cejas y sus rasgos adquirieron un matiz amedrentador.

—¿Disculpa? No te irás. ¿Te has vuelto loca?—gruñó Marcus acercándose lentamente.

—No, y hasta lo que sé, no soy una prisionera aquí. Puedo marcharme cuando quiera —contestó Clara encogiendo un hombro y tomando su cepillo para colocarlo en su bolsa.

—Se te olvida un detalle, querida —respondió su esposo arrebatándole el objeto y tomándola del brazo para dejarla de frente—. Tú eres mi esposa, no puedes simplemente largarte cuando se te ocurra —reprochó con enojo, liberando su extremidad.

—No se me olvida, milord. Pero estamos casados, no atados. Y yo me vuelvo a Londres —alegó ella desafiante.

—Clara…. es suficiente —la reprendió él y se tapó la cara con sus manos como si estuviese conteniéndose—. Por favor, mi amor… No comprendo nada, habla conmigo. ¿Qué está sucediendo? Si te molesté en algo o fui demasiado demandante con mis derechos de esposo… yo… —le dijo pareciendo abatido y angustiado.

Clara tragó saliva y su determinación comenzó a ceder. No tenía el coraje para lastimarlo como él a ella y no soportaba que él creyese que no toleraba sus momentos de intimidad conyugal.

—No. Yo…he recibido un mensaje de Abby, mi padre está enfermo y quiero ir con el —aseveró, simulando acomodar su vestido de viaje, pues no podía sostener su mirada anonadada.

—Está bien. De acuerdo. Pero ¿es necesario que viajes con tanto equipaje? Te estas llevando todas tus pertenencias —alegó su esposo señalando sus baúles.

Clara parpadeó nerviosa con las palabras que tenía atravesadas en la garganta amenazaban con ahogarle. Sin embargo, su orgullo no le permitía reprocharle su engaño y por eso era mejor poner distancia entre ellos, o temía terminar aventándole cada objeto del cuarto y reclamándole a voz en cuello su vil engaño.

—No sé cuánto tiempo deberé permanecer junto a mi padre. Por eso lo mejor será que… —comenzó abriendo la puerta donde los lacayos ya esperaban para cargar sus pertenencias.

—Lo mejor, y lo que harás, es dejar todo eso y llevar lo indispensable, Clara —le cortó con rotundidad el conde—. Sino regresas en una semana… Óyeme bien una semana, iré a buscarte a la ciudad.

Clara abrió y cerró la boca alucinada por su actitud dominante y tuvo que ver cómo su esposo se encargaba de reducir su equipaje a la mitad. Cuando los lacayos terminaron de cargar todo, ella se volvió a mirar a su marido sintiéndose incómoda.

—Feliz cumpleaños, milord. Cuídate mucho y... —balbuceó fijando la vista en cualquier parte menos en el hombre que estaba frente a ella.

Pero no terminó su intento de despedida, pues de un tirón el conde la apretó contra su pecho y estampó su boca en sus labios. Y la besó ahí, en pleno día, en medio de la entrada de la mansión y a la vista de la servidumbre. Su beso no fue comedido ni decoroso, sino demandante e intenso. Un brutal y sin tregua a sus sentidos, que le hizo imposible permanecer imperturbable, como debería haber sido.

—Te veré en siete días. Y una cosa más, esposa, te instalarás en la casa de la ciudad. Eres mi mujer, y esa es tu hogar ahora. No permitiré que mi condesa esté bajo ningún techo que no sea el de su dueño —agregó con sus labios pegados a los suyos, la respiración agitada y sus ojos negros encendidos.

Ella se separó de un tirón, le faltaba el aire y sus mejillas estaban rojas.

—Tú no eres mi dueño, ese pensamiento es degradante y yo me instalaré dónde me apetezca —declaró irritada fulminándole.

—Sí que lo soy, lo siento aquí —rebatió Marcus poniendo una mano en su corazón—. Como tú eres mi dueña, Clara, nos pertenecemos, no lo olvides —terminó su esposo y la dejó ahí. Sosteniendo la puerta del carruaje, incapaz de calmar los latidos frenéticos de su corazón y la terrible desazón de saber que, aunque quisiera negarlo, él tenía razón.

Era una insensata, una ilusa, que le había entregado todo de sí a ese hombre. A tal punto que sentía un vacío en su alma, sentía que ya ni siquiera se pertenecía a sí misma.

Le habían arrebatado mucho más que el corazón, le habían quitado la esperanza y la poca fe que albergaba en su interior.

La puerta del carruaje se cerró tras ella y comenzó a alejarse del lugar, y Clara anheló con todas sus fuerzas que pudiese dejar atrás de igual forma su amor y su dolor.

CAPÍTULO TREINTA Y TRES

«...A menudo, las heridas que llevamos en nuestro interior nos fuerzan a intentar camuflar nuestro exterior, ocultándonos así bajo el disfraz de la apariencia...»
Fragmento extraído del libro: «Manual, La hermandad de las feas.»

Clara arribó a la ciudad un poco antes de mediodía y, sin mucho ánimo, miró la fachada del que sería su hogar por el resto de su vida. Era una construcción de tres pisos con enormes ventanales, una escalinata amplia en la entrada y un pequeño recibidor.

La servidumbre la recibió con sonrisas nerviosas y amables, no estaba contratado todo el personal, solo el indispensable, pues tras de la muerte del antiguo conde, muchos habían renunciado.

Por dentro la mansión era mucho más encantadora, el piso inferior era el más grande, compuesto por el comedor diurno, el nocturno, tres salitas; una de visitas, la de uso común y la de uso privado y el salón de baile; además del despacho del conde, una biblioteca que la dejó sin aliento y las dependencias de la servidumbre.

En el piso superior se encontraban las habitaciones principales y las de visitas y en el último nivel, la que serían dependencias de los niños, tutores e institutrices, además del cuarto del ama de llaves, que debía contratar.

La decoración era hermosa, mobiliario de cedro blanco, cortinas de seda ocre, gris y verde jade, muebles estilos Luis XV, preciosa. El recorrido, que había insistido en hacer la dejó exhausta, pero necesitaba conocer el lugar donde pasaría sus días, porque no creía volver a la casa de campo.

Su habitación era muy grande, y tenía un gran ventanal que daba a un patio trasero, al cual se podía acceder a través de la biblioteca o de la salita privada y en donde había un jardín magnífico pero algo descuidado.

Una sonrisa involuntaria apareció en su rostro mientras miraba las rosas marchitas, se veía todas las mañanas trabajando en ese jardín y escribiendo por las tardes en esa salita color azul.

La cama de su alcoba, vestida de seda beige, no era muy amplia, pero el ropero, el tocador y el escritorio de madera clara combinaban muy bien. Había dos puertas en una de las paredes y curiosa fue a ver de qué se trataba.

Una la condujo a una pequeña habitación, que contaba con un diván, una mesita y dos elegantes sillas. Allí había otra puerta que comunicaba a lo que debía ser los aposentos del conde.

La restante puerta, resultó ser un extraño cuarto, donde había una gran bañera de porcelana que tenía un extraño artefacto de caño a su alrededor. Aparte, había un biombo, otro ropero con toallas de lino, botellas con esencias, y un alto espejo de pie ovalado. Y también tenía una puerta en su interior, que debía llevar al cuarto del conde.

Emocionada Clara cerró y pensó que le gustaría bañarse allí, parecía muy cómodo y privado. Almorzó en la salita de su habitación y estaba terminando, cuando oyó ajetreo fuera. De un saltó se levantó y miró por una ventana que en este caso daba a la calle.

Había un carruaje detenido en la entrada y no le hizo falta ver el blasón, para saber que se trataba del coche de Lord Essex, el padre de Mary Anne, quien descendía con ayuda de su lacayo y después la siguieron Abby y Brianna. Unos minutos después, las tuvo a las tres mirándola con diferentes expresiones.

Brianna con una sonrisa de compasión, Mary Anne muerta de curiosidad y Abby, bueno, ella tenía su cara de póker habitual, solo que su ceño estaba fruncido.

—Buenos días —les dijo con una sonrisa de circunstancia.

—¿Qué rayos está sucediendo Ara? Cuando recibí tu mensaje de que estabas aquí, no lo pude creer ¿Qué te hizo ese...hombre? —cuestionó Abby con gesto serio.

—No es que no nos alegre verte, claro que no, te extrañamos mucho esta semana pero... —intervino Mary Anne moviéndose nerviosa en el diván.

—Estamos preocupadas. Es evidente que algo malo sucedió, sino no estarías aquí... —terminó Brianna algo angustiada.

—Necesitaba verlas con urgencia, por eso he vuelto a la ciudad. Yo...descubrí... es decir... Me engañaron... —balbuceó Clara bajando la mirada.

—¿Te engañaron? ¿Quienes? —se indignó de inmediato Abby.

—¡No! ¿El conde tiene una amante? ¡Y lo descubriste en tu noche de bodas! —exclamó espantada Mary Anne.

Clara levantó la vista y le miró con la boca abierta, confundida por su conjetura.

—¡Ay Mary! ¿Qué dices? Debes dejar de leer esas cosas ya te lo he dicho. ¿Y por qué no dejamos hablar a Clara? —las reprendió Brianna y le sonrió dándole ánimo.

Ella soltó el aire abatida y procedió a contarles todo a sus amigas, que iban reaccionando de diversas formas, una lanzaba improperios, otra jadeos indignados y la restante contenía la respiración y se quedaba petrificada.

—¡Lo sabía! Te lo advertí, Clara. Te dije que tu marido y el engreído de Vander planeaban algo. Todo era muy sospechoso... Y ese hombre inescrupuloso y sus amigos, fueron sus cómplices. Y padre...

No puedo creer que participara de ese vil acuerdo, ¡no volveré a hablarle! ¡Nos ha traicionado! —explotó Abby poniéndose de pie y caminando por la sala.

—Clara...lo siento tanto. Pero ¿al menos te trata bien? ¿es amable contigo? —intervino Brianna tomando su mano.

—Padre hizo lo que hacen la mayoría de los hombres con sus hijas, Abby. Me arregló un buen matrimonio porque yo ya era prácticamente una solterona y además fea... No puedo culparlo por ello... Aunque me duele que no me haya dicho la verdad —contestó Clara compungida— Y con respecto a tu pregunta, Brianna, Lord Bennet hizo más que tratarme bien. Él ha sido maravilloso, se ha portado como un caballero, hemos pasado momentos mágicos juntos... Y por eso me ha destrozado enterarme de su engaño, porque he cometido un terrible error. Yo... —se frenó incapaz de decir en voz alta lo que desbordaba su interior.

—Te has enamorado de él —terminó Mary Anne, quien estaba derramando tantas lágrimas como ella—. Amiga, creo que es terrible que Lord Lancaster se acercara a ti solo por un interés, pero también creo que, de cierta forma, tú ya sabías que el conde necesitaba casarse con urgencia y era obvio su apuro. En otras circunstancias no te hubiese molestado, pues acuerdos como este son moneda corriente. No obstante, te enfurece y lástima debido a que sientes afecto por el conde... —continuó Mary, y en ese punto ya tenía la atención de todas puesta en ella.

—No sé qué hacer —confesó abatida tapándose el rostro con ambas manos—. Me siento humillada y burlada. Marcus me hizo creer que me quería, y hasta sentí que el amor era mutuo. Pero ahora sé que estuvo fingiendo, pues sabía que yo no deseaba casarme y ningún trato me convencería. Ahora no soportó verle, ni puedo estar junto a él, sabiendo que estar conmigo es un sacrificio para él, que solo se casó conmigo porque no tuvo más alternativa... —prosiguió quebrada Clara.

—Y lo peor es que ya estás atrapada en ese matrimonio, y deberás darle un heredero al menos, a ese indecente —anunció enfadada Abby dejándose caer frente a ella.

—No. Lo he decidido, no pienso darle ese gusto —declaró Clara poniéndose de pie y caminando hasta un aparador y sirviendo un dedo de brandy en un vaso—. Él arruinó mi vida, mis planes de futuro, no le recompensaré dándole el heredero que tanto quiere. Tendrá que vivir sin esa fortuna que ambiciona y buscar la forma de vivir con solo el título por el que me engatusó —afirmó vaciando el contenido del vaso y estremeciéndose al tragar.

—Pero... no has tenido en cuenta algo. Hacer eso no solo perjudicará a tu esposo, también te afectará a ti. Ya que además de no poder ser nunca madre, vivirás con problemas económicos —adujo Brianna, cuando ella ya había vuelto a sentarse.

—¿Y qué propones? Que ignore lo que le han hecho y le permita al conde salirse con la suya? —inquirió ofuscada su hermana.

—No puedo... Su engaño me ha destrozado y necesito hacerle pagar. Esa es la única opción, no podría hacer otra cosa, abandonarle arruinaría mi reputación y la de mi familia —aseveró derrotada Clara.

—Si tan solo pudieses hacerlo, pero sin tener que pagar tan alto precio... Estoy segura de que algún día lamentarás tu decisión de no ser madre —murmuró Brianna con expresión triste y pensativa.

—¡Tengo una idea! —exclamó eufórica Mary dando un pequeño brinco en el diván.

—¿Cuál? —preguntó escéptica Abby, acomodando sus gafas.

—¡Haremos que Lord Lancaster se enamore de ti! —proclamó como si estuviese anunciando la llegada de la reina.

Clara la miró incrédula y por un momento quiso sacudirla. ¿Es que acaso no había escuchado nada? Marcus no sentía nada por ella, la consideraba un feo ratón, con el que debe sacrificarse para obtener su título y fortuna

—Mary....te he dicho que no... —inició Clara sacudiendo la cabeza, pero la morena le interrumpió.

—Lo sé, solo déjame explicarte... —solicitó parándose enérgicamente, bajo tres pares de ojos que la observaban expectantes—. Sé que crees que a tu marido le eres indiferente, mas yo no lo creo así. Pienso que al conde le gustas y que debes usar eso para hacerle pagar su engaño... —propuso su amiga detenida en medio de la salita.

—Es decir, ¿tu plan es que Clara lo enamore y luego le rompa el corazón rechazándole? —interrogó Brianna.

—Tiene sentido. Así ese necio vería lo que mi hermana es capaz de hacer —alegó con una mueca triunfal Abby.

—No podré.... Es obvio que soy demasiado fea para lograrlo, no hay nada atractivo en mí. Además no cuento con mucho tiempo. Marcus me dijo que en siete días vendría a buscarme —negó vencida Clara.

—Lo lograrás, una semana es más que suficiente para lo que tengo en mente. Y será fácil, porque enamorarlo es la segunda parte del plan, que estará dividido en tres partes y que estoy segura te supondrán un éxito rotundo —aseguró Mary uniendo ambas manos en señal de victoria.

—¿Y cuáles serían las fases? —dijo ansiosa Brianna.

— La primera: transformación. Iremos en busca de ayuda y nos encargáremos que de Lady ratón, no quedé ni el recuerdo. Segundo: seducción. Le mostraremos a tu esposo lo que no fue capaz de valorar y cómo otros hombres sí lo aprecian. Tercero: conquista. Una vez lo tengas a tus pies. Quedará solo en tus manos el golpe de gracia final, y decidirás cómo rechazarlo —enumeró Mary Anne y las miró esperando sus reacciones.

Clara estaba demasiado impresionada como para decir algo. Brianna aplaudió entusiasmada y su hermana se puso un dedo en la nariz, seguramente analizando los pros y contras.

—Me parece una idea brillante —dijo Abby clavando los ojos en Clara, con una sonrisa maliciosa adornando su cara—. Serás el ratón, que cazo al gato.

CAPÍTULO TREINTA Y CUATRO

«...Muy a menudo una transformación exterior, deja al descubierto una parálisis interior...»
Fragmento extraído del libro: «Manual, La hermandad de las feas.»

El lunes a primera hora comenzaron el plan pergeñado por la hermandad, llamada operación: «Cazando al gato rastrero...»

Clara no era la autora del nombre, por supuesto, y tampoco le parecía buena idea llevar a cabo el mismo. Mas bien estaba aterrada y segura de que estaban por cometer una locura. Sin embargo, sus amigas estaban determinadas a lograrlo y a primera hora de la mañana, aparecieron para arrastrarla a saber Dios dónde.

Cuando el carruaje se detuvo en la calle más elegante de Bow Street, ella se volvió a mirarlas con gesto confundido.

—¿Qué hacemos aquí? Mi guardarropa está completo y no pienso gastar ni un penique del dinero que me dio Marcus; y menos usar su nombre como crédito —advirtió Clara cruzándose de brazos enfurruñada.

—¿En dónde estabas cuando explicamos todo el plan? —replicó impaciente Abby—. Esta es la fase Transformación, y para empezarla este es el lugar ideal —informó señalando la ventana. Clara la miró con una ceja alzada. ¿Desde cuándo su hermana, estaba a favor de las transformaciones? El mundo se estaba volviendo del revés definitivamente.

—Aun así... no tengo... —insistió Clara.

—Sí que lo tienes.... —le cortó Mary Anne, enseñando triunfal un papel lacrado.

—¿Qué es eso? —preguntó ella intrigada, viendo a sus amigas sonreírse secretamente.

—Es algo que nosotras nunca tendremos, sobre todo yo... Una nota del Duque de Essex, el padre de Mary Anne, la cual le autoriza a poder comprar libremente lo que quiera sin restricciones, hasta la tierra de las calles —explico divertida Brianna.

—Y con esta carta blanca, podrás desplumar a mi padre y a la vez seguir con el plan. Tu marido no puede enterarse, por lo tanto no puedes de todos modos usar su nombre para comprar. De algo tenía que servir ser rica alguna vez, ¿no creen? —Anunció la morena y todas rieron al ver la mueca presuntuosa que esbozaba Mary.

—Clara, por favor entra... —le pidió fastidiada Abby por tercera vez.

Clara se aferró más al marco de la puerta todavía cerrada y negó efusivamente. Estaban frente al último local que pensó entrar. La casa de moda de Madame Antua... Un lugar que se veía sofisticado y elegante, todo lo contrario a ella. Pero al margen de eso, su estómago se había contraído por los nervios, con solo ver el escaparate, debido a que La madame, se había ido muy molesta de su casa cuando Clara se negó a usar su creación para la boda.

De seguro ni bien la viese, las echaría a patadas. Por esto no se atrevía a entrar y además el estilo de ropa que la modista creaba, eran demasiado extravagante para su gusto No se atrevía, no.

—Clara.... —trató de convencerla Mary Anne.

—¡ARA! ¡Debes entrar, ya estamos aquí! —repitió su hermana, intentado desprender sus manos del marco. Ella se aferró más, negando con desesperación y se inició un forcejeo entre ellas. Parecían unas dementes gruñendo y sacudiéndose en plena calle y ya algunos transeúntes las miraban al pasar.

—Amigas., están llamando la atención. Tal vez si no quiere... No sé... Podemos pensar en otra cosa... —balbuceó Brianna nerviosa mirando en derredor.

—¡Suéltame, Abigail! ¡He dicho que no! —bufó furiosa Clara, sosteniéndose con las manos y piernas del marco.

—¡Eres una cobarde! No logras nada con esta actitud —repelió Abby tirando de su brazo infructuosamente.

—Por favor... Se harán daño... —les pidió Mary intercambiando una mirada consternada con la pelirroja.

—Pero ¡¿qué es este escándalo en mi tienda?! —exclamó una enajenada voz en francés.

Clara y Abby se quedaron inmóviles y se giraron hacia la acera con cara de circunstancia. Una señora baja y regordeta, pero muy elegante les miraba con el ceño fruncido.

—Madame Antua. Buenos días, estábamos admirando su... Su hermoso escaparate... —medió Mary componiendo su mejor sonrisa, ignorando la mirada de ojos entrecerrados de la señora— Y hemos venido a pedir su asesoría, Madame — anunció con tono imperioso.

Madame Antua arqueó ambas cejas al oír aquello y luego dejó vagar la vista por cada una de ellas con expresión seria.

Clara rogó en su interior que las rechazara, su bravuconería del día anterior ya se había esfumado y ahora lo único que deseaba era ir a esconderse bajo una almohada y llorar el engaño de su marido y su fracaso.

Cuando la modista bufó bajo, y pasó por su lado sin responder. Clara soltó el aire aliviada.

No sabía qué les había cruzado a sus amigas en la cabeza, para creer que la modista más solicitada de Londres accedería a asesorarla a ella. Su cartera de clientas era la más selecta y prestigiosa de la ciudad y, ciertamente, no necesitaba el dinero del padre de Mary Anne.

—Por favor... — dijo entonces la mujer que ya sostenía la puerta abierta, haciéndoles un ademán imperioso con la mano para que entraran.

Brianna y Mary sonrieron extasiadas y su hermana le pegó un codazo para que se pusiera en movimiento. A regañadientes, Clara siguió a sus amigas, que ya caminaban tras la francesa.

El interior del lugar no era como se había imaginado. No había nada estrafalario, todo estaba decorado con sobriedad y elegancia. Los sillones, cortinas, y alfombras, eran de color azul y dorado. Los muebles blancos, estaban a rebosar de cientos de telas de diferentes géneros y colores. Además de sombreros; ridículos, cintas, guantes, medias, enaguas y decenas de accesorios.

También había una cortina de pesado terciopelo negro, que dividía el ambiente en dos y por la que se vislumbraba un conjunto de espejos de pie, rodeando una tarima redonda ubicada en el centro. Y frente a ellas, finalmente, había una puerta desde donde se oían voces amortiguadas.

UNA FEA ENCANTADORA

—Bienvenidas a mi tienda. Con quién empezamos, supongo que con usted petit —inquirió ahora en inglés deteniendo sus ojos marrones claros en Abby, con un gesto de preocupación.

Abby se tensó y sus mejillas se ruborizaron un poco.

—Eh..no, no... Es ella quien necesita de sus servicios. —Se apresuró a decir Abby señalando hacia ella. La francesa enfocó a Clara y la examinó fijamente. Ella soportó aquel incómodo escrutinio y se obligó a permanecer quieta mientras la modista daba círculos a su alrededor evaluándola con su rostro concentrado.

—Lady Lancaster ¿verdad? —preguntó finalmente deteniéndose frente a ella.

Clara afirmó temerosa y esa pareció ser la señal para que se desatará el frenesí. La mujer asintió, y dio un paso atrás dando dos palmadas.

Entonces la puerta que había permanecido cerrada se abrió y por ella aparecieron presurosas cuatro muchachas y una mujer mayor, llevando en sus manos diversos objetos; tijeras, alfileres, y demás. Madame Antua les dirigió una mirada determinada, y las cinco, que se habían formado en una fila, se enderezaron solícitas.

—No hay tiempo que perder, ¡Vamos, transformación completa! —ordenó la francesa y de inmediato Clara fue rodeada y el chillido de emoción de sus amigas resonó en la tienda.

***

—Entonces...¿tu esposa te abandonó? —interrogó perplejo Alexander.

—Pero ¿cómo eso es posible? Una esposa debe ser alguien complaciente y obediente siempre —acotó ofendido Maxwell, acomodando su arma sobre su hombro.

—Pues lo dijiste bien, debería ser. Más mi querido hermanito se casó con una exótica flor —intervino Colin guiando su caballo tras una presa que escapa hacia el sur.

—Si les pedí que viniesen, fue para despejar mi mente, no para que me estén torturando con sus opiniones no pedidas —les cortó Marcus mal humorado, disparando a un pequeño zorro que quedó en la línea de tiro y gruñendo al fallar.

—¿No nos dirás qué sucedió? Una semana y ya no te tolera, eso es un récord —se burló su hermano apretando el gatillo, y haciendo un gesto victorioso por acertar.

—No me abandonó, y nada sucedió. Simplemente ella tuvo que ir a ver a su padre que está muy enfermo —se excusó el conde, siguiendo a sus amigos.

—¿Estás seguro? Porque mi tío me mencionó en el desayuno, que en la tarde tenía una cita con el marqués —dijo Alex con gesto incómodo.

—Lo que dijimos, metiste la pata hermano. Tu esposa te abandonó —aseveró Colin sonriendo de lado.

—No quiero echar leña al fuego, amigo, pero ayer en la mañana vi a Lord Garden ocupando su asiento en la cámara —alegó Max con expresión severa.

Marcus se les quedó viendo consternado y estupefacto. Cuando Clara se había marchado hace ya cinco días, no quiso oír su voz interior que le decía que algo no andaba bien con ella. Después de todo, le había preguntado reiteradas veces si le pasaba algo y ella aseguró que no ¿verdad?

Aparte de que no habían tenido ninguna diferencia, que ameritara un enojo de su parte. Sin embargo, con lo que sus compañeros acababan de relatarles, todo cambiaba. Frustrado se llevó una mano a la frente, repasando en su mente los días que pasaron juntos, en busca de algún error que pudiese haber cometido, pero nada se le ocurría.

—Lo siento, Bennet. —Le compadeció Mcfire—. En mi aldea, esto se solucionaría yendo a buscar a tu esposa, trayéndole arrastras y atada si es necesario y luego encerrándola en su aposento hasta después del invierno... pero aquí, no está permitido ¿no? —siguió negando con su cabeza el escocés, como si no entendiese la razón de los gestos boquiabiertos de los demás.

Colin estalló en carcajadas que, por un momento, contagiaron a los demás. Un poco más relajados, comenzaron a emprender el regreso al pabellón de caza, no sin recoger las presas que todos menos Marcus habían logrado atrapar.

—¿Por qué crees que te mintió tu condesa? —preguntó Grayson, una vez estuvieron cabalgando hacia la mansión.

—No lo sé, pero pienso averiguarlo sin demora —contestó con la mandíbula contraída Marcus.

—Es evidente que algo le debe haber ofendido mucho, para decidir marcharse. Y, por lo poco que la conozco, no parece dada a cometer actos impulsivos, ni tampoco parece tener un genio colérico. Como sí su insufrible hermana menor —acotó Colin con gesto pensativo.

—Yo creo que nada debería sorprenderles, ni tampoco darse por hecho. Las mujeres son seres emocionales y dramáticos y, por lo que vi, las cuatro damitas son un peligro juntas. Sobre todo Mary Anne Russell, que parece no tener un pelo de sensatez en esa cabeza —aseveró con fastidio el conde de Luxe.

—A mí me parecieron las señoritas más interesantes y con la cabeza bien puesta de todo las que he conocido. Por lo menos no me siguen por todas partes, o se desmayan cuando les dirijo la palabra —argumentó con una mueca jocosa el duque—. Eso sí, la señorita Colleman, parece un encantador cervatillo asustado cada vez que me ve.

—Como sea, debo hablar con mi mujer. Le dije que iría en su busca en una semana sino regresaba. Para eso faltan dos días, pero ya no esperaré, ahora mismo me vuelvo a Londres —informó Marcus tirando de las riendas para detener su caballo y entregándoselas al mozo de cuadras que les esperaba.

—Si partimos ya mismo, llegarás a la ciudad antes de que anochezca —aseguró Colin haciendo lo propio con su montura.

—¿Piensas ir derecho a tu mansión de la ciudad? —dijo Maxwell cuando ya ingresaban a la casa.

—Así es, seguramente Clara está refugiada allí. Y esta vez tendrá que darme muchas explicaciones —aseveró él más enajenado por momentos, comenzando a subir las escaleras que llevaban al piso superior.

—Eh...Marcus... Yo no estaría tan seguro de eso... —le cortó con vacilación su hermano, quien todavía seguía en el vestíbulo, y sostenía un sobre rojo y dorado en sus manos.

Solo con ver aquel papel brillante, el corazón del conde se detuvo. Precipitadamente descendió los escalones que había subido y le arrebató el sobre a su hermano, que ya se disponía a abrir.

Sus ojos se abrieron anonadados al confirmar, que sus sospechas no estaban erradas.

—¡Pardiez! Pero... ¡¿qué demonios creé qué está haciendo esa lunática mujer?! —vociferó Marcus alterado, al terminar de leer la misiva.

Los otros tres se miraron intrigados y Colin le quitó el papel, que su hermano ya comenzaba a arrugar.

—Estimado Lord Lancaster:

El Halcón, le agradece haber solicitado su nueva admisión en nuestro prestigioso club y le invita a través de la presente a disfrutar de una increíble velada en nuestra casa.

Queda cordialmente invitado a la noche de viernes:

"Ángeles y demonios".... Placeres celestiales... —leyó en voz alta Colin.

Y antes de que pudiese recitar la última palabra, oyeron el carruaje del conde salir a toda marcha.

CAPÍTULO TREINTA Y CINCO

«...He comprobado que una fachada pudorosa puede ocultar un interior descarado y esto corrobora que las apariencias a veces engañan, hasta al ojo más avezado...»
Fragmento extraído del libro: «Manual, La hermanad de las feas.»

—No podre, no, no puedo, no puedo... —negó amedrentada Clara aferrándose al techo del carruaje.

—Ara... No te sucederá nada... Nosotras estaremos contigo muy cerca, si sucede cualquier cosa, haces la señal y salimos a toda prisa de allí —le tranquilizó Abby.

—No te preocupes yo tengo la invitación de mi hermano, con ella entraremos tras de ti —acotó Brianna que parecía tan nerviosa como Clara.

—Y mi cochero no se moverá de aquí, ya saben que es muy leal y podemos confiar en él —aseguró Mary Anne emocionada.

Clara miró alternativamente a cada una y cerró los ojos intentando echar valor. Desde el principio este plan le había parecido una misión suicida. Pero ahora, en este momento, comenzaba a padecer su decisión de vengarse de su esposo.

—¿Y cómo sabremos que él estará allí? ¿Y si no recibió la invitación? ¿y si escogió quedarse en casa? —les interrogó removiéndose en el asiento con aprehensión.

—Clara, créeme que el conde estará en esa fiesta, mínimo para averiguar quién solicitó la admisión al club por él —contestó Abby con expresión sagaz.

—A ver, Clara. Ya te dije, he oído a mi hermano hablando de este lugar con sus amigos, cuando creían que nadie los oía. Ellos decían que aquí se celebraban las mejores fiestas de Londres, que la clientela es muy exclusiva y solo se puede ingresar si eres miembro del club. Pero la mejor parte, es que dijeron que es el lugar ideal para dejarse seducir por una esposa —le recordó Brianna, sonriendo alentadora.

Sí, era cierto. Una vez que terminaron la primera fase del plan, se enfrentaron ante una disyuntiva, y tal vez la parte más compleja; La seducción. Y es que Clara no tenía la mínima idea de cómo hacer aquello, y no se imaginaba haciéndolo bajo los ojos de todas las matronas y cotillas de la sociedad. Además de que no podía simplemente presentarse a una velada, generaría rumores por aparecer tan pronto y sin su esposo. Por otro lado se sumaba un segundo inconveniente, no había recibido ninguna invitación, pues era de conocimiento público que ella se encontraba recién casada y en su viaje de novios.

Entonces, estando frustradas y temiendo el fracaso de su alocada misión, Brianna recordó que su hermano en una ocasión mencionó sobre un lugar, a donde los hombres acudían a dejarse seducir por sus esposas.

Ellas reaccionaron con escepticismo e incredulidad, puesto que nunca habían oído de semejante sitio, pero luego de unas discretas averiguaciones de la doncella de Mary Anne; quién tenía una prima que a su vez había oído de la hermana de su vecina, a quien habían contratado como sirvienta en dicho lugar, que se llamaba El halcón y solo se podía ingresar con antifaz y membresía.

Una vez comprobado la existencia de ese extraño sitio, estuvieron frente a otro escollo, cómo conseguir una invitación.

Ahí fue que Abby aseguró que un hombre con la negra reputación de su marido, de seguro era miembro de ese lugar, por lo que, al no encontrar pruebas de ello en su despacho; Clara, quien era muy buena copiando la caligrafía de otros, envió una carta solicitando invitación. Dos días después llegó la respuesta y Mary sugirió reenviarla al conde para asegurarse de que Clara lo encontraría en la fiesta.

—Está bien, de acuerdo. Ya estamos aquí ¿no? —dijo Clara y sus amigas que esperaban expectantes aplaudieron emocionadas— De todos modos, no creo que Marcus haya hecho caso a la carta. Él dijo que vendría el domingo, estaré un rato y luego nos vamos —conjeturó y tomó aire, colocándose la máscara. Y, echando una última mirada al grupo, abrió la puerta y descendió del carruaje.

UNA FEA ENCANTADORA

—Las encuentro dentro —se despidió Clara antes de arrepentirse y salir huyendo.

—¡Oh! Estás preciosa, sino fuera porque la vi sin el antifaz, no podría reconocerla como Clara Thompson —suspiró emocionada Mary.

—Así es, parece de verdad un ángel, Lord Lancaster no dará crédito cuando le vea —agregó feliz Brianna.

—Creo que le dará un patatús a mi cuñado. Pero vamos, debemos entrar para estar a una distancia prudente de Clara— comentó con una mirada sardónica Abby, bajando del coche seguida por sus amigas.

Una vez que tuvieron las máscaras colocadas, se miraron con anticipación y comenzaron a subir la escalinata.

—Seducción, allá vamos —susurró eufórica Mary y las tres rieron.

***

«El Halcón», no era un club corriente. Sino una enorme mansión, estilo gótico.

La clientela era muy exclusiva y restrictiva, solo se admitían caballeros dé élite y debían ser miembros de este.

Cualquiera que asistiera a una de estas fiestas, debía atenerse a las tres reglas únicas que allí regían.

—No quitarse las máscaras, ni revelar la verdadera identidad. No mencionar nada concerniente al club a terceros. Y estar abierto a experimentar el placer, siempre que sea dentro del club.

Marcus observó la fachada de piedra, y la entrada de grava franqueada por un majestuoso halcón. Una decena de caballeros ingresaban por las puertas de hierro dobles y entregaban su invitación al enorme guardia ubicado junto a estas. Realmente esperaba que su esposa no estuviese allí, porque de ser así, no sería responsable de sus actos.

Cuando había recibido ese sobre, reconoció el papel rojo, dorado y negro al segundo. Cómo no hacerlo, si había hecho lo mismo ciento de veces en los mejores años de su libertina juventud. Pero que, por supuesto, al recibir su inesperado título había renunciado al club en aras de sentar cabeza y volverse un hombre decente.

Por esto, al principio creyó que se trataba de alguna invitación de cortesía por parte del lugar, que quizá buscaba recuperar un cliente, pero al leer las primeras líneas, tuvo un terrible presentimiento y casi al instante lo supo, todo se aclaró en su mente y comprendió por fin el motivo del repentino viaje de su mujer.

Solo su esposa podría haber accedido a su escritorio y utilizar su sello personal para poder firmar una misiva en su nombre. Solo ella y se había vuelto completamente loca.

Enajenado Marcus descendió del carruaje y solo había dado dos pasos, cuando oyó un segundo coche frenando con estrépito tras él. Intrigado se dio vuelta y frunció el ceño al reconocer el coche cómo el de Grayson.

—¡Marcus! —exclamó Colin apareciendo en la puerta.

Él abrió los ojos, atónito al ver el atuendo que su mellizo llevaba. Tenía puesto un traje completamente rojo, calzas, camisa y capa, además de unos cuernos negros espantosos.

Detrás suyo, descendió el duque, quien iba vestido tan estrafalariamente como su hermano, solo que llevaba una capa con forro negro dentro y por fuera roja y sus cuernos eran rojos, al igual que un enorme tridente que sostenía y que utilizó para sostenerse y hacerle una venia, con una expresión jocosa.

—Pero ¿qué hacen aquí y vestidos así? —espetó negando con su cabeza.

—No creerás que nos perderemos la diversión, gatito —se mofo Colin—. Y no sé si lo olvidaste, pero esta es noche de «Ángeles y demonios, placeres celestiales» en el club y no te dejarán entrar sin tu disfraz —terminó el rubio elevando sus cejas con picardía.

—No vestiré así, ni piensen que haré semejante ridículo —se negó Marcus.

—Pues olvídate de entrar. Ya te diremos cómo lo está pasando dentro tu condesa —se mofó su hermano y lo rodeó junto a Alex en dirección a la casa, comenzando a ponerse su antifaz rojo. Marcus gruñó, y a continuación aparecieron decenas de imágenes de Clara, rodeada de hombres que la tocaban con lascivia. Lo que le hizo enloquecer de celos. Soltando juramentos, elevó los brazos al cielo bufando.

—Esperen —les llamó soltando el aire en un resoplido. Los otros dos se giraron con muecas sardónicas— ¿Tienen algún atuendo para mí? —preguntó resignado.

—La duda ofende, hermano —respondió Colin volviendo tras sus pasos.

—Tu atuendo, es similar al de Grayson. Que, por cierto, ¿qué hace todavía allí dentro? —inquirió impaciente su mellizo, y Alex soltó una risotada, que Marcus no supo interpretar— Luuxx... ¡Sal ya! —le llamó Colin con tono cantarín. La puerta se abrió luego de unos segundos en los que no se percibió movimiento alguno. Y se asomó una bota de cuero negra. Marcus suspiró aliviado, por lo menos no tendría que llevar esas horrendas botas rojas.

Sin embargo su alivio se esfumó, al ver aparecer a Maxwell, con el rostro contraído en una expresión mortificada y tan agria que parecía haber mordido un gigantesco limón.

—¡No están hablando en serio! —exclamó atónito Marcus.

***

El interior de la mansión no era para nada como Clara había imaginado. Pues parecía una casa de la nobleza cualquiera. Un elegante vestíbulo conducía a unas altas puertas de cristal, desde donde se oían; música, risas y conversaciones amortiguadas. Muchos caballeros y damas también estaban ingresando; Clara se fijó en ellos, mirando con disimulo. Todos llevaban sus máscaras, haciendo imposible reconocerles. Pero había algo que le dejo mirando boquiabierta, y era la vestimenta de estos.

Bastante escandaloso era ya esta extraña fiesta, a la que se podía llegar sin acompañante, pero los disfraces que los asistentes lucían eran directamente indecentes. Solo de verlos ya estaba ruborizada hasta el escote y comenzaba a llamar la atención; estando así, parada en medio del pasillo observando todo con la boca abierta. Por lo que procuró cerrarla y reiniciar la marcha, aun así las personas no dejaban de mirarla, algo que le ponía incómoda en sobre manera y hacía acomodar a cada rato su antifaz.

Después de unos segundos, cayó en cuenta que lo que atraía la atención, era su vestido. Y es que parecía un traje de gala y era demasiado recatado para el lugar. Mortificada miró en todas direcciones y localizó una puerta lateral, por la que se escabulló con disimulo. Dentro estaba oscuro y parecía una sala de visitas.

Preocupada se paseó por la habitación, pensando qué hacer, sus amigas todavía no habrían entrado, pues como eran solteras y dos no tenían invitación, habían acordado tratar de camuflarse con el personal de la casa, el cual utilizaba la puerta trasera. Entonces una idea se le ocurrió, pero no se atrevía.

—Bueno... ya estás con las cartas en las manos, Clara. Peor sería que, por ir tan decente, alguien descubriera tu identidad... —se dijo cerrando los ojos, y agachándose para levantar la falda de su vestido. Y procediendo a quitarse los pololos y las medias, dejando solo el corsé y las enaguas, volvió a acomodar el vestido a su alrededor.

Luego respiró varias veces y soltó el aire para volver a inspirar. Tomó el picaporte de la puerta y se escurrió hacia fuera para sumarse a los invitados que continuaban entrando al salón. Rogando que nadie encontrará las medias y los calzones de seda blancos, escondidos bajo el diván.

—Ahora sí que Marcus me asesina... Esto debió llamarse operación: Muriendo entre las garras del gato feroz.... —pensó sintiéndose como una completa pérdida y doblemente acongojada.

CAPÍTULO TREINTA Y SEIS

«...He comprobado que, mientras más he intentado escabullirme de mis propios temores e inseguridades, ocultándome bajo una máscara exterior vacía, solo resulté expuesta ante el inconfundible reflejo de mi interior atormentado...»
Fragmento extraído del libro: «Manual, La hermandad de las feas.»

Brianna entregó su invitación al enorme gigante que acaparaba la entrada, con el cuerpo temblando de pies a cabeza. El hombre la miró de arriba hacia abajo y un profundo ceño apareció en su frente, cuando vio a las dos mujeres paradas detrás de él. Las tres se tensaron bajo ese penetrante escrutinio, el tipo era también pelirrojo y tenía su mejilla surcada de pequeñas cicatrices.

Finalmente habían tenido que recurrir a la tarjeta que ella había llevado, debido a que la puerta trasera no estaba habilitada.

—¿Y ustedes quiénes son? Sin invitación no entran —ladró el hombre haciendo un ademán con la cabeza hacia Mary y Abby. Brianna abrió la boca y la cerró nerviosa.

—No venimos con ella señor, pertenecemos al personal contratado, pero nos hemos retrasado, guapo —intervino Mary usando un extraño acento de clase baja, e inclinándose hacia delante dejando su generoso escote a la vista.

El guardia se quedó hipnotizado unos segundos y luego se volvió hacia Brianna y dedicándole un guiño de ojos dijo: Adelante, fine thing

Brianna cayó en cuenta que debía ser irlandés y, tal vez, pensaba que ella también lo era y ruborizada por sus palabras se adentró en el vestíbulo.

—Y ustedes apresúrense antes de que las despidan de una patada —le oyó gruñir a sus amigas, mientras las esperaba fingiendo acomodar su máscara mirándose en un espejo.

—¡Uff! Eso estuvo cerca —dijo Abby aliviada cuando llegaron a su altura.

—Vamos, antes de que descubra que le mentimos —dijo urgida Mary tirando de sus brazos mientras cruzaban el vestíbulo miraban en todas direcciones buscando a Clara, pero no había rastros.

Otras personas también estaban entrando y ellas observaron aturdidas los escándalos atuendos que llevaban.

—Amigas... esto me está asustando, miren cómo está vestida esa mujer y el hombre, ¡lleva solo la camisa y la tiene abierta! —susurró escandalizada Mary.

—¿Y esa música? Nunca la he oído, parece oriental o algo similar —comentó extrañada Abby, quien sabía mucho por su talento para tocar el piano. Las puertas del salón estaban cerradas pero se abrían cada vez que los invitados las traspasaban. Ellas llegaron hasta las mismas y se detuvieron vacilando inquietas.

—¡Eh, ustedes! —gritó una voz gruesa y ellas saltaron en su lugar, y giraron atemorizadas. Un alto y enorme hombre se acercaba con rapidez hacia ellas, era calvo y tenía una argolla en su oreja derecha, vestía formal, pero se notaba que se trataba de un empleado— Por aquí no pueden entrar. Llegan tarde, me dijeron que esta noche mandarían una pelirroja, una morena y una rubia. Pero ¿dónde está la rubia? ¿Eres tú? —siguió ladrando él, examinando molesto a Abby—. Quítate ese trapo de la cabeza. ¿Y por qué no están vestidas, están retrasando todo? —les gruñó impaciente.

Ellas se miraron aturdidas y después al gigante amedrentador. Si les decían que las estaba confundiendo, podría pedir sus invitaciones y descubrir el engaño.

—¡Pero qué esperan! No pueden estar en este sector, ¡vamos a sus puestos o las pongo de patitas en la calle! —ordenó y antes de que pudiesen reaccionar las agarró de los brazos y comenzó a arrastrarlas tras de él.

***

Marcus bajó del carruaje con ganas de saltar sobre Colin y ahorcarlo. Incómodo estiró la tela de sus pantalones, si se podían llamar así, y clavó una mirada amenazadora en los hombres rubios, advirtiéndoles que se abstuvieran de emitir palabra.

El dichoso disfraz, consistía en unos ajustados pantalones de cuero negro, un más ceñido chaleco de tres botones del mismo material y color, que dejaba su pecho y brazos desnudos a la vista y una capa negra corta, que hacía juego con el pequeño antifaz.

—Vaya.... mejor de lo que imaginaba —se mofó Colin componiendo una pose cual modisto francés—. ¿Puede dar una vuelta, milord? —siguió con burla.

Marcus gruñó como un oso salvaje hambriento y se lanzó hacia adelante, a lo que Colin respondió chillando espantado y huyó hacia la mansión seguido por Marcus, las carcajadas de Alex y los quejidos de Max, quien cerró la marcha caminando con dificultad, pues al ser un poco más fornido que él, apenas podía moverse en esos pantalones de cuero. Pero al menos su capa era larga y tenía una camisa negra y no como él, a quien se le podía ver su trasero apretado indecentemente haciéndole mover incómodo, sin querer imaginar cómo se vería su amiguito, quien estaba acorralado dentro de esos pantalones.

En la entrada se podía leer un gran letrero que versaba:

«EL HALCÓN»
Noche de exóticos placeres.

Y en otro más pequeño ponían:

«Esta noche:
"Ángeles y demonios. Placeres celestiales"...»

Después de entregar sus tarjetas, se dirigieron al salón donde se desarrollaba la velada. La fiesta estaba en pleno apogeo, decenas de personas circulaban por el lugar y ocupaban la pista, bailando al son de una música de arpas, alumbradas por la prácticamente nula iluminación. Colin y él ya habían asistido en numerosas ocasiones, pero el duque y Luxe eran la primera vez que lo hacían y sus quijadas colgando atestiguaban ese hecho.

—¡Por Odín! ¿He muerto y estoy en el Valhalla? —balbuceo extasiado Alex siguiendo con la vista a un grupo de mujeres que pasaron por su lado, dedicándole guiños y sonrisas, cada cual vestida más lasciva que la anterior.

Maxwell parecía estar sufriendo un colapso nervioso, y solo se limitaba a observar todo anonadado.

—¿El paraíso? ¡No mi estimado escocés! Esto es el mismísimo infierno y nosotros, ¡los amos del lugar! —exclamó Colin eufórico, lanzándole un beso a una rubia voluptuosa, que se mecía en los brazos de un hombre, pero miraba descaradamente en dirección de su hermano.

Un lacayo pasó ofreciendo copas de una bebida dulce de sabor exótico y Luxe se lanzó a coger una.

—¡Necesito beber algo! —masculló desesperado.

—Lancaster, apresúrate a buscar a tu dama, que yo quiero buscar mi propio ángel —le urgió con una sonrisa ladeada Alex, al tiempo que bebía de su copa.

Por su parte Marcus no dejaba de recorrer el sitio con la vista, en busca de su esposa. Por un momento se sintió aliviado al no hallarla, y se recriminó ser tan impulsivo y mal pensado, y no haber pasado a comprobar primero que su mujer no estuviese en la casa.

Seguro su dulce Clara estaba allí, comiendo su cena o en su escritorio escribiendo como solía hacer y él allí, perdiendo el tiempo vestido con ese ridículo disfraz.

—¿Saben qué? Me largo de aquí, no sé cómo creí que mi esposa estaría en este lugar. De seguro hay alguna explicación para la carta que recibí, ya hablaré con Clara —anunció Marcus y comenzó a voltear hacia la salida.

—Bennet....espera...—murmuró Luxe con voz mecánica deteniéndole.

Él se volvió hacia el conde y le miró, su expresión era de incomodidad y embeleso. Como en un sueño se colocó a su lado y siguió la dirección de los ojos de su amigo.

Lo siguiente que sucedió, fue que su cuerpo al entero se paralizó, cada uno de los vellos de su cuerpo se erizaron y su corazón se saltó varios latidos, a la vez que sus pulmones se cerraban de golpe. Sus ojos no daban crédito a lo que estaban viendo.

UNA FEA ENCANTADORA

Pasmado, dejó caer la copa que sus dedos temblorosos sostenían. Los latidos de su corazón se reanudaron, golpeando su pecho frenéticamente, y su respiración volvió a introducir aire de manera agitada.

A su costado sintió que Colin mascullaba algo, al recibir un codazo del duque para que se fijara en lo que Marcus no podía dejar de ver, pero no oyó su conversación, toda su atención estaba fija en esa aparición casi mágica que tenía a unos metros. Y que no era otra que su mujer, a la que a pesar de la máscara pudo reconocer.

Aunque a sus ojos Clara era hermosa, esa mujer, era completamente exquisita, era la visión más devastadora que jamás había presenciado. Llevaba su cabello castaño suelto, ya no estaba tan largo sino que acariciaba sus hombros como seda ondulante, un flequillo adornaba su frente y el resto de su rostro quedaba cubierto por un antifaz color dorado.

Y su cuerpo, parecía el de una diosa, esbelta y seductora, envuelto en una creación de tul color marfil oscuro con incrustaciones de hilo dorado que hacían brillar la amplía falda del vestido, destacando su pequeña cintura una cinta de raso marrón resaltando el corpiño ceñido, su talle y senos altos.

Marcus podía verla a través de las parejas danzando, y cuando ella se movió levemente, la luz de las velas la iluminaron directamente y la boca del conde cayó abierta y sintió el salón girar a su alrededor. Ese vestido dejaba ver claramente las delgadas y torneadas piernas de su mujer, pues atónito comprobó que ella no llevaba nada más aparte de las enaguas debajo. Su garganta emitió un gemido estrangulado, y un intenso calor le sofocó.

—¡Diablos! Hermano, ¿eso escondía bajo esos espantosos trapos tu Lady ratón? Pues déjame decirte que de feo no tiene... —comenzó con tono apreciativo Colin, pero se calló al ver la expresión letal con la que su mellizo le fulminó.

—Bennet... mira, hay lobos aproximándose a tu presa. —Señaló Alex y él se giró rápido al oírle.

Su estómago se contrajo al ver a un tipo vestido de negro sin chaleco ni chaqueta, susurrándole algo al oído a su esposa, que negaba repetidamente y miraba en todas direcciones evidentemente nerviosa.

—Ya te cazaron el ratón... —informó con una mueca de pesar fingida Colin y Marcus se contuvo para no estampar su puño en el rostro de su hermano.

Pero su mordaz réplica murió en sus labios, al ver como el tipo enmascarado tomaba el rostro de Clara y le estampaba un beso en plena boca.

La furia le hizo ver todo rojo y salió disparado hacia ellos con la ira fluyendo por todo su cuerpo.

***

Clara llevaba unos minutos recorriendo el salón, no había parado de revisar a cada hombre con el que se cruzaba en busca de su esposo, pero ninguno era su conde. Sus amigas tampoco aparecían y sus nervios se acrecentaban con cada minuto que pasaba.

A pesar de que intentaba pasar desapercibida, no lo estaba logrando del todo, ya que recibía miradas descaradas y lujuriosas de varios hombres, incluso de algunos que estaban acompañados de otras damas. Eso le confundía en sobre manera, pues no comprendía como sus esposas toleraban tamaña afrenta.

Ya se había bebido dos copas de ese desconocido licor, y se hallaba bastante desesperada, deseando que sus amigas aparecieran para salir de ese lugar, donde tontamente había creído estaría su marido, cuando sintió una voz de barítono hablarle al oído.

—¿Qué hace una magnífica flor tan sola? —dijo el alto caballero y ella saltó asustada—. ¿Le asusté? Discúlpeme querida, no pude evitar acercarme, usted es como un imán para alguien como yo ¿Me concede bailar? —siguió con voz seductora el hombre, quien estaba muy cerca y le miraba con unos brillantes ojos azules.

Ella tragó saliva y negó frenéticamente, enmudecida por el atrevimiento de aquel.

—¿No? Es tímida al aparecer, y me fascina cuando eligen esos papeles de cándidas y calladas. Me tiene loco, querida, tanto que saltaré la parte del juego previo y haré lo que ardo en deseos de hacer desde que le vi aparecer —declaró él, susurrando estas palabras con su rostro cada vez más cerca.

Clara abrió los ojos confundida por esas palabras y por el avance del apuesto e innegablemente varonil caballero y retrocedió dispuesta a propinarle una buena bofetada, cuando él, se lanzó hacia adelante y la besó impetuosamente.

Sus brazos se sacudieron buscando quitárselo de encima y su respiración se cortó por la impresión. Espantada se removió en el sitio tratando de liberarse, cuando repentinamente se vio libre del estrujamiento del enmascarado, quien pareció tan aturdido y asombrado como ella. Respirando agitada, Clara se movió para ver lo que sucedía y se tambaleó boquiabierta al chocar sus ojos con unos negros oscurecidos y tenebrosos.

—Marcus… —susurró pasmada, viendo el rostro tenso del conde tapado por un antifaz negro y su mirada atravesarle como una espada filosa. Había multitud de emociones cruzando por sus ojos color noche; impresión, incredulidad, enojo, ira, y finalmente tristeza y decepción.

Su cabeza se movió negando y apartó la vista de ella como si no soportara mirarla por más tiempo, su mano soltó el cuello de la camisa de hombre que había estado sosteniendo, giró dándole la espalda y se alejó.

Estupefacta ella sintió su barbilla temblar, y su voz angustiada llamándole resonó en sus oídos.

CAPÍTULO TREINTA Y SIETE

«Yo quería protegerme de la cruel mirada externa, mas se encegueciaron los ojos de mi interior, y acabé perdiéndome a mí misma en la vanidad de mi alma prisionera...»
Fragmento extraído del libro: «Manual. La hermandad de las feas.».

Marcus sentía un profundo dolor en su pecho, no entendía nada, no comprendía qué le sucedía a su esposa. Por qué, de repente, se comportaba así, por qué les estaba haciendo esto. Creyó que enloquecería cuando vio a ese hombre besándola, tomando esos suaves labios que tanto adoraba y que sentía suyos.

Por unos segundos se quedó viéndola, estaba hermosa, pero no era su Clara, no era su mujer, no era la muchacha encantadora de la que se enamoró, le parecía una desconocida, una persona distinta. Apesadumbrado, soltó el cuello del hombre, que ni se había percatado aún sostenía y se giró para marcharse. No soportaba mirarla por más tiempo, no quería indagar a través de sus ojos teñidos de culpabilidad, no quería encontrarse con la verdad que ellos escondían, ni descubrir que lo más valioso de este mundo, ya no estaba, no existía.

—Marcus... —le oyó balbucear con voz temblorosa y cerró los ojos acongojado.

Ella le volvió a llamar y él se detuvo, incapaz de ser indiferente ante la desesperación que esas palabras transmitían. Estaba furioso y decepcionado, pero ella era su debilidad, solo ella. Tenso, se giró y volvió tras sus pasos hasta llegar a su altura.

—Marcus yo... lo sie... —comenzó a decir ella, que se estaba abrazando a sí misma y parecía una masa temblorosa.

El fulminó al hombre enmascarado, que no tardó en esfumarse y tomo del brazo a su mujer.

No podía dejarla ahí a merced de cualquier depravado, pero no quería oírla, no ahora, estaba demasiado enajenado.

—No digas nada. No lo hagas...solo...camina...—le cortó con un murmullo rígido y ella solo le miró con expresión sorprendida y mortificada, y asintió a continuación, dejándose llevar hacia la salida.

***

—Bueno creo que nuestra misión terminó —comentó Colin, viendo a su hermano y condesa abandonar el salón con precipitación.

—Siento lástima por Lady Lancaster, nunca había visto a Marcus tan enfadado —contestó Maxwell, dejando vagar la vista por el lugar.

—Bennet no le hará ningún daño a su esposa, pocas veces conocí a un hombre tan enamorado de su propia mujer... —acotó Alexander, terminando el contenido de su sexta copa.

Colin le miró con las cejas alzadas, ese hombre tenía una capacidad etílica asombrosas, el solo había tomado dos copas y ya se sentía levemente mareado.

—¡He! Ya no bebas otra Mcfire, eres demasiado grande para que podamos llevarte en brazos hasta el carruaje —advirtió Max, negando con su cabeza.

—¿Hablas en serio? Ustedes los ingleses son unos quejicas afeminados —se burló Alex muy divertido por las expresiones envaradas que compusieron sus amigos—. Este licor y todo lo que toman es poca cosa para un escocés cualquiera, hasta mi sobrino de trece años soportaría más que ustedes.

—Bien...yo me marcho. Luego les envío el carruaje para que los lleve hasta donde quieran... —contestó Maxwell depositando su copa en la bandeja de un lacayo que pasaba, pero se calló al de repente apagarse las luces e iluminarse la tarima ubicada al fondo del salón.

—Espera, quédate a ver el espectáculo. No sé qué habrán preparado esta noche, pero te aseguro que no has visto algo mejor nunca —le insistió Colin, comenzando a silbar y aplaudir como ya lo hacía la concurrencia masculina.

—¡Buenas noches damas y caballeros! Bienvenidos a EL HALCÓN —anunció el presentador ubicado en una esquina del escenario, era delgado rubio y llevaba su rostro tapado—. Esta noche, les presentaremos un desfile celestial, conozcan a... ¡¡¡LOS ÁNGELES DEL HALCÓN!!

La multitud bramó y el telón se abrió despacio, acompañado de una música de tambores. Cuando la primera mujer apareció, los tres se miraron con las cejas arqueadas. No era para nada lo que uno se podía imaginar al oír la palabra «desfile», no. No había soldados vestidos con casacas rojas, rifles, ni hombres a caballo. Por el contrario tenían frente así a una mujer de cabello rubio rizado vestida con un corsé y bata traslúcida, la cual caminaba por el escenario y luego de recorrerlo de punta a punta, se detuvo en la esquina donde antes había estado el presentador.

Alex y Colin se miraron sonrientes y chocaron sus copas, mientras Maxwell observaba anonadado, el constante entrar de mujeres bellas, de diferentes colores de cabello, y similares atuendos sensuales enloquecedores color blanco, acompañado de antifaces con los colores del club.

De pronto el ir y venir de las mujeres se frenó, pero la música continuaba sonando, las muchachas que estaban ya ubicadas comenzaron a mirar hacia atrás y los invitados murmuraron y silbaron protestando. Entonces una joven apareció abruptamente, y tras ella dos mujeres más. Las tres permanecían de espaldas y parecían discutir con alguien que no quedaba a la vista del público.

La melodía de tambores se acrecentó, en el momento que el trio retrocedió hasta el centro y quedaron bajo el reflejo de la luz.

Colin observaba el espectáculo con diversión, parecía que había tres rezagadas y sus ojos estaban muy ocupados repasando a las demás, mientras bebía con parsimonia. Las últimas en entrar quedaron alumbradas por la araña que iluminaba el escenario. Y su boca se abrió al ver a la prostituta del medio, era una preciosidad dorada, literalmente un ángel. Su cabello rubio caía hasta su cintura como un manto suave color oro, sus piernas que se traslucían con esa camisola transparente eran exquisitas e interminables. Era la seducción hecha carne sin duda, enigmática, ardiente y su rostro pequeño quedaba totalmente oculto tras el antifaz.

Maxwell estaba asombrado con lo que veía, sabía que había muchos lugares donde un hombre podía contratar el servicio de cortesanas exclusivas y refinadas, pero no había presenciado algo semejante jamás. Todas eran indudablemente hermosas, mas su mirada verde captó el movimiento de una que destacaba del resto por ser mucho más baja y redondeada. La mujer quedó bajo las velas del centro de la tarima y el corazón de Max se detuvo literalmente, y su cuerpo entero reaccionó ante la personificación de sus fantasías más secretas, que se encontraba frente a él. Vestía un camisón de seda blanca, el cual se pegaba a cada una de sus curvas y estaba escandalosamente abierto en el escote.

La mujer se removió inquieta y la boca del conde se secó, con la visión de esos generosos y preciosos senos. No podía percibir ninguno de sus rasgos, pero su cara estaba enmarcada por un brilloso cabello color castaño oscuro que flotaba sobre sus hombros.

Alexander negó con la cabeza y rió, cuando se percató de la cara de estúpidos que tenían sus amigos, parecía que nunca habían visto una mujer en paños menores. Realmente los ingleses eran raros especímenes, todavía no se acostumbraba a convivir entre ellos ni a sus rígidas costumbres, tan distintas a las de su tierra.

Depositó su copa en una bandeja que circulaba y regresó la vista a la tarima, repasando la mercadería expuesta sin mucho entusiasmo. Pues las damiselas, si se las podía llamar así, eran bonitas, pero para su gusto y opinión, a las féminas inglesas les faltaba carne, eran demasiado delgadas y remilgadas, hasta las cortesanas. Sin embargo, un destello de color rojo llamó su atención, provenía de la última muchacha en subir al escenario y que ahora se había detenido junto a dos mujeres más.

Los ojos de Alex se abrieron y su garganta se cerró, al ver la figura de esta alumbrada. Cada uno de los nervios de su cuerpo se endurecieron y el pulso en sus venas, comenzó a latir desbocado, con la imagen de ese abundante cabello caoba, semejante a un fuego voraz. Lentamente recorrió con la vista la escultural figura de la mujer, sintiendo que se encendía por dentro. Dos palabras definían a esa visión vestida de blanco a la que no podía identificar tras esa máscara, voluptuosidad y fuego. Puro fuego cayendo por una espalda embutida en un corsé que realzaba uno senos generosos, una cintura pequeña, y... unas caderas aniquiladoras, las cuales terminaban en unos deliciosos muslos bien formados.

***

—Amigas, debemos huir, yo no me voy a poner esto, antes prefiero morir —susurró Brianna frenética.

—¡Dios! Estamos acabadas, ¿en qué lío nos metimos? Este pedazo de tela es indecente —respondió angustiada Mary, bajando la voz cuando algunas mujeres que estaban en el cuarto donde las habían metido, comenzaron a mirarlas extrañadas.

—Creo que esto no es una fiesta para parejas casadas y no nos trajeron para servir como doncellas.... Estamos en problemas, creo que este es una especie de lugar de perdición... —murmuró con alarma Abby, aferrando nerviosa la tela traslúcida que le habían dado. Y que era similar a lo que las otras mujeres lucían y les hacían ver como fulanas descaradas.

—¡En cinco minutos salen a escena! —se oyó gritar desde el otro lado de la puerta al tosco hombre que las había arrastrado por error hasta allí.

Las tres se sobresaltaron y miraron con horror, mientras las demás aceleraron sus movimientos frente a los espejos.

—¡¿Qué hacemos?! —chilló ya histérica Mary Anne.

—¡Vámonos de aquí! —exclamó en pánico Brianna.

—¡No! Calma, no podemos. Si nos vamos, deberemos darle una explicación a ese hombre y esa no es una buena idea. —Le frenó Abby cuando ellas ya se giraban hacia la puerta.

—¡Cristo! Es cierto, si lo hacemos, corremos el riesgo de que se den cuenta que somos unas intrusas aquí, y de que se descubra nuestra identidad. Quedaríamos deshonradas... —concordó Brianna acongojada.

—Y además, si huimos, ¡dejaremos a Clara sola! —agregó Mary mortificada.

Ese recordatorio les hizo mirarse indecisas y luego pusieron manos a la obra.

—Sube Abby... —le apremió Mary cuando todas las chicas desaparecieron tras el telón y quedaron solo ellas.

—No puedo... sube tú —balbuceó Abby balanceándose en la cima de la pequeña escalera.

—¡No! Tú estás primera, ¡anda! —se negó Mary temblorosa.

—¡Qué esperan! —Ladró la voz furiosa del tipo calvo, que había aparecido detrás y las fulminaba desde abajo—. ¡Es su turno! ¡

Vamos!—ordenó y empujó a Brianna con fuerza, lo que hizo que está golpeará a Mary Anne, y terminase Abby trastabillando hacia adelante.

En un parpadeo las tres estuvieron sobre la tarima, desde donde oían la música, y los gritos masculinos enardecidos.

—¡¿Qué creen que hacen? O desfilan o las echó de aquí! —les grito el gigante asomándose por la escalera.

—Señor, no nos sentimos bien, por favor... —trató de justificar Mary.

—¡No me interesa! Sus servicios ya han sido pagados por adelantado, o cumplen con lo acordado o me devuelven el dinero. ¡De lo contrario de aquí no salen! —le interrumpió el hombre señalando airadamente el escenario.

Ellas negaron atemorizadas y cuando le vieron subir enajenado, retrocedieron atropelladamente, hasta que quedaron de cara a los asistentes, con la fuerte luz de las velas sobre ellas impidiéndoles ver nada.

No tenían ni idea de qué hacer, y los silbidos e improperios que les gritaban le hacían removerse con miedo. En ese instante la música cesó y un hombre enmascarado dé cabello claro, apareció junto a ellas.

—¡Un aplauso para estos deliciosos ángeles! —solicitó con un ademán abarcativo—. El Halcón ha decidido premiar a sus fieles clientes, y para ello, esta noche cada uno de estos ángeles, escogerán a un demonio de entre los hombres disponibles en este salón, y los afortunados podrán disfrutar de un placer celestial inolvidable... —siguió el anunciador y los gritos eufóricos de los presentes inundaron el lugar.

Ellas se miraron confundidas, pues no entendían nada de lo que se acababa de decir. Mas cuando, vieron que cada una de las mujeres paradas a su alrededor, abandonaban el escenario y circulaban frente a este, para marcharse con algún caballero; la comprensión llegó a sus aturdidas mentes y se miraron estupefactas. ¡No eran doncellas! Ni alguna especie de damas casquivanas, ¡No! ¡Eran damas de la noche! Y las habían confundido con ellas.

CAPÍTULO TREINTA Y OCHO

«Escoger lo que se desea, por encima de lo que se espera de nosotros, requiere mucho más que arrojo, precisa de valentía y sensibilidad auténticas.»
Fragmento extraído del libro: «Manual, La hermandad de las feas.»

Cuando estuvieron fuera del Halcón, su esposo se detuvo y sin mirarla directamente preguntó:

—¿Cómo llegaste aquí? —Clara se tensó nuevamente y le miró enmudecida. Con horror recordó a Abby y las muchachas. No podía delatarlas y tampoco se le ocurría alguna mentira convincente, no quería mentir, eso empeoraría todo—. Clara, ¿quién te trajo? —insistió Marcus y esta vez sí le miró, un ceño marcaba su frente y sus labios estaban reducidos a una línea severa.

—Ummm...yo...bueno... —tartamudeó pensando frenética.

—Mejor olvídalo. Solo...vamos a casa... —le cortó el conde y prosiguió la marcha sin soltar su agarre.

Clara suspiró aliviada, y luego se atragantó con un preocupante pensamiento. Sus amigas! No podía dejarlas solas ahí.

Angustiada miró el perfil endurecido de su marido, y abortó su plan de pedir usar algún ardid para regresar. Además, analizándolo mejor, había buscado por todas partes a las chicas y no había habido señales de ellas, seguramente no las habían dejado entrar. Y ya habrían visto entrar a Marcus desde su carruaje, mañana hablaría con ellas, si es que sobrevivía a la inquisición que se desataría conforme estuvieran a solas Marcus y ella.

La inquisición nunca sucedió. El conde no le dirigió la palabra en todo el trayecto de vuelta. Al subir vio un montón de ropa sobre uno de los asientos. Marcus se quitó el antifaz de un tirón y luego la capa. Clara no había prestado atención a su atuendo antes, pero al ver la piel de sus hombros y brazos expuestas, su boca se abrió y se ruborizó tras la máscara.

Su marido, ajeno a su colapso interior estaba concentrado en lo que hacía, y su cara no había perdido el enfado. Bruscamente se abrió el chaleco de cuero que llevaba y Clara se sofocó al quedar la magnificencia de su torso masculino desnudo. Para aumentar su tortura sensual, su esposo se estiró con dificultad intentado quitarse el ajustado pantalón de cuero que traía.

Cuando le fue imposible conseguirlo, se paró sosteniéndose de las paredes del carruaje, que viajaba a buen ritmo, y le dio la espalda.

—¿Podrías... ayudarme? Me niego a que mis sirvientes me vean en esta infamante prenda... —le solicitó con un gruñido seco.

Clara observó atónita el firme trasero de su esposo enfundado en aquella apretada tela y un jadeo involuntario escapó de su garganta, al tiempo que un fulgurante calor cosquilleaba en sus entrañas.

Oh no...estaba...excitada.

Es decir, sentía un voraz deseo de abalanzarse sobre ese hombre, y la sensación era la misma que experimentaba cuando el conde la acariciaba y besaba largamente en su lecho, antes de que... eso... entrará en ella.

Pero...era la primera vez que sentía algo similar sin que él la tocara o fuera de la intimidad de su cuarto.

—¿Clara? ¿Qué te sucede? —inquirió su esposo, al percatarse de que estaba petrificada respirando agitadamente—. Oh...agacha la cabeza entre tus piernas, Clara, tranquila... —le indicó Marcus sentándose a su lado precipitadamente e instándole a hacerlo con tono preocupado, comenzado a sobar su espalda con la palma de su mano.

Ella se dejó hacer, cerrando los ojos con fuerza. Se sentía humillada y abochornada. ¡Dios! ¿Qué le habían dado de beber en ese lugar? Estaba muy mareada y el ardor que sentía en la boca del estómago ahora se estaba extendiendo por todo su cuerpo, llegando a lugares recónditos que palpitaban ansiosos.

Un gemido brotó de sus labios y se enderezó bruscamente

***

Marcus había salido del club con la ira brotando como un terrible volcán a punto de erupcionar. En la puerta, le sobrevino la inquietud de cómo había llegado hasta ahí su mujer, pero al ver su reacción de mal disimulado pánico conque respondió a su pregunta, decidió dejarlo estar, era mejor no enterarse de nada más, pues si se había expuesto a más peligros para llegar hasta el Halcón, su ira alcanzaría niveles indecibles. Así que optó por emprender la marcha cuanto antes.

Ya resguardados en el coche, se negó a mirar a su esposa, no quería hablarle hasta que su enfado remitiera un poco, no se sentía dueño de sus actos en este momento. Y además, no soportaba mirarla más de un segundo. Estaba demasiado arrebatadora, sensual y ardiente en ese vestido traslúcido. Apenas había logrado reprimir la evidencia de su deseo en el salón. Y no podría contener sus ansias de devorarla si lo hacía.

Y no, estaba demasiado decepcionado y dolido con ella, para dar rienda suelta al deseo que Clara desataba en él.

En lugar de eso se concentró en quitarse ese ridículo atuendo y vestirse antes de llegar a casa. Hacia bastante frío en el carruaje, pero no le importó. Cuando quiso quitarse los pantalones, descubrió, frustrado, que no podía, eran demasiado ajustados. Maldiciendo en su mente a su hermano, se giró y recurrió a la última alternativa.

Clara a estas alturas, sentía la caricia de la palma de la mano de Marcus como si de una brasa ardiendo se tratara, el aire se había reducido en sus pulmones y ya no soportaba la tensión.

—¡Oh Dios! —jadeó y levantó la cabeza.

Su esposo la miró sorprendido y, a pesar de que el carruaje estaba apenas iluminado, ella supo que notaba sus mejillas ruborizada, y veía su pecho agitado y sus ojos brillar seductores.

—Marcus... —susurró febrilmente dejando vagar la vista por la apuesta figura masculina con ansias desenfrenada, y vio como el conde contenía el aliento y luego la expresión atónita de su marido cuando se lanzó sobre él y devoró sus labios.

***

UNA FEA ENCANTADORA

—¡Ay Dios, Dios, Santo padre, libéranos, haz un milagro! —murmuró presa del pánico Mary Anne, cuando cada una de las cortesanas fue abandonando el escenario.

—¡Tenemos que salir de aquí! —susurro frenética Abby, retrocediendo con disimulo, y chocando con una pared de granito.

Detrás de ellas, estaba parado el sirviente gigante y las miraba gélidamente con los brazos cruzados. Su mirada amenazaba para que olvidaran su vía de escape.

Mientras a su alrededor continuaba la música y los silbidos cada vez que una mujer escogía un caballero.

—¡Estamos atrapadas! —casi lloró Brianna quien temblaba como una hoja en el viento.

—¡Parece que estos ángeles son algo tímidas! ¿Quién desea ser el afortunado demonio? —dijo de pronto el presentador y los presentes aullaron obscenidades que en su vida habían escuchado.

Abby se estremeció y entrecerró los ojos, buscando por el salón alguna alternativa que les permitiese huir. Tal vez su cuñado o su hermana, no podía ser que Clara no las hubiese reconocido. ¡Alguien tenía que socorrerles!

Entonces sus ojos se toparon con alguien y casi salta de alegría. ¡Claro! Cómo no se le ocurrió antes, si el conde estaba allí, ese trio de sin vergüenzas que tenía de amigos también estarían.

—Tengo un plan muchachas, solo hagan lo mismo que yo —les apremio Abby.

El presentador luego de acicatear al público, las miró y señaló para que bajaran. Abby se enderezó y, tratando de imitar a las mujerzuelas, inició el descenso y la caminata por la pista de baile, con la vista fija en su objetivo.

—¡Que me aspen! Creo que viene hacia aquí —exclamó alucinado Alexander.

Colin tenía su atención puesta en la escultural rubia que caminaba con paso cadencioso hacia ellos. Cada uno de los músculos de su cuerpo se habían puesto en tensión, y sentía toda la sangre acumulada en la ingle. No podía respirar, ni parpadear, solo mirarla acercarse como un idiota. No podía ser que viniese hacia él, pero sé; de hecho, ya estaba a unos pasos.

El ángel dorado se detuvo frente a él, y los silbidos sacudieron hasta las paredes. Colin se quedó de piedra y la mujer solo le miró arqueando una ceja.

—¡Vander, maldito afortunado, reacciona! —le apremio Luxe.

El conde salió de su estupor, y tomó a la mujer del brazo para sacarla de allí.

No sabía qué había hecho bien para merecer este regalo celestial, pero no por nada le apodaban el ángel negro, y hoy, más que nunca, haría honor a su fama.

Alexander aplaudió y lanzó «vivas» por su amigo alzando su copa y brindando al aire, y volvió su atención a la tarima. El líquido salió disparado de su boca en todas direcciones cuando vio, a la cortesana voluptuosa caminando hacia ellos. Su corazón se detuvo, al comprobar que le estaba mirando fijamente y se había parado a unos metros.

Si de lejos le había parecido una visión fogosa, de cerca era una sirena pelirroja infartante. Su boca se secó al repasar ese cuerpo hecho para el pecado de punta a punta. Puede que para los cánones ingleses, ella fuese demasiado carnosa, pero para él, era la imagen del deseo y la pasión. Ella lo observaba igualmente paralizada y viendo mejor creyó ver que estaba temblando.

Entonces sintió su estómago contraerse de expectación y sin dudarlo extendió su mano con la palma hacia arriba, sabía que ella lo deseaba y lo había escogido, pero no deseaba intimidarla. La diosa pelirroja vaciló un segundo y a continuación tomó su mano. El duque sonrió ampliamente y tiró de su mano, atrayéndola hacia él. En un parpadeo ya estaban dirigiéndose hacia la puerta.

Maxwell negó con la cabeza viendo a sus amigos retirarse con esas mujeres. Ya lo habían dejado tirado. Menos mal que habían ido allí en su carruaje, ahora mismo se largaría de allí.

Esta clase de veladas, no eran para él. No es que se hiciera el puritano, de hecho no era un dechado de virtudes ni mucho menos un monje, pero él prefería a mujeres más decentes a la hora de intimar. Tal vez viudas, o actrices y no mujerzuelas anónimas que podían hasta contagiarle alguna peste.

Estaba por girar, cuando los gritos de los hombres que estaban a su lado le hicieron mirar hacia el escenario. Su mundo entero se paralizó. La fantasía castaña, venía hacia él.

Su mandíbula cayó abierta por la visión que ella presentaba. Cada vello del cuerpo se le erizó y cuando ella se detuvo justo frente a sus pies, el corazón comenzó a latir acelerado en su pecho. Ella sonrió de lado, y poniéndose de puntillas se estiró y cerró su boca, luego deslizo su mano por su mejilla, haciéndole sentir un calor abrasador, sus dedos estaban fríos en contraste con su piel que ardía y temblaban, algo que llamó su atención, pero el movimiento de ellos bajando por su cuello, hombro y brazo hasta detenerse en su mano le distrajo.

Tragando saliva aferró esa pequeña mano y sin quitar la vista de esos ojos oscuros, la apretó y apoyo en su brazo, para guiarla a la puerta. No se detendría a meditarlo, era hora de hacer una excepción para variar, y esta fantasía vestida de blanco sería la primera.

CAPÍTULO TREINTA Y NUEVE

«¿Has experimentado esa clase de amor, por el que sientes que todo lo que hasta ahora creías saber no existe?
Ese amor por el que desearías olvidar todo, hasta tus temores, tus fracasos y tus ilusiones…»
Fragmento extraído del libro: «Manual, La hermandad de las feas.»

Marcus no podía parar de besar y acariciar el cuerpo de su esposa. Sabía que estaban, seguramente, arribando a la mansión, pero aun así no podía detenerse. Su mente se hallaba obnubilada por la apasionada demostración que su mujer estaba ejecutando.

No podía hacer más que recorrer la piel de sus piernas con sus manos, apretarla contra su cuerpo, besar su cuello, y beber de su boca sus jadeos. El carruaje se detuvo y esa fue la señal para que Marcus hiciera gala de su experiencia, que parecía haberse esfumado tras su auto control y su furia.

Con un gruñido torturado se separó de Clara y con manos temblorosas le colocó su largo abrigo sobre sus hombros y se metió la camisa por la cabeza, justo cuando su lacayo abría la puerta.

No había alternativa, los sirvientes que estuvieran aguardando verían el desastroso aspecto que traían, eso sí se dejó la camisa por fuera, para al menos intentar salvar su dignidad y que nadie más viera los insultantes pantalones que traía.

Su esposa solo se retorcía agitada y gemía. Marcus le miró extrañado, definitivamente estaba actuando raro. Tal vez estaba borracha otra vez… aquello ya le estaba asustando. ¿Sería Clara una mujer dada a la bebida?

No, no…. solo en una oportunidad le vio tomada y ahora no había olfateado ni saboreado alcohol en ella. Nervioso por los sonidos que ella emitía y cómo lo llamaba, tragó saliva y la tomó en brazos para entrarla a la casa.

Clara se hallaba aún más mareada y acalorada que al principio. Cuando su esposo arrancó sus labios de los suyos y se cruzó al asiento contrario, solo atinó a emitir un gemido de protesta y estirar sus manos hacia él ansiosa sin abrir sus ojos.

Entonces el frío aire le golpeó el rostro y fue consciente de que Marcus la cargaba y caminaba con ella con rapidez. Sentía su fragancia tan cerca, y no podía dejar de pegarse a la piel que rozaba su nariz para tratar de absorber todo de ella.

Hubo algunas voces susurrando, después silencio y unas manos tirando de su ropa pero no la rozaban. Luego sintió la suavidad del colchón en su espalda, y el aroma que tanto le gustaba y que caracterizaba a su marido, alejándose.

Marcus llevó a Clara hasta su aposento, actuando como si fuese normal llegar a medio vestir y con la condesa jadeando y besando el cuello del noble.

Una vez en su alcoba, despidió a la doncella que estaba esperando a su mujer, indicándole que enviara a descansar a su ayuda de cámara también.

Cuando pudo desprender los brazos de Clara de su cuerpo, la puso en pie y sujetándola con una mano, procedió a quitarle la ropa, para ponerla cómoda y acostarla. Pero cuando quito el vestido y la enagua se quedó sin aliento. Su pulso volvió a acelerarse en sus venas y solo pudo quedarse observando sus piernas desnudas, su feminidad expuesta, sus senos realzados sensualmente por un corsé de encaje distinto a todos los que le había visto antes.

Era una visión demasiado enloquecedora, devastadora, aniquiladora para un hombre que, aunque continuaba molesto y decepcionado, amaba y deseaba a esa mujer como un loco.

Como un moribundo al antídoto que podía curarlo, así la necesitaba su cuerpo; y no solo él, también su corazón, su alma a cada instante, con cada inspiración. No obstante, no podía tomarla así, intuía que la respuesta que ella estaba teniendo se debía a algo que podría haber tomado en el Halcón, sería un canalla si se aprovechará de eso.

Además, debían hablar antes. Sí, él estaba muy enfadado ¿no?
...¿Por qué estaba enfadado? ...Ya no lo recordaba...

Con cuidado, la depositó sobre la cama, no sin recordar aflojar su corsé, tocándola lo justo, no podría resistirse si acariciaba más de la cuenta. Y la cubrió con la sabana y las mantas.

—Marcus... —murmuró con voz ronca su esposa cuando solo había dado dos pasos hacia la puerta.

Envarado y respirando agitado se giró a verla, ella había abierto sus ojos y le estaba mirando con los ojos nublados. Él no movió un músculo, solo permaneció allí, conteniéndose a duras penas. Clara mordió su labio, y de una patada se quitó la tela que la cubría, sin romper el contacto visual, se puso de rodillas, provocando que la última prenda que la cubría se desprendiera de su cuerpo.

—Marcus… —repitió deseosa y anhelante.

El conde abrió la boca, viendo a su mujer en la gloria de su desnudez, incrédulo ante el sublime resplandor de la sensualidad manifiesta de su esposa. Y sintiéndose el ser más bajo de la tierra, cerro los ojos con fuerza. Cuando los abrió, la rendición brilló en sus pupilas oscurecidas y, luego, sucumbió.

***

Abby creía que podría deshacerse del inepto de Vander con rapidez, pero no contaba con que el hombre la llevaría al piso superior.

La aprehensión le estaba carcomiendo, mientras el conde la guiaba por las escaleras. De vez en cuando él lanzaba una mirada de soslayo hacia ella, y Abby se esforzaba en fingir indiferencia. Pero le estaba costando pues en algún punto del trayecto, Vander le había colocado su mano en la parte baja de la espalda, y con aquella insulsa prenda que llevaba la sentía quemándole, y más desde que había comenzado una lenta caricia con la palma.

Este hombre le irritaba y alteraba al mismo tiempo, y ya comenzaba a lamentar el haber tenido la brillante idea de escogerlo para salir del problema. Pronto alcanzaron el rellano y su alarma se acrecentó.

—¡Pardiez! ¿Qué haré? —pensaba con mortificación.

Brianna se sentía al borde del colapso, sus piernas y dientes le temblaban con violencia, y estaba casi segura de que el enorme escocés que la guiaba con tranquilidad, como si estuviesen paseando por Hyde Park, en cualquier momento lo notaría. No quería culpar a su amiga por recurrir a este desquiciado plan, pero realmente creía que el remedio sería peor que la enfermedad en este caso.

Al salir al vestíbulo, buscó con disimulo a Abby, pero ni seña de ella. Y para empeorar su angustiante situación, el Duque no siguió por el pasillo, sino que a mitad de camino se desvió hacia unas escaleras y de dispuso a subirlas. El pánico de esta acción hizo que Brianna clavara los pies con fuerza en el piso. Lord Fisherton se volvió a mirarla, con expresión intrigada y ella bajo su cabeza presa del nerviosismo.

Por unos segundos se mantuvieron así, hasta que el escocés alzo su barbilla y la instó a encontrar sus miradas. Sus ojos azules se clavaron en ella con intensidad y Brianna se estremeció bajo el escrutinio de esas pupilas encendidas.

A continuación, él se inclinó y la tomó en brazos con lentitud, casi como pidiendo su permiso. Ella era incapaz de reaccionar y cerrando los ojos, se dejó hacer... ¡Por caridad! Ahora sí que se había metido en un buen lío...

Mary Anne salió del salón con el corazón en la garganta, por un lado, se sentía eufórica por estar tan cerca del Conde de Luxe, e incrédula de haberlo encontrado allí, pero por el otro quería tirarse por un puente al pensar lo que pasaría si él la descubría. El hombre la estaba llevando de la mano y parecía estar muy apurado y concentrado, casi no la miraba.

El vestíbulo estaba desierto y rápidamente perdió la esperanza de toparse con sus amigas allí. Sin embargo, el alma se le cayó a los pies, al percatarse de que tampoco las vería fuera, ni podría ceder a la locura de arrojarse del carruaje del conde, puesto que él comenzó a subir una amplia escalera sin detenerse un segundo.

Una vez estuvieron en un elegante pasillo, Luxe tiró de ella pasando por varias puertas cerradas, y, a lo lejos le pareció ver al Duque de Fisherton entrando en una habitación.

La sangre se había congelado en sus venas y el miedo le estaba ya mareando. Entonces el conde se detuvo y antes de que pudiese siquiera parpadear, este estampó su espalda contra la pared y se cernió sobre ella. Su cuerpo delgado, pero potente, la aplastó y sintió la respiraron jadeante del conde acariciando la piel que el escote del camisón dejaba expuesta.

...¡Por Dios! ...¡sálvame! ...

Entonces vino a su conmocionada mente una idea, e hizo lo que todas las heroínas de las novelas de terror que leía hacían cuando el malvado villano las atrapaba; se sacudió y aflojo todos los miembros de su cuerpo como si de un peso muerto se tratara.

Su cabeza cayó desplomada hacia un costado y el conde sostuvo su peso desvanecido, lanzando un grito de auxilio. Abby escuchó una voz masculina gritando, solo un momento después de que Vander la hiciera traspasar la puerta de lo que parecía una habitación y se dirigiera a una licorera dispuesta en un rincón.

En pocas zancadas él estuvo fuera, pues debió reconocer la voz del caballero y Abby lo siguió con la idea de encontrar la forma de escabullirse en alguna distracción.

Brianna dejó de respirar cuando Lord Fisherton se metió con ella todavía a cuestas en un cuarto y la bajó sin soltarla, cerrando la puerta antes con una de sus botas.

Aterrada abrió la boca para dar a conocer su identidad, ya no podía seguir ocultándola, o ese gigante se lanzaría sobre ella. Pero un sonido de alboroto fuera, le interrumpió. El duque frunció el ceño y se giró para abrir la puerta y asomar su cabeza fuera.

—¡Qué demonios! —exclamó y salió apurado. Brianna soltó el aire aliviada y se deslizó hacia el pasillo, rogando poder huir.

—Luxe, ¿qué está pasando? —preguntó Colin al ver a su amigo, quien ya no tenía el antifaz, sentado en el pasillo con la mujer castaña desmadejada sobre sus piernas, dándole aire con el mismo.

—No lo sé, se desmayó de repente. Ve por ayuda… —le pidió con urgencia.

Colin elevó las cejas asombrado por la desesperación que oyó en la voz de Maxwell, pero al ver que la rubia lo apartaba y muy angustiada se arrodillaba junto a la mujer desmayada, asintió y se marchó.

—¡Qué demonios! —escuchó Abby y vio aparecer a duque de Fisherton, y por detrás a Brianna.

—Quítale la máscara, Grayson, debe estar obstruyéndole el aire —indicó el duque inclinándose un poco.

—Claro… no lo pensé y el corsé puede ser el problema también —concordó el conde y llevó su mano hacia la cuerda que sostenía la máscara de la joven.

UNA FEA ENCANTADORA

—¡No! ...¡Nitch! —exclamó Abby, ganándose una mirada confundida de parte de los hombres, cuando comenzó a soltar atolondradamente palabras.

—¿Qué está diciendo está mujer? —dijo contrariado Alex, quitándose su antifaz mientras Abby continuaba hablando sulfurada.

—Creo que eso es alemán, no llego a comprender todo, pero dice que no le quitemos la máscara, porque.... porque va contra las reglas del club y la meteremos en graves problemas —tradujo con dificultad Max.

Brianna miraba la escena compungida apretando sus manos, estaba muy preocupada por Mary, pero un tirón a su camisón le hizo bajar la vista y asombrada descubrió que la castaña era quien tiraba de la tela.

La claridad llegó a su mente y aprovechó el desconcierto de los nobles, para ejecutar lo que pensaba que Mary Anne esperaba que hiciera. Hizo una seña imperceptible a Abby, y abrió la puerta que estaba a la espalda del conde. Abby le siguió el juego y con señas instó a los caballeros para que colocaran a Mary sobre la cama.

Después Brianna los miró y sacudiendo la cabeza les señaló el pasillo.

—¡Oh claro! Ehh.... sí esperaremos fuera —accedió incómodo Luxe y echando una última mirada a la cortesana que permanecía inmóvil sobre el colchón, abandonó la habitación haciendo un ademán a Alex.

Unos diez minutos después, vieron aparecer a Colin por el vestíbulo. Su gesto era contrariado y parecía estar muy irritado.

—¿Qué pasa? ¿Y el encargado? —interrogó Alex al ver que nadie lo acompañaba.

—No creerán lo que descubrí —comenzó a decir el conde cuando llegó a su altura—. Pero antes ¿dónde están las mujeres? —preguntó arqueando una ceja.

—Dentro. Tratando de reanimar a la castaña —respondió Luxe señalando hacia atrás.

—¡Bien! Disfrutaré de poner en evidencia a ese trio de estafadoras, están acorraladas —contestó Colin sonriendo perversamente.

—¿Estafadoras? ¿Pero de qué hablas...? —dijo atónito Alex.

Maxwell frunció el ceño y, sin detenerse a escuchar la respuesta, se giró y abrió la puerta bruscamente.

—No son cortesanas, de hecho, nadie sabe quiénes son. Las verdaderas prostitutas llegaron cuando nosotros habíamos abandonado el salón y el encargado nos buscaba para.... —explicaba Colin cuando chocó con la espalda de Max.

Entonces los tres vieron atónitos el cuarto completamente vacío y la cortina azul meciéndose por el viento que se colaba por la ventana abierta.

CAPÍTULO CUARENTA

«...Hay silencios que esconden multitud de verdades, palabras no dichas que contienen significados trascendentales.
Nunca lamente tanto, haber hablado y no haber dicho nada al mismo tiempo. Porque ahora comprendí, que lo que callamos, es en realidad lo único sincero que albergamos...»
Fragmento extraído del libro: «Manual, La hermandad de las feas».

A la mañana siguiente, Clara despertó como si estuviese respirando aire tras pasar unos minutos bajo el agua.

La cabeza le dolía y sentía su cuerpo excesivamente cansado. Lentamente abrió los ojos y miró a su alrededor al tiempo que se incorporaba en la cama. No había nadie en su cuarto, y el sol se colaba por la ventana, por lo que dedujo estarían cerca de mediodía.

Haciendo una mueca de resignación, apartó las mantas para hacer acopio de fuerza y levantarse. Entonces gimió impresionada. Estaba completamente desnuda. ¿Y su camisón?

Un jadeo escapó de su garganta, cuando las imágenes, algo borrosas, de lo que sucedió la noche anterior llenaron su cabeza. Sus amigas... ¿Qué habría pasado con ellas?

Tendría que averiguarlo, no se perdonaría si le hubiese pasado algo y menos a Abby.

Presurosa corrió a tirar del cordón para llamar a su doncella, y entonces vio el atuendo que había usado en El Halcón sobre una silla. De inmediato se ruborizó y tomó una bata para cubrirse.

«Marcus...» prácticamente lo había atacado... ¿Qué estaría pensando de ella? ...Él estaba muy enfadado. Y no solo eso, su esposo estaba herido, dolido y decepcionado. Ella había podido leer todo eso en sus ojos. Y seguramente seguía así, de lo contrario la hubiese despertado como cada mañana, como solía hacerlo; con su sonrisa traviesa, su beso apasionado y la taza de té que siempre le llevaba. Sus ojos se llenaron de lágrimas y trató de reprimirlas, pues no quería desmoronarse delante de su doncella.

—Espelth... ¿el conde se encuentra en la casa? —preguntó aclarando su garganta y fingiendo estar concentrada en acomodar el flequillo de su nuevo corte de pelo.

—No, milady, Lord Lancaster salió a primera hora de la mañana —le respondió la criada que se veía bastante incómoda.

—Claro... —asintió ella tratando de aparentar que ahora lo recordaba, pero su voz salió temblorosa—. ¿Dejó algún mensaje para mí?

—No, milady, solo salió en su caballo y se veía apurado —negó la muchacha y Clara desvío la vista, negándose a ver su gesto de compasión.

Se había marchado. El corazón se estrujó en su pecho y un terrible dolor la golpeo con intensidad. Marcus se había ido. No quería saber nada de ella.

De acuerdo se había equivocado, no debería haber acudido a ese lugar y tampoco abandonarlo en su viaje de novios. Pero... pero él, también había actuado mal, no había sido del todo sincero con ella.

Tendría que haberle dicho desde el inicio, los verdaderos motivos por los que había solicitado su mano.

No obstante, después de lidiar con la humillación, el resentimiento, y las ansias de venganza, al tener al conde frente a ella y ver el sufrimiento en sus ojos oscuros, supo que estaba errada. Marcus sí la quería, aunque no se lo hubiese dicho aún, esa agonía que pudo vislumbrar en su mirada no podía fingirse.

Como tampoco podía simularse la entrega y pasión que ambos habían experimentado por la noche. Y ahora, todo se había arruinado

La puerta del salón donde se había refugiado después de desayunar se abrió y por esta aparecieron Abigail y sus amigas.

—Clara... —le saludó su hermana y se hizo a un lado para que las demás hicieran lo mismo.

—Estaba muy preocupada ¿Por qué no pudieron entrar al club? ¿Hasta qué hora se quedaron allí? —les preguntó con ansiedad ni bien se acomodaron. Ellas se miraron con expresiones de desconcierto

—Sí, entramos —afirmó Abby acomodando sus gafas.

—Pero no cómo planeamos, de hecho, nada salió como creíamos —acotó Mary Anne, usando el abanico verde agua que traía para abanicarse.

—No comprendo. Entonces ¿por qué motivo no las encontré? —inquirió más confundida a cada momento Clara.

—Eso te lo contaremos después, ahora queremos saber cómo estás tú. No tienes buena cara —zanjó Brianna tomando su mano.

Clara sintió renacer la angustia en su interior y tragó saliva bajando sus ojos

—Marcus se fue... —anunció derrotada y apesadumbrada—. No sé dónde está, y creo que no quiere saber nada de mí. Anoche me encontró en el club, y se enfureció mucho. Yo... No sé qué hacer —finalizó quebrada, incapaz ya de reprimir las lágrimas.

—Ara... No creo que sea tan grave. Ya se le pasará y, además, él también actuó mal ¿no? —intentó consolarla Abby.

—Muchachas... Hay algo que debo decirles... —intervino Brianna enderezándose y mirándolas con aprehensión.

—¿Qué es? No nos asustes —le apremió Mary

—Creo saber el porqué de la furia de Lord Lancaster —declaró la pelirroja y las tres le miraron con interrogación—. Es que... esta mañana, cuando desperté, recordé todas las dudas que tuve cuando estuvimos anoche en el club; vi muchas cosas extrañas y también ustedes ¿no es así? —dijo y las demás asintieron—. Y bueno, acorralé a mi hermano menor y con la excusa de que había oído una conversación entre lacayos, le planteé mis preguntas

—¿Y qué te dijo? —exclamó desesperada Clara.

—Pues que...Que como pensábamos ese era un lugar donde los hombres van a dejarse seducir por esposas, pero... pero por la de los demás... —explicó Brianna con el rostro encendido.

—¡¿Qué?! —escupió Mary que había quedado tan boquiabierta como las hermanas.

—Así reaccione yo, créanme.

—Según James, es un lugar indecente donde los caballeros, solteros o casados, van en busca de damas promiscuas, ya sean casadas o viudas. Y lo peor, es que son todos de nuestro círculo, por eso van con máscaras... —puntualizó Brianna y las exclamaciones de horror no tardaron en llegar.

Clara se dejó caer hacia atrás terriblemente mortificada. Por supuesto que entendía la actitud de su esposo. ¡¿Qué habría creído?!¡Qué ella había acudido al club para buscarse un amante!

—¡Dios, no! Lo voy a perder y yo... Lo amo. —confesó compungida Clara soltando más lágrimas.

El silencio se abatió sobre el grupo, mientras Abby abrazaba a su hermana y Brianna le extendía un pañuelo.

—Está bien, de acuerdo. Pero no todo está perdido. ¿Tu esposo te dijo algo al regresar? —dijo Mary poniéndose en pie y paseándose por la salita. Clara levantó la cabeza y negó secando sus mejillas.

—No, nada Aunque... bueno, estuvimos juntos en mi cuarto... —reveló sintiéndose violenta.

—¡Hubieses empezado por ahí! —exclamó con una ceja alzada y gesto triunfal Abby.

—Tiene razón, eso significa que hay esperanza, amiga. Y que el conde siente también algo por ti —le aclaró Brianna al ver su expresión confundida.

—Y no solo eso, querida —agregó Mary con sus ojos café brillando juguetones—. También quiere decir que el plan funcionó y tu esposo cayó en la seducción —terminó moviendo sus cejas con picardía, haciendo reír a las demás.

—No obstante, no sé de qué me sirve. Al final el plan se volvió en mi contra —dijo desalentada Clara.

—No lo creo, el plan sigue en marcha, queda la tercera fase; la conquista. Es momento de que decidas qué harás con tu marido —alegó Abby examinándole con seriedad en sus ojos azules.

Sus amigas compusieron gestos expectantes. Clara caviló la certeza de esa conjetura y la resolución tiñó su semblante. Abrió la boca para poner en palabras lo que tenía en mente, pero el sonido de la puerta siendo golpeada le interrumpió.

—Milady, ha llegado una nota para usted... —informó su mayordomo cuando dio autorización de que ingresara, extendiendo un pequeño papel.

***

Marcus se había atrincherado en el Withes, apenas había despertado. Por primera vez en su vida, se encontraba abatido, desorientado y perdido. No comprendía en qué momento, la felicidad de su matrimonio se había truncado de esta manera. Su esposa, se había convertido en una extraña de la noche a la mañana.

Hasta el último instante, había conservado la esperanza de que Clara no estuviese en ese club, que se tratara de un malentendido. Pero no, allí se encontraba, vestida de esa manera y dejándose besar por otro hombre. Y él se había sentido morir, creía que ambos habían acordado ser fieles. Él no deseaba estar con ninguna otra mujer, solo con ella, porque la amaba; la quería tanto.

Pero no, ella al parecer se había aburrido pronto de él. Aunque anoche no le demostró eso, se entregó a él con desbordante pasión, como lo había hecho siempre. Entonces, ¿por qué...

—¿Ven? Les dije, sabía que estaría aquí, buscando matarse con la bebida —dijo una voz de barítono y Marcus gruñó reconociéndola.

—Váyanse, déjenme solo — les ordenó vaciando otro vaso de whisky.

—¡Bah! Ya deja tu papel de enamorado atormentado y dinos qué sucedió —respondió Colin sentándose frente a él. Marcus levantó la cabeza y encontró las miradas preocupadas de sus amigos, que se habían acomodado junto a su hermano.

—Nada, nada pasa y nada sucede. Simplemente soy un imbécil que tuvo que casarse por obligación, pero que se enamoró de la candidata casi de inmediato y ahora no sabe admitir que su matrimonio será uno convencional —escupió desolado.

—Eso ya lo sabíamos, solo hace falta mirarte para ver que tu esposa te tiene atrapado. Pero permíteme preguntarte algo — intervino Alexander, arrebatándole la botella que ya buscaba vaciar—. ¿Ella lo sabe? —El conde le miró de hito en hito, atónito por lo que esa pregunta podía significar.

—Yo no entiendo nada. ¿Qué? ¿No deberías estar feliz? Tu mujer te va a dar el heredero que necesitas y a dejarte libre para disfrutar con quien quieras —acotó Maxwell contundido.

—¡No! Porque yo no necesito que me dejen libre, yo me siento preso si no tengo su amor, es lo único que quiero —negó contrariado Marcus y algo se alarmó en su interior—. ¡Nunca se lo dije! Ni una vez en todo este tiempo, jamás le hablé de mis sentimientos.

—¿Y ella? Tal vez se decepcionó al ver que no es correspondida —aventuró el duque acomodando su largo cabello rubio hacia atrás.

—Tampoco, Clara no ha manifestado amarme —respondió triste— Aun así, yo percibía que era feliz y que al menos me quería. Lo veía en su mirada, en su sonrisa, en su respuesta. Hasta que abruptamente cambió, sin explicaciones ni motivos, nada, simplemente se marchó y acudió al Halcón. ¡Cristo! No lo entiendo... —murmuró Marcus cubriéndose el rostro con las manos.

—¿Marcus?... —dijo entonces Colin, quien se había mantenido al margen y parecía pensativo.

Los tres clavaron la vista en su mellizo, quien se veía mortificado y pálido.

—¿Qué? ¡Dime! —le apremio el conde, preocupado por la seriedad que tenía el rostro de su hermano.

—Yo... no estoy seguro, pero creo saber el motivo de la mutación de tu esposa —balbuceó Colin —. Creo que ese día, el que acudimos a tu casa el abogado y yo... —Marcus contuvo el aliento, y se tensó rememorando ese momento.

«—Bueno...supongo que, si ya lograste cazar a la fea lady ratón y embaucarla en este matrimonio en menos de un mes, en tres años tendrás varios herederos paridos. Y quién te dice, y al final tu sacrificio no es en vano»

Sus ojos volaron de nuevo hasta su hermano, quién lo miraba con gesto culpable y de arrepentimiento. Marcus emitió un gruñido salvaje y se abalanzó sobre la mesa, para agarrar a su mellizo por el cuello de la camisa.

—¡Te mataré! Todo es tu maldita culpa, por tu maldita lengua insolente perderé a mi esposa —escupió enajenado sacudiendo al rubio.

Fisherton y Luxe abrieron los ojos como platos y se apresuraron a separar a Marcus del conde.

—Está bien, ¡acepto la parte que me corresponde! —rebatió Colin rojo de enfado, sacudiéndose de encima la mano de Maxwell—. Pero no asumiré toda la culpa, ¡tú eres el principal responsable! Deberías haber sido sincero con Lady Clara desde el principio, no me atribuyas a mí la consecuencia de tu cobardía —espetó mordaz poniéndose en pie.

Marcus apretó los dientes y le fulminó con furia. Solo le perdonaría esa afrenta de llamarlo cobarde porque era su hermano, y porque, en el fondo, sabía que tenía razón.

Él había sido un maldito cobarde. Tendría que haber confesado lo del testamento y tendría que haberse sincerado con Clara acerca de sus sentimientos...Todo era su culpa.

Destrozado tiró de su brazo y el duque le dejó libre, luego se dejó caer en la butaca del club, enterrando su cabeza entre sus brazos. Ahora comprendía la actitud de su esposa. Ella había oído lo que Colin dijo aquel día y creía que él la había engañado, que la había usado y mentido, que no la amaba.

—¿Y bien? —oyó que preguntaba Alex.

Ya había olvidado que ellos seguían ahí. Se enderezó y se limitó a devolverle la mirada sin ánimo.

—¿Qué piensas hacer? —inquirió Maxwell.

—Escucha, Bennet. No sé cómo se espera que actúe un inglés en estas circunstancias. Pero de donde yo vengo, un hombre que cree estar perdiendo a su mujer, no estaría aquí sentado, eso seguro —acotó Alexander con una mueca de contrariedad.

—¿Y qué haría? —preguntó desganado.

—Un buen escocés; primero dejaría de llorar como afeminado y segundo iría a por la mujer que le pertenece y le dejaría bien claro que su lugar es junto a él —afirmó Alex, cruzándose de brazos con un brillo perspicaz en sus ojos claros.

Marcus le miró fijamente durante unos segundos con el corazón latiendo acelerado y algo revivió en el.

—Necesito papel y pluma —anunció con expresión y tono determinado.

Colin sonrió ampliamente y salió en busca de su pedido.

Él no era escocés, pero no necesitaba serlo para recuperar a su esposa. Porque era algo mejor, era un hombre enamorado.

CAPÍTULO CUARENTA Y UNO

«... Al fin aprendí la más valiosa de las lecciones.
Aprendí que, para amar de verdad, no es necesario ser alguien hermoso, importante ni prestigioso.
Solo se necesita aceptar que pueden amarte más allá de los ojos, de la mente, y de la razón.
Y amar tan solo con el alma y el corazón...»
Fragmento extraído del libro: «Manual, La hermandad de las feas.»

Clara se asomó por la ventana del carruaje y observó confundida la fachada del lugar donde se hallaba, era la mansión de las afueras de Londres de Lord Luxe. A cada minuto estaba más intrigada y nerviosa.

Primero había recibido aquella misteriosa nota, con la cual no había podido hacer más que contener una exclamación de sorpresa. Su hermana le había arrebatado con impaciencia la nota y leído en voz alta.

«La cacería terminó, ya no quiero perseguirte y no quiero que vuelvas a huir.

Te propongo algo diferente; ¿qué piensas si desechamos nuestros papeles? tú olvidas a Lady ratón, la fea, y yo abandonó mi postura de el Caballero negro, el gato conquistador. Y nos animamos a ser, simplemente los que en verdad siempre fuimos, Clara y Marcus.

¿Te atreves?

Si decides arriesgarte, el carruaje te traerá hasta mí.»

No había firmado, pero no hacía falta, ella sabía reconocer al segundo la elegante caligrafía de su marido.

UNA FEA ENCANTADORA

Y allí estaba, vestida con uno de sus nuevos modelos de día. Un vestido de muselina azul cielo, detalles en encaje blanco, guantes y parasol a juego. Sus amigas estaban eufóricas y no cesaban de parlotear durante el trayecto sobre lo romántico de todo aquello, los finales felices y cuánto les recordaba eso a las novelas que leían. Solo Abby permanecía en silencio y, de vez en cuando, apretaba su mano, infundiéndole ánimo. Descendieron del coche, y Clara tomó aliento con el estómago invadido de cosquillas y a punto de colapsar por la ansiedad.

El mayordomo las guio por la casa, y pronto estuvieron en el exterior del parque del conde.

—No hay nadie... —musitó Brianna, tan desconcertada como ella y las demás. Las cuatro habían abierto sus sombrillas para protegerse del fuerte sol de media tarde.

Clara miró alrededor desorientada, no comprendía qué tenía en mente su marido. No lo veía desde la noche pasada, creía estaba por separarse de ella, pero en cambio la sorprendió con esa nota.

—Tal vez... es pronto y no llegó... —conjeturó Mary Anne, a quien no se le borraba la sonrisa por estar en la casa de Lord Luxe.

Clara cerró los ojos y apretó sus manos, no soportaba la tensión y, como prácticamente no había engullido nada de su desayuno, comenzaba a marearse.

—Clara...¡mira! —exclamó Abby, tirando de su brazo.

Ella abrió los ojos y siguió la dirección que su hermana señalaba. Su corazón se detuvo literalmente. Allí estaba su esposo. Se estaba acercando por el lago dentro de uno de los botes, y venía remando en dirección a la orilla.

Ya las había visto, no llevaba sombrero y su vista estaba fija en ella. La miraba intensamente, como si ella fuese la única persona presente.

Clara estaba paralizada, sintiendo los latidos de su corazón golpeando en su pecho.

—Amiga...¡ve!—le instó Mary empujándole levemente.

Ella asintió sin apartar los ojos del conde y comenzó a caminar a su encuentro. El sol arrancaba destellos a su cabello oscuro, y el reflejo de este en el agua, bailaba en su rostro. El bote se detuvo a la orilla, justo cuando ella arribaba a la misma. Su esposo se levantó y, sin decir nada, extendió una mano hacia ella con su palma hacia arriba. Iba vestido con una chaqueta negra y una camisa blanca debajo, sus calzas estaban arremangadas y no llevaba las botas.

...Era hermoso... tan apuesto y masculino...

Su semblante estaba serio y no dejaba entrever su humor o pensamientos. No obstante, no se le había escapado el rápido escrutinio que hizo de su nuevo guardarropa y cómo su vista negra se había detenido en el escote y cintura más apretados que ahora usaba. Clara tragó saliva y tomó la mano que le ofrecía. Él esbozo una media sonrisa, esa que le caracterizaba y le había enloquecido desde el principio, la traviesa y seductora. Y tiró de ella para ayudarla a subir al bote.

—Yo... que... —tartamudeó Clara una vez estuvieron sentados frente a frente.

Pero no siguió, pues el conde negó con su cabeza y le hizo una seña para que aguardará. Ella cerró la boca y se quedó viéndolo confusa. Su esposo volvió a sonreír y procedió a guiar el bote por el agua. En ningún momento su mirada oscura se apartaba de la suya y ella solo podía removerse inquieta.

Cuando estuvieron en un extremo del lago, él dejo de remar y quedaron flotando en la quietud del lago. Marcus detuvo el bote y esperó unos segundos a que sus amigos pusieran en marcha la siguiente parte del plan. No podía dejar de mirar a su esposa, ella le quitó el aliento cuándo le vio esperándole rodeada de las demás. Parecía un hermoso cielo de verano, brillaba, refulgía, sus ojos parecían mucho más claros con ese color y su cuerpo estaba bellamente delineado por ese vestido.

Sus mejillas estaban ruborizadas y en su mirada podía notar que estaba nerviosa y algo temerosa. Con solo verla, todas sus inquietudes habían desaparecido; ya no le importaba lo sucedido. Solo quería sincerarse y poder dedicar el resto de sus días a hacerla feliz, tal y como le había prometido un día. Ansioso miró hacia donde sabía estaban apostados los demás y les hizo una seña para que empezaran.

Clara frunció el ceño, ante la quietud de su marido, él parecía estar esperando algo y su mirada se desviaba hacia los arbustos que estaban junto a ellos. Curiosa aguzó el oído, pero nada se oía, solo el trinar de los pájaros. Entonces, le pareció oír unos susurros, volteo hacia el follaje, más no logro adivinar si estaba oyendo bien.

Las plantas se comenzaron a sacudir y las voces esta vez se oyeron con claridad.

—¡Sostenme bien, Mcfire! —gruñó una voz que le pareció era la del conde de Luxe.

—¡Estense quietos, me voy a caer! —chilló aparentemente su cuñado.

—¡Ya deja de lloriquear, inglés, y termina de tocar el bote! —ladró otro hombre con acento escocés.

—¿Marcus? —musitó incrédula Clara. El conde bufó y abrió la boca para responder, más no llegó a decir nada, el caos que siguió lo impidió.

—Ya casi lo alcanzo... ¡Áaaaaa, una serpiente! —aulló Colin, y Clara le vio salir disparado sobre los arbustos.

—¡¡Cuidado, Colin!! —tronó su esposo inclinándose hacia ella, justo cuando el cuerpo de su cuñado golpeaba su bote y lo siguiente que supo fue que las frías aguas del lago le envolvían.

Marcus vio aparecer a su hermano como una bala sacudiendo los brazos y se abalanzó hacia su esposa, pero el cuerpo de Colin movió el bote al golpearlo y ella salió disparada fuera de este. Aterrado saltó al agua, donde Clara había caído chillando y se sumergió tras ella. En dos brazadas la alcanzó y la sacó a la superficie.

—¡Clara! —dijo asustado apretándola contra su cuerpo.

Ella escupía agua y tosía descontroladamente con su rostro pálido.

—¡Mire lo que hizo, inepto! —gritó desde la orilla Abby.

Ella y las muchachas habían corrido hacia allí al oír el alboroto y se habían quedado estupefactas al presenciar, como el anfitrión y el duque salían despedidos de un bote que se hallaba junto a la orilla y al conde de Vander, volar por el aire y tirar de su bote a Clara.

Tras constatar que su cuñada y hermano estuvieran bien, el conde echó una mirada fulminante hacia las mujeres y nadó hasta donde estas estaban.

—¿Cómo me llamó? —le dijo intimidándola con su altura y expresión colérica.

Abby lo repasó con la vista y se ruborizó al percatarse de que su camisa y calzas se pegaban a su cuerpo como una segunda piel. Pero la sonrisa presuntuosa que esbozó la arrancó de su parálisis.

—Inepto. Y no me intimida, bravucón, antes debería quitarse la planta de la cabeza, se ve ridículo —le espetó ella con satisfacción al ver cómo se sonrojaba y sacudía su cabello rápido.

—Jajajaja, hasta que alguien dejó mudó al ángel negro —se burló Alex y estrujó sus ropas mojadas.

—Tú cállate, y ayuda a Grayson con el bote —le calló furioso Colin y gruñó al oír las carcajadas de los otros dos.

—¿Estás bien? —preguntó preocupado Marcus a Clara cuando dejo de toser.

—Sí...sí...solo trague un poco de agua —respondió ella con la voz enronquecida.

Marcus suspiró aliviado, y con una mano quitó el cabello que tapaba el rostro de su esposa y que se había soltado de su lindo peinado.

—Clara... —empezó admirando la imagen que tenía en frente, su pelo flotando sobre sus hombros, sus pestañas mojadas y sus labios brillando, todo aquello le encantaba, pero sin duda le fascinaba sus ojos plateados que le miraban con tanta bondad y nobleza. Estaba hermosa, aunque alguien pudiese decir que en su cara no había perfección ni armonía, para él era una visión subyugadora—. Clara...te traje aquí, porque aquí comenzó todo. En realidad no estaba planeado que termináramos así, solo debían simular que el bote se daría vuelta, yo lo impediría, y quedaría como un héroe, pero ya ves, desde el principio demostré que soy todo lo contrario al príncipe gallardo del cuento —explicó con una sonrisa, complacido porque su esposa rió al oírle—. Pero, ya no puedes escapar, no te dejaré —prosiguió Marcus poniéndose serio, al igual que Clara que lo miraba de hito en hito—. Y no porque seas de mi propiedad, no. Tampoco porque si me abandonas perderé mi fortuna. Siento mucho lo que oíste, no te mentiré; tu padre nos presentó porque yo necesitaba encontrar una dama que aceptara casarse conmigo en un mes o me quitarían el título. Es cierto que no deseaba casarme con ninguna mujer y que mi única aspiración era divertirme, pero también es verdad que no esperaba enamorarme de la que sería mi esposa. Y eso sucedió —declaró y su esposa contuvo el aliento—. Así es, Clara, yo nunca había conocido alguien como tú, y sé que estarás pensando, «alguien fea», pero no, jamás había conocido alguien tan encantadora.

»Me enamoré de ti desde que te robé aquel beso justo aquí. A partir de ese momento nada más importó para mí, ni el testamento, ni el dinero, nada, solo tú. Te amo Clara, te amo tal como eres, así de imperfecta y maravillosa. Tu eres más que hermosa para mí, y lo fuiste desde que miré toda la pureza de tu corazón reflejada en tus ojos. Y eso no puede lograrlo este peinado, ni decenas de vestidos favorecedores, porque eso no cambiará tu esencia, y es de esta de la que me enamoré como un loco.

»Y deseo que te quedes a mi lado, porque te has convertido en mis ganas de vivir, eres mi motivo para seguir. Antes de ti, yo solo me limitaba a ver pasar un día tras otro, me sentía vacío. Hasta que me topé contigo, justo en ese momento comprendí lo que es la felicidad. Y no quiero nada más, solo despertar cada mañana a tu lado, y dormirme cada noche contigo entre mis brazos —terminó Marcus y pegó su nariz y frente a la de su esposa, con el corazón acelerado, aguardando su respuesta.

—Marcus... —susurró Clara conmovida dejando caer lágrimas de emoción—. Lo siento tanto... Lamento haberme ido así, haber buscado herirte, yo... Nunca debí desconfiar de lo que tú sentías por mí, porque me has demostrado que me quieres, aunque yo no he hecho gran cosa para corresponderte. Jamás debí dejar que mis inseguridades me hicieran creer en lo que oí de tu hermano —prosiguió ella tomando el rostro de su esposo entre sus manos y separándose un poco para mirarlo con solemnidad—. Desde el principio no he sido sincera, he sido una cobarde toda mi vida. Siempre escudándome en mi aspecto para no enfrentar mis temores y complejos, para no arriesgarme a sentir, a amar, por miedo a sufrir; así vivía y creía poder seguir, mintiéndome a mí misma que podría cumplir mi sueño de ser escritora, que nunca encontraría a alguien que me permitiese alcanzar esa ilusión y dejar de lado la familia que en el fondo anhelaba tener.

»Hasta que te cruzaste en mi camino y todo lo que creía seguro, dejo de existir. Yo te amé, desde el preciso instante en que mis ojos se posaron en ti. Me enamoré de tu actitud arrogante, tus ojos color noche, pero también de tu irreverencia, tu continúa manera de desafiarme, de hacerme cruzar mis límites. Me enamoré de tu manera de mirarme, de la felicidad que me embargaba solo con pensarte y de la mujer en la que me convertía estando a tu lado.

Alguien valiente, soñadora, apasionada, feliz; alguien verdaderamente hermosa y valiosa.

»Te amo Marcus, eres mi sueño negado, el hombre que esperaba, y creía no existía, quien fue capaz de ver más allá de mi exterior y mirar mi alma, mi corazón. Y por todo eso, te amo, mi perfecto caballero imperfecto —confesó ella y vio la alegría embargar el rostro del conde.

Marcus sonrió dichoso y cerró la distancia que les separaba para abordar los labios de su esposa. Sin dejar de sostenerla para evitar que se hundiera, la besó y bebió de ella con ansias. Sus bocas se acoplaron y acariciaron con deliberada lentitud, buscando sellar con ese beso las confesiones recién hechas.

Una y otra vez se besaron, hasta que la pasión les hizo gemir y jadear desesperados por más.

—Marcus... no.... —le advirtió Clara, arrancando su boca de la de su esposo.

—¿Por qué? Nadie nos ve —dijo el conde con tono ardoroso, sin dejar de intentar meter sus manos bajo el vestido de su esposa.

Clara rió y se movió chillando y esquivando las manos invasoras de su marido.

—¡Anda, gato, devora ese ratón de una vez! —se oyó desde la orilla, donde apareció la cabeza rubia de Colin, asomado entre los arbustos riendo con sorna—. Y a ver si consigues preña...¡¡Ay!! ¿Qué hace? ¡Loca! —se interrumpió aullando furioso, sobando su trasero.

—Solo aplastaba a un sapo sucio y degenerado —se escuchó decir a Abby que soltó el remo y sonrió a su hermana.

Un coro de risas jocosas resonó, proveniente del resto de sus amigos. Marcus y Clara rieron a carcajadas y luego ella se dejó arrastrar tras unas plantas, el conde la pegó a su pecho y en lugar de besarla la observó con seriedad.

—Una cosa más, quiero que me prometas algo —habló Marcus y ella le miró intrigada—. Promete que nunca más dirás que eres alguien demasiado fea. —Ella dudó y luego asintió—. Bien, porque puede que para otros lo seas, más para mí; tú eres mi fea encantadora —finalizó Marcus.

Clara sonrió, se abrazó a su apuesto marido, y recibió gustosa algo más que besos robados.

UNA FEA ENCANTADORA

«Mi amado es mío, y yo soy suya.»
Cantares 2:16

EPÍLOGO

«...Soy como la cubierta de un libro viejo, arruinado y olvidado. Mas mis hojas están hechas de coraje, de vivencias, de dudas y certezas. La tinta que pone voz a mi interior es mi lucha, mis aciertos y mis fracasos. Soy palabra, soy silencio y corazón. No puedes leerme con tus ojos naturales, solo con los del alma, esos que solo usas cuando no ves nada...»

Epílogo del libro: «Manual, La hermandad de las feas».

...Tiempo después...

Las semanas que restaban de la temporada Clara y Marcus las pasaron en su casa de campo, regresaron a la propiedad junto al mar y aprovecharon los escasos días en los que el sol asomaba un poco, para disfrutar del agua.

Por fin aclararon todos los malentendidos que podían haber quedado pendientes y estuvieron de acuerdo en no volver a dar nada por sentado, sacar conclusiones precipitadas o poner en duda el amor y la fidelidad del otro.

Clara le relató su aventura con Madame Antua y las muchachas, y cómo habían terminado creyendo que El Halcón, era un club para matrimonios en problemas o con ganas de diversión. Eso sí, evitó decir que sus amigas también habían terminado dentro de la mansión gótica, pues no estaba al corriente de los detalles. Marcus rió como loco oyéndole, y ella terminó por irritarse Golpearle sin fuerzas con una de sus sombrillas.

Tan felices e idílicos fueron esos días para ellos, que prefirieron instalarse allí para pasar la temporada de invierno, y ella le comentó a su esposo su intención de celebrar la navidad a lo grande. Al

Conde se le iluminaron los ojos, ya que de seguro se veía departiendo con sus amigos, por lo que acordaron invitar a todos a pasar la noche buena con ellos.

Una tarde en la que Clara se encontraba en su salita, dedicándose a escribir, tal y como hacía usualmente, se empezó a sentir muy mareada. Algunas mañanas amanecía con el estómago un poco revuelto, pero enseguida se le pasaba, por lo que no le daba mayor importancia.

Sin embargo, hacía un par de días sufría de frecuentes e inesperados mareos, pero nunca como el que sentía en aquel momento; todo el cuarto giraba y su visión comenzaba a oscurecerse mientras ella se aferraba a su escritorio.

—¿Cómo está, doctor? No entiendo qué sucede. Es decir, mi esposa no es de engullir comida en abundancia, pero se alimenta correctamente. Yo mismo me encargo de que así lo haga, y es más, desde que nos casamos he notado que ha ganado algunas libras, está más... .—dijo atropelladamente Marcus, cuando el matasanos salió de su alcoba.

—Tranquilo, milord —le cortó el hombre bajo y de mofletes brillosos, intentado apaciguar al noble, que se veía desesperado—. Lady Lancaster, se encuentra perfectamente. En cualquier momento despertará, y si sigue mis indicaciones, no volverá a desmayarse. Para empezar, debe descansar un poco más, hasta estabilizar su cuerpo al menos, luego veremos. Y, además, tendrá que comer más cantidades. No alcanza con comer lo justo, debe alimentarse por dos.

—Gracias a Dios... ya había comen... —suspiró aliviado y menos tenso, hasta que cayó en cuenta de las últimas palabras del doctor—. ¡Espere! ¿Qué dijo? ¿Comer por dos? ¡¿Eso quiere decir lo que creo que significa!? —espetó incrédulo, sosteniendo al médico por los hombros con demasiada intensidad.

—No sabría decir qué imagina usted, milord. Pero lo que le estoy diciendo, es que la condesa se encuentra en estado —contestó, tratando de zafarse con una mueca de dolor el hombre. Mas como el noble no reaccionaba, y solo le miraba estupefacto, aclaró:

—Ella está encinta, Lord Lancaster. Embarazada, preñada, la dulce espera... —especificó, viendo la mueca del noble

—¡Oh, no!... ¡Oh, sí! —gritó, sobresaltando al médico, y luego abrazándolo con ímpetu—. ¡Diablos, sí! ¡Lo hice! ¡Soy el maldito semental, Bennet! —Siguió eufórico, liberando al otro y dándole unas palmadas en el hombro. El doctor suspiró y se despidió del Conde, que no dejaba de vitorear y lanzar puños al aire.

Hasta que se oyó una voz femenina ofuscada que gritaba:

—¡Si no te callas y vienes ya mismo, serás el semental castrado, también!

Lord Lancaster se paralizó y tragó saliva, nervioso.

—Sí, mi amor, ahora voy. —respondió sumiso y se oyó abrir la puerta.

El doctor negó con el cabeza, divertido. Esa pareja le traía muy bellos recuerdos de su amada Clarise. Solo con verlos se podía percibir el amor y la felicidad que iluminaba sus rostros.

Realmente ese futuro lord o lady sería muy bendecido, llegaría a un hogar feliz y tendría a unos padres, no solo aristócratas, sino también nobles de corazón.

***

UNA FEA ENCANTADORA

Diciembre de 1815...

—Cierra los ojos. —le indicó Marcus a Clara—. No hagas trampa, veo aletear tus pestañas. —le advirtió desde su posición a la espalda de su mujer, pellizcando su trasero y haciéndole brincar.

—Está bien, no veo nada —claudicó risueña ella—. Pero, ¿por qué tanto misterio? —preguntó.

—Ahora lo sabrás, ratoncita curiosa —susurró con tono juguetón el Conde, deteniendo el avance de ambos—. Ya puedes mirar.

Clara abrió ansiosa los ojos. Estaban en su sala de estar, y no entendía en qué consistía la sorpresa que Marcus decía tener. Confundida, le miró sobre el hombro y le vio sonreír ampliamente.

—¡Ya! No entiendo, ¿qué hacemos aquí? —le apremió, impaciente.

—De acuerdo. Tu sorpresa está frente a ti. Fíjate con cuidado —le indicó su esposo, alejándose un poco. Todo su comportamiento era extraño y le daba más intriga.

Suspirando, se giró y comenzó a inspeccionar el lugar con la mirada. Todo estaba tal y como lo había dejado antes de salir a almorzar en el jardín con Marcus.

Su mirada cayó sobre el escritorio y comprobó que todo estuviese en orden. Sus papeles, el tintero y la pluma, sus ejemplares de Shaskpeare, las últimas cartas que había recibido de las muchachas y el pequeño paquete que estaba en un costado. ¡Un momento! ¡Eso no estaba allí antes!

Emocionada como una niña, volvió a mirar a su marido y el solo arqueó una ceja, sin expresar nada más, pero sus ojos negros brillaban intensamente. Decidida a descubrir el misterio, se apresuró a tomar el paquete y lo examinó durante unos segundos. No era excesivamente pesado, ni demasiado liviano.

Tampoco era muy ancho ni delgado, pero lo que fuera que tuviese dentro era un objeto duro.

Con cuidado, rompió el envoltorio… y entonces su respiración se cortó. Sus ojos se quedaron viendo el objeto abiertos como platos, incapaz de dar crédito a lo que veía.

—¡No puede ser! ¿Cuándo? ¿Cómo? —balbuceó, pasmada.

—Lo supe después de nuestra boda, y en el lago me lo confirmaste. Solo fue cosa de utilizar algunas influencias y reclamar algunos favores del pasado, y listo —explicó su marido, encogiendo un hombro—. Pero... ¿te gusta? —preguntó, con la mirada algo indecisa.

—¿Qué? ¡Marcus! —contestó Clara, alzando la vista y fijándola en su esposo, emocionada. Luego se lanzó a sus brazos y lo beso con pasión—. ¿Estás loco? Si antes te amaba con toda mi alma, ahora, lo haré mucho más. No lo puedo creer, tú... Tú eres increíble y maravilloso, me has hecho la mujer más feliz de la tierra —confesó Clara, con los ojos llenos de lágrimas de dicha y emoción.

—No más que tú a mí, mi sol, no más que tú —correspondió Marcus, acariciando su vientre y tomando su rostro para juntar sus labios.

Clara le besó con igual entrega y devoción. Apartando todo de su mente, más tarde meditaría en el nuevo plan que el regalo de su esposo le había motivado. Ya sabía cómo haría para que otras mujeres encontraran el amor y tuvieran la misma felicidad que ella tenía.Marcus se inclinó y la levantó en brazos, haciéndola chillar sorprendida. El presente cayó de sus manos, pero ambos estaban demasiado ocupados prodigándose enloquecedoras caricias como para notarlo.

La pareja abandonó el lugar entre susurros, risitas y besos apasionados. La puerta se cerró provocando que la tapa del libro, que había caído abierto, también se cerrara.

Su cubierta versaba:

Manual, La hermandad de las feas.

Por Lady C.

AGRADECIMIENTOS

La idea de alcanzar los sueños, siempre fue irreal y abstracta para alguien con una mente bastante incrédula y un corazón desengañado. Pero he comprobado que los sueños existen, y que no es imposible hacerlos posibles.
Este libro, es mi sueño negado, hecho realidad.
Gracias, Dios, eres un padre demasiado bueno y amoroso. Mi inspiración y vida.
Gracias familia, la que no elegí, y con la he sido infinitamente bendecida.
Gracias a Ediciones Coral, y a la dulce Verónica, por confiar en mi talento.
Y gracias a ti, que creíste en mí cuando ni yo misma lo hacía, soy afortunada por tener lectores fieles y maravillosos. Rica, por haber encontrado en muchos de ellos, a verdaderos amigos.
A todos y cada uno, mi gratitud eterna.

Eva.

AVANCE

UNA FEA EMPEDERNIDA
SERIE LA HERMANDAD DE LAS FEAS 02

Octubre 1815
Londres.

El carruaje que llevaba a la flamante pareja de recién casados se alejaba a ritmo moderado.

Mientras, la mayoría de los invitados que se habían congregado para despedir a los novios, comenzaron a regresar hacia el lugar en donde se había dispuesto el banquete de bodas.

Abigail Thompson, suspiró y abrazándose a sí misma, se quedó viendo sin mirar el camino ahora desierto.

Sentía el corazón estrujado por la realidad, que estaba experimentando. Su hermana se había casado, y tendría a partir de ese día una vida y familia nuevas. Lejos de ella, y de los planes que hacía años habían acariciado.

La verdad, es que, aunque le hiciese sentir culpable, no podía negar que estaba triste, al margen de sentirse feliz por saber a Clara dichosa junto a su nuevo esposo, el conde de Lancaster. Pues se quedaría sola, y pérdida sin su hermana.

Una vez pudo recomponer al menos en apariencia su estado de ánimo abatido, enfiló por el camino de grava para volver al enorme prado en donde se celebraba el festejo nupcial.

Pero al hacerlo, por poco se estrella contra un muro cubierto de terciopelo azul claro.

De inmediato reconoció a la persona que se había interpuesto ente ella y la casa, y retrocedió con una mueca de fastidio en su cara.

—¿Qué desea milord? — espetó con tono cortante, cruzando sus brazos.

—¿De usted? —dijo después de unos segundos el conde de Vander, deslumbrándole a pesar de su contrariedad, con aquel brillo en sus orbes celestes. Los cuales la estudiaban con picardía y profundidad—.Depende.

Abby rodó sus ojos, impaciente por la teatral pausa que el rubio hacía. Y deseosa de alejarse, le apremio diciendo:

—¿Depende de qué?

El caballero esbozó una sonrisa sardónica, y acercándose a su oído murmuro:

—De lo que la florero más obstinada que he conocido está dispuesta a ofrecer.

Abigail contuvo el aliento, afectada por la cercanía del hombre, que además de incomodarla, le producían unas confusas sensaciones en su interior.

El sonido de pasos acercándose, ocasionó que él retrocediera, pero no se alejó, sino que se limitó a verle con una mueca de sorna.

Molesta, le hecho una mala mirada, y levantando la barbilla, paso por su lado y regreso a la mansión. No podía hacer un número con tanta gente a su alrededor.

El rubio pretendía incordiar, y tal vez provocarla. Pero ella estaba dispuesta a demostrarle, que Abigail Thompson no era un simple florero, no señor, era mucho más.

Era una fea empedernida.

Y se divertiría enormemente dejándoselo más que claro, a Colín Bennet.

De Córdoba, Argentina, vive con su esposo y sus dos pequeños hijos.
Estudió Relaciones públicas, ceremonial y protocolo.
Amante del romance histórico, y la lectura. Su pasión es la escritura desde que a los doce años leyó un libro que marcó su vida: El diario de Ana Frank. Comprendió entonces que la lectura, pero sobretodo la escritura, serían el refugio y la constante en su vida.
Dios es la fuente de su inspiración y su sostén. Su motivación, su familia, y
su vocación poner en letras las voces de su alma.
Finalista del premio Planeta por "Una fea encantadora" y con varias novelas en el mercado. En sus libros se combina el humor, el romance, el misterio, y personajes entrañables que sin duda enamoran.
Novedades y próximas publicaciones en:
Página de
Facebook:
https://www.facebook.com/letrasdemialmaEvaBnovelas
Instagram: https://www.instagram.com/evabenavidez.byescritora

SERIE LA HERMANDAD DE LAS FEAS: LIBRO 1

UNA
Fea
ENCANTADORA

EVA BENAVIDEZ

Made in the
USA
Middletown, DE